«Der erste deutsche Kriminalroman, der sich mit vergleichbaren Büchern aus Skandinavien oder den USA messen kann.» (*Nürnberger Nachrichten* über «Und ewig seid ihr mein»)

Roman Rausch, 1961 in Würzburg geboren, arbeitete nach dem Studium der Betriebswirtschaft im Medienbereich und als Journalist. Für seine Trilogie um den Kommissar Johannes Kilian wurde er 2002 auf der Leipziger Buchmesse mit dem Book on Demand Award ausgezeichnet. 2002 gründete Roman Rausch gemeinsam mit Blanka Stipetic die Schreibakademie *storials* (www.storials.com).

Aus der Reihe um den Profiler Balthasar Levy sind bereits erschienen: «Und ewig seid ihr mein» (rororo 24106) sowie «Code Freebird» (rororo 24395). Aus der Reihe um Kommissar Kilian und seinen Kollegen Heinlein liegen weiterhin vor: «Tiepolos Fehler» (rororo 23486), «Wolfs Brut» (rororo 23651), «Die Zeit ist nahe» (rororo 23837), «Der Gesang der Hölle» (rororo 23890) und «Der Bastard» (mit Blanka Stipetic, rororo 24495).

Mehr über den Autor und sein Werk:
www.Roman-Rausch.info

ROMAN RAUSCH

Weiß wie der Tod

Thriller | Rowohlt Taschenbuch Verlag

Dieser Roman ist frei erfunden. Ähnlichkeiten mit lebenden oder verstorbenen Personen wären zufällig und sind nicht beabsichtigt. Die verwendeten Ortsnamen, Werke, Gruppierungen und alle sonstigen Bezeichnungen stehen in keinem tatsächlichen Zusammenhang mit dem Roman.

Originalausgabe
Veröffentlicht im Rowohlt Taschenbuch Verlag,
Reinbek bei Hamburg, Dezember 2007

Redaktion Andreas Feßer
Umschlaggestaltung any.way,
Barbara Hanke/Cordula Schmidt
(Foto: mauritius images/IT Free Stock)
Satz Concorde PostScript (InDesign)
bei Pinkuin Satz und Datentechnik, Berlin
Druck und Bindung Clausen & Bosse, Leck
Printed in Germany
ISBN 978 3 499 24604 3

Das Meer gab die Toten heraus, die in ihm waren,
und der Tod und das Totenreich gaben die Toten heraus,
die in ihnen waren; und sie wurden gerichtet,
ein jeder nach seinen Werken.
Offenbarung 20,13

Prolog

Wie lautet das Passwort?»

Der Mann, der zum Schutz seiner Persönlichkeitsrechte lediglich als Holger M. bekannt war, kniete in einem Gemisch aus Blut und Urin. Er hustete und spuckte zähe Speichelfäden auf den blanken Betonboden. Ein Tritt gegen den Kopf ließ ihn zur Seite kippen. Selbst in dieser ausweglosen Lage wollte er einen letzten Rest Dominanz bewahren und setzte auf Häme. «Mehr hast du nicht von mir gelernt?»

Sein bemühtes Grinsen wirkte bizarr. Er blickte auf, blinzelte gegen das grelle Licht der Deckenbeleuchtung an. Sein Peiniger saß am Tisch. Vor ihm der Computer. Der Cursor blinkte vor dem weißen Hintergrund des Monitors. Dahinter verbarg sich das versteckte Laufwerk.

Er würde sein Geheimnis mit ins Grab nehmen, dessen war er sich sicher.

*

«Das Passwort!»

An Händen und Füßen zusammengezurrt, kauerte Holger M. in einer dunklen Ecke des Kellers. Er weigerte sich noch immer, das Passwort zu nennen. Dann wäre sein Leben nichts mehr wert. Aus dem Licht kam eine Hand auf ihn zu. Er zuckte zusammen, suchte Schutz vor der nächsten Attacke.

Die kleine Gewürzflasche entließ nur einen Tropfen, der auf seine nackte Schulter fiel. Holger M. drückte sich noch weiter in die Ecke, zitternd vor Furcht, was passieren würde, wenn der Tropfen eine der klaffenden Wunden auf seinem Rücken erreichte.

Ein gellender Schrei. Die Flüssigkeit war ins offene Fleisch gelangt.

*

«Passwort!»

Halb besinnungslos stöhnte Holger M. am Boden. Sein Kopf lag auf dem Metallgitter, das inmitten des Raums in den Beton eingelassen war. Durch das angeschwollene Auge konnte er schemenhaft die Gestalt erkennen, die mit einer Bohrmaschine auf ihn zukam. Der Bohrer heulte auf.

Ein Fuß stemmte sich auf seinen Hals und drückte ihn für die bevorstehende Operation fest nach unten.

«Warte», flehte er angesichts des rotierenden Bohrers über seinem Gesicht.

Die Bohrmaschine verharrte in ihrer Position.

«Valerie … 9 … x … 5768.»

*

Der Ordner *Kontakte* öffnete sich. Ein Klick auf die erste Datei. Der aufgezeichnete Messenger-Dialog füllte den Bildschirm.

Sweet16: Wie siehst du aus? ;-)

Loverboy: Ist das wichtig?

Sweet16: Wär 'n Anfang.

Loverboy: Wie hättest du mich denn gern?

Sweet16: Jetzt sag schon.

Loverboy: Du wirst es mir nicht glauben.

Sweet16: Bitte …

Loverboy: OK, du hast es so gewollt ;-)) Stell dir Brad Pitt in *Rendezvous mit Joe Black* vor.

Sweet16: Ha-ha.

Loverboy: Niemand glaubt mir, solange er mich nicht gesehen hat ;-) Im Ernst, eine gewisse Ähnlichkeit lässt sich nicht leugnen.

Sweet16: Schick mir ein Bild von dir.

Loverboy: Was würde das beweisen?

Sweet16: Stimmt auch wieder.

Loverboy: Finde es doch heraus.

Sweet16: Was?

Loverboy: Wie ich aussehe.

Sweet16: Ich weiß nicht ... und wenn du ein durchgeknallter Psycho bist?

Loverboy: Dann gehst du einfach wieder.

Sweet16: Hm, lass mich nachdenken.

Loverboy: Lass dir Zeit. Ich träum so lange von dir.

Sweet16: Du weißt doch auch nicht, wie ich aussehe.

Loverboy: Ich fühle dich. Das reicht.

Sweet16: Ein Poet? Schwärm.

Loverboy: Don't be so quick to walk away. Dance with me. I wanna rock your body.

Sweet16: Du magst Justin? Schmelz.

Loverboy: Ich habe 2 Karten fürs Konzert am 12.

Sweet16: Seit Wochen ausverkauft. Du lügst.

Loverboy: Hier in meiner Hand. Ich schwör's.

Sweet16: Verkaufst du eine? Zahle jeden Preis.

Loverboy: Was sagen deine Eltern dazu?

Sweet16: Die müssen nicht alles wissen.

Loverboy: Bist du alt genug? Es gibt Kontrollen am Eingang.

Sweet16: Ich leih mir den Perso von meiner Schwester. Und du kannst Daddy spielen.

Loverboy: CU morgen, 3 Uhr, vorm Siouxsie's.

Noch bevor die nächste Datei geöffnet wurde, meldete der Messenger eine eingehende Nachricht.

LordofLust: Ist der Job erledigt?

Zögern. Dann ein Klick auf *Antwort*. Der Cursor blinkte für die Eingabe.

Darkman: OK.

LordofLust: Gut. Ich habe ein neues Ziel im Auge.

1

Ein Jahr später. Hamburg, Strafjustizgebäude.

Antje drohte ein gemeines Miststück zu werden. Hinterlistiger und verheerender, als es Katrina in New Orleans gewesen war. So fürchteten es zumindest die Meteorologen. Gemächlich wie ein fettes, bösartiges altes Weib hielt Antje auf die deutsche Nordseeküste zu. Ihre Ausläufer hatten die Nacht zuvor die Shetland-Inseln gestreift und gewaltige Sturmfluten an die zerrissenen Küsten geworfen. Das genaue Ausmaß der Schäden war in den frühen Morgenstunden noch nicht absehbar, da alle Nachrichtenkanäle auf den Inseln zusammengebrochen waren. Sicher stand bis zu diesem Zeitpunkt lediglich fest, dass eine Fähre, von Tórshavn auf den Färöer-Inseln kommend, nicht mehr über Radar und GPS zu orten war. Auch der Zielhafen Lerwick sendete keine Antwort mehr.

Antjes ältere, aber kleinere Schwestern Almuth und Amelie hatten in den Tagen zuvor der Norddeutschen Tiefebene viel Regen und Überschwemmungen beschert. Zusammen mit den Schmelzwassern der Elbe und ihren zahlreichen Zuflüssen drohte Hamburg nun Gefahr von zwei Seiten. Die südöstlich der Hansestadt gelegene Staustufe Geesthacht war die letzte Bastion gegen die vordringenden Wassermassen.

Während der Katastrophenschutz alle Kräfte mobilisierte, blickte Balthasar Levy teilnahmslos aus dem Fenster des Strafjustizgebäudes am Sievekingplatz. Der Regen hämmerte wütend gegen die Scheiben und ließ vor Levys geistigem Auge ein Zerrbild vergangener Ereignisse Revue passieren.

Seitdem sein Bruder Frank de Meer vor fünf Monaten aus dem Koma erwacht war, hatten sich die Dämonen wieder in Levys Kopf ausgebreitet. Die Schreie seiner Eltern hallten in seinen Ohren wider, er hatte ihre panischen Gesichter vor Augen, als sie von der Feuerwalze zerfressen wurden. Der beißende Gestank von Benzin und schmorendem Fleisch schien in seiner Nase für immer festzusitzen.

Frank, der für den Tod der Eltern verantwortlich war und in den letzten Jahren weitere unschuldige Menschen grauenvoll ermordet hatte, stand nun vor Gericht. Der Prozess war auf wenige Verhandlungstage angelegt, und das Urteil konnte auf nichts anderes als eine lebenslange Freiheitsstrafe lauten.

Doch das genügte Levy nicht. Er wusste, dass er sich niemals dem Einfluss seines Bruders würde entziehen können, solange dieser noch am Leben war. Nur dieses eine Mal wünschte er sich die Todesstrafe. Sie sollte beenden, was niemals hätte sein dürfen.

«Herr Levy!», drang es barsch an sein Ohr. «Hören Sie denn nicht?»

Levy drehte sich um. «Wie bitte?»

«Ich habe Sie bereits mehrfach aufgerufen», antwortete der Gerichtsdiener.

«Entschuldigen Sie. Ich war in Gedanken.»

«Der Richter wartet. Kommen Sie endlich.»

Levy nickte und folgte dem hastig zur Tür eilenden Mann.

Das Schwurgericht stand unter Vorsitz von Richter Jens Windhoek, einem distinguierten Endsechziger, dem Levy in einer anderen Verhandlung zu einer Mordserie bereits begegnet war. An seiner Seite die beiden Beisitzer und die zwei Schöffen, im hinteren Teil des Saales vollbesetzte Reihen mit Angehörigen und Neugierigen.

«Setzen Sie sich», wies Windhoek Levy an.

Levy ging die wenigen Schritte auf den ihm vertrauten Zeugenplatz zu - nur dieses Mal nicht in der Rolle des Gutachters, sondern als Zeuge im Prozess gegen seinen Bruder. Er schenkte Frank, der zu seiner Linken auf der Anklagebank saß, keinerlei Aufmerksamkeit. Dennoch spürte er dessen Anwesenheit - aufdringlich, verletzend, mächtig.

Windhoek stöberte in den Akten, bis er die entsprechende Seite gefunden hatte. «Auch wenn Sie dem Gericht bekannt sind, in einem meiner Verfahren sogar als Gutachter, so machen es die Umstände erforderlich, noch einmal Ihre Personalien aufzunehmen. Sie sind nach vorliegender Aktenlage als Ruben de Meer 1962 in Emmen, Holland, geboren. Nach dem Tod Ihrer Eltern erfolgte die Einweisung ins Waisenhaus und die spätere Adoption durch die Familie Levy ...»

Ein blecherner, zerrissener Ton schnitt Windhoek das Wort ab. Er schaute von seiner Akte auf und ließ den Blick durch den Raum schweifen. Frank wollte sich zu den Ausführungen des Richters äußern. Er tat dies mit Hilfe eines Gerätes, das an seinem Kehlkopf angebracht war. Der Schuss, der Levy damals das Leben gerettet hatte, war Frank am Hals eingedrungen und hatte seine Stimmbänder verletzt.

Da war er wieder, sein Bruder. Frank blickte ihm geradewegs in die Augen, und Levy spürte eine beunruhigende Furcht in sich aufsteigen.

2

Es war nicht leicht gewesen, das Nikolaifleet über die Schleuse an der Hohen Brücke trockenzulegen. Das Wasser im Zollkanal, wie in der gesamten Speicherstadt, stand mehrere Meter über Normalnull, Tendenz steigend. Doch die Suche nach der kleinen Leonie ließ keine andere Entscheidung zu, zumal ein Augenzeuge sie zuletzt in einem Fleetgang in der Deichstraße gesehen haben wollte. Polizisten und Feuerwehrleute waren knietief durch den modrigen braunen Schlamm gestapft, um die kleine Ausreißerin zu finden. Wie sich zeigte, ergebnislos.

Nicht ganz, denn einen unerwarteten Fund konnten sie verbuchen. Was anfänglich nach einem knorrigen Ast ausgesehen hatte, der sich aus dem Morast erhob, wusch der Regen zu einer menschlichen Hand frei. Nicht die von Leonie, sondern die eines noch unbekannten Mannes, dessen restlicher Leib im Morast verschwunden blieb.

Ringsum in den schmalen und hohen Fleetfronten der Außendeichhäuser standen die Menschen an den Fenstern, um die Polizei bei ihrer Arbeit zu beobachten. Der Regen prasselte auf das weiße Zeltdach, das um die Fundstelle aufgebaut war. Darunter befreite der Rechtsmediziner Dragan Milanovic den Toten vom Schlamm. Er musste vorsichtig vorgehen, da sich die Oberhaut an der Leiche bereits gelöst hatte.

Zum Vorschein kam ein nackter, aufgedunsener männlicher Körper, der beträchtliche Verletzungen aufwies. Auffällig waren die sichelförmigen und scharfkantigen Einschnitte im Fleisch. Daneben und über den ganzen Oberkörper verteilt Schlagverletzungen, genauer: zahlreiche parallel verlaufende, streifenförmige Blutungslinien, die durch einen schmalen Streifen unbeschädigter Haut getrennt waren. An einigen Stellen war die Haut aufgeplatzt. Darunter die ergraute Fettschicht.

An Milanovic' Seite verfolgten Kriminalhauptkommissarin Hortensia Michaelis und Kriminalobermeisterin Naima Hassiri den Vorgang mit gespannter Ungeduld. Wie befürchtet, zeigte auch dieses Opfer die bekannten Spuren.

«Was meinst du?», fragte Michaelis Milanovic.

«Einen Moment noch.»

An Füßen und Händen zeigte sich Waschhaut – eine runzlige Aufquellung der Haut infolge der Wassereinlagerung im Gewebe. Die Totenstarre war bereits gelöst. Totenflecken waren an den Unterarmen und Unterschenkeln nur spärlich ausgeprägt, ein Zeichen dafür, dass die Leiche in Bauchlage getrieben haben musste. Die Hornhaut der Augen war trüb, eine Feststellung der Augenfarbe war nicht mehr möglich.

«Also», begann Milanovic, «der Körper lag vermutlich nicht länger als zehn bis zwölf Tage im Wasser. Der Mann war bereits tot, als er ins Wasser gelangte. Anzeichen des Ertrinkens sind nicht feststellbar. Die Hämatome an den Schlagverletzungen sehen alle gleich aus. Es ist wenig wahrscheinlich, dass sie postmortal zugefügt wurden.»

«Und was ist mit den großen Fleischwunden?», fragte Naima Hassiri.

«Sieht nach einer Schiffsschraube aus.»

«Das heißt», ergänzte Michaelis, «dass der Körper an der Wasseroberfläche geschwommen sein muss.»

Milanovic bestätigte. «Ja, aber nicht länger als drei bis vier Tage. Bei der Wassertemperatur hat sich die Bildung von Fäulnisgasen im Körper verlangsamt. Ich sehe keine Spuren einer Fixierung. Folglich trieb der Körper am siebten oder achten Tag vom Grund zur Oberfläche und hat dann Bekanntschaft mit einer Schiffsschraube gemacht.»

«Das Nikolaifleet scheidet folglich als Ablageort aus», folgerte Naima.

«Ist anzunehmen, wenngleich nicht ausgeschlossen. Der Körper kann bei der aktuellen Hochwasserlage und den Strömungsverhältnissen quasi im ganzen Hamburger Wassergebiet unterwegs gewesen sein, bevor er hier im Schlamm versunken ist.»

«Hast du einen Hinweis auf die Todesursache?», fragte Michaelis.

«Diese Art von Schlägen kann, wenn sie mit großer Wucht ausgeführt wird, schwere innere Verletzungen hervorrufen. Ansonsten vermag ich nichts zu erkennen, was auf eine andere Tötungsart hinweist.»

«Dann haben wir es wieder mit unserem Totschläger zu tun?», fragte Naima.

Milanovic zuckte die Schultern. «Das Verletzungsmuster ist bis auf die Verletzungen durch die Schiffsschraube ähnlich.»

«Danke», sagte Michaelis und beendete damit das Gespräch. Sie spannte den Regenschirm auf und verließ mit Naima das schützende Zelt. Über den schmalen Steg in der Deichstraße angekommen, gingen sie zum Parkplatz und stiegen ins Auto.

«Was schlägst du vor?», fragte Naima.

«Zwei Leichen mit gleichem Verletzungsmuster und eine Leiche in Einzelteilen», antwortete Michaelis. «Ich glaube, es ist Zeit für unseren Spezialisten.»

3

Auf den ersten Blick hätte Lili Waan eine ganz normale Sechzehnjährige aus der elften Klasse der Gesamtschule Wilhelmsburg sein können – ein feingliedriger Körper in schmal geschnittenen Jeans, enges T-Shirt, das ihre kleinen Brüste unterstrich, hennafarbene, lange Haare und ein Markenhandy in glitzerndem Pink am Ohr.

Der Teint ihrer Haut hingegen harmonierte nicht so recht mit den Schönheitsidealen von Sechzehnjährigen. Lili war auffallend hellhäutig, was durch die Sommersprossen noch akzentuiert wurde, die sich links und rechts der kleinen Nase allen Schminkversuchen zum Trotz behaupteten. Auf Lippenstift und Schmuck verzichtete sie gänzlich und betonte ihr zart wirkendes Gesicht lediglich dadurch, dass sie ihre Haarpracht zu einem Pferdeschwanz bündelte.

Und noch etwas passte nicht ins Bild eines Mädchens aus der elften Klasse: Lili sprach nicht über Jungs, Klamotten und Musik, sondern über den Förderunterricht, den sie in den Nachmittagsstunden mit den Achtklässern durchführen wollte. Dazu benötigte sie einen frischen Satz an Ölfarben, Pinsel, Malpapier und die Erlaubnis der Rektorin, den Raum der zehnten Klasse zu benutzen, von wo aus die Schüler einen ungehinderten Blick auf den Park hatten.

Lili Waan war eine der beiden Sozialpädagoginnen, die sich die Schule zur Stärkung der Sozialkompetenz ihrer Schüler leistete.

«Müssen es denn unbedingt diese teuren Ölfarben sein?», hörte Lili am Telefon die Rektorin seufzen, «Wachsmalkreiden tun es doch auch, und die sind wesentlich billiger.»

Lili kannte Einwände dieser Art. Bei der Vorstellung ihres Konzepts *Malen wie die Meister* war die Rektorin noch begeistert gewesen, doch als es an die Finanzierung der benötigten Utensilien ging, wurde aus der Gönnerin eine Buchhalterin.

Sie lächelte ins Telefon. «Van Goghs würden heute keine zwanzig Millionen wert sein, wenn sie mit Wachsmalstiften gemalt wären.»

«Es reicht, wenn Ihre Schüler ein halbwegs stimmiges Bild zustande bringen, das es wert ist, im Klassenraum aufgehängt zu werden.»

«Ich dachte mehr an die Aula. Das Motiv: Schule und Familie. Damit hätten wir wunderbares Anschauungsmaterial für die nächste Sitzung des Elternbeirats.»

Die Rektorin rang mit sich. Schließlich gab sie nach: «Nun gut, wenn es unbedingt sein muss … Passen Sie aber auf, dass alle Pinsel und Farbtuben am Ende der Stunde vollzählig sind, damit wir sie wiederverwenden können.»

Lili versprach es.

Im Klassenraum wurde sie von drei Jungen und sechs Mädchen empfangen. Erwartungsvoll schauten sie auf die Tasche, die Lili mitgebracht hatte. Pinsel, Farben und Malpapier, das sie bereits vor dem Gespräch mit der Rektorin gekauft hatte, schauten heraus. Sie ließ die Tasche herumgehen, und jeder nahm ein vorbereitetes Set an sich.

«Nachdem wir in der letzten Stunde das Zeichnen eines Entwurfs mit Kohlestiften geübt haben», begann Lili, «schreiten wir heute zur Königsdisziplin – dem Malen mit richtiger Profiausrüstung. Geht vorsichtig mit den Farben um. Sie sind sehr kräftig.»

Die Schüler öffneten die Sets in erwartungsvoller Vorfreude. «Ich möchte, dass ihr mit den Farben experimentiert. Wenn ihr wollt, könnt ihr anstatt des Pinsels auch eure Finger verwenden. Spürt das Material, wie es sich anfühlt, mischt eine Farbe mit einer anderen zusammen und führt dann den Finger über das Papier.»

«Was sollen wir malen?», fragte ein Junge.

«Ihr könnt eure Entwürfe nehmen, oder lasst einfach eurer Phantasie freien Lauf. Schaut zum Fenster hinaus. Seht das Grauschwarz der Wolken, die kurz davor sind, sich zu entladen. Beobachtet den Wind, wie er die Bäume unter seiner Kraft bewegt. Die Natur ist ein dankbares Motiv, gerade jetzt, wenn es scheint, als käme die nächste Sintflut auf uns zu.»

«So wie bei Noah und der Arche?»

«Ja, oder wie bei Turner oder Friedrich. Spürt die Natur in euch und was euch damit verbindet. Los jetzt, nicht zu lange nachgedacht. Euer Gefühl ist gefragt.»

Einige der Schüler legten sofort los, andere folgten Lilis Rat und beobachteten das Treiben jenseits der schützenden Glasscheibe.

Lili nahm an einem der Tische Platz und ließ die Schüler arbeiten. Sie griff nach ihrem Handy und überprüfte es auf neue Nachrichten, so wie es auch ihre Schüler gern und oft taten.

Eine Viertelstunde verstrich, als ihr Nicole auffiel, eine frühreife Vierzehnjährige. Sie saß nah am Fenster in der Ecke, drei Tische von den anderen entfernt. Hin und wieder glaubte Lili ein Schniefen von ihr zu hören. So auch jetzt, als Nicole sich mit dem Arm über die Nase fuhr.

Lili stand auf und ging zu ihr hin. Ihre Finger waren ganz in Schwarz getaucht, dazwischen ein Finger mit roter Farbe. Auf dem Malpapier erkannte Lili einen Körper am Boden liegen. Er schien verletzt zu sein, schien zu schreien, darüber ein Gewitter, aus dem Pfeile schossen. Für eine Vierzehnjährige war das eine ziemlich finstere Phantasie. Was Lili jedoch wirklich erschreckte, war ein einziger roter Punkt in diesem Schwarz aus grollendem Himmel und leidender Kreatur.

«Darf ich?», fragte Lili leise und nahm das Papier zur Hand.

Der rote Punkt lag zwischen den Beinen der Figur.

«Hast du dieses Motiv schon mal gesehen?»

Nicole schüttelte den Kopf, den Blick vor sich auf den leeren Tisch gerichtet.

«Woher hast du es dann?»

Nicole antwortete nicht.

«Hast du ...?»

«Nein», schnitt ihr Nicole das Wort ab.

Lili gab ihr das Blatt zurück. «Komm bitte nach der Stunde in mein Zimmer.»

4

Drei Absolut?», fragte der Mann hinter dem Tresen. Levy nickte und zückte einen Fünfziger.

«Vier plus eins. Angebot der Woche», sagte der Mann.

Levy dachte nicht lange nach.

Vorbei an den Nutten vom Kiez und an torkelnden Touristen, die selbst im Regen ihre St.-Pauli-Erkundungen nicht aufgeben wollten, hielt er schnurstracks über die Davidstraße auf seine Wohnung zu. Als sich die Tür des Aufzugs hinter ihm schloss, öffnete er die Flasche und setzte sie an. Nicht denken, nicht fühlen.

Der Computer meldete fünf Nachrichten im Posteingang. Levy kümmerten sie nicht. Bis auf die Haut durchnässt und mit der Flasche in der Hand ließ er sich aufs Bett fallen. Die Wärme strömte wohltuend in seinen Magen.

5

Stephan Voss war bestens gelaunt. Eine Fondsbeteiligung und eine Berufsunfähigkeitsversicherung hatte er heute an die Frau gebracht.

Die Kleine war eine Schnepfe aus dem Badischen gewesen, die ihre erste Stelle bei einer Softwarefirma angetreten hatte. Eine geschlagene Stunde hatte er sich den Unsinn über Examensstress, verstaubte Professoren und die Karriere, die nun auf sie wartete, anhören müssen. Damit ihr auf diesem Weg nichts mehr in die Quere kam, wollte sie auf Nummer sicher gehen und vorsorgen.

Wie immer in den Abschlussgesprächen hatte er alle Informationen parat – Vermögensaufstellung, familiärer Hintergrund, Lebensplan –, um die geeignete Absicherung für die Widrigkeiten des Lebens zusammenzustellen. Er schmunzelte. Als könnte man das Leben versichern.

Der Erstkontakt hatte vor vier Wochen stattgefunden. Einer seiner Kunden hatte ihn weiterempfohlen. Sie waren über ganz Deutschland verteilt, und deshalb war er viel unterwegs. Doch wann immer er es einrichten konnte, verließ er seine Wohnung in St. Georg nicht. Er lebte in zwei Zimmern mit Küche und Bad. Nichts Besonderes. Außer dass er die alleinige Verfügungsgewalt über einen Kellerraum hatte, den nur er betreten konnte. Er lag abgelegen im hinteren Teil des Hauses tief unter der Erde. In den Bombennächten des Zweiten Weltkriegs hatte er vielen Hamburgern das Leben gerettet. Heute war das anders.

Die Vermieterin, eine alleinstehende Frau in ihren Achtzigern, hatte den Keller bei einem Beratungsgespräch erwähnt. Sie plapperte über ihre Kinder und Enkel, die nach Süddeutschland gezogen waren und für die sie nach der Zeit ihres Ablebens vorsorgen wollte. Voss hörte nur mit einem Ohr zu, seine Gedanken kreisten um den Keller. Er musste aus seiner alten Wohnung raus und suchte dringend etwas Neues. Da kam ihm die Alte mit ihrer Wohnung und dem Keller gerade recht. Er berichtete von der schlechten Nachbarschaft und seinem Hobby, dem Schlagzeugspielen, das ihm durch die Beschwerden der Anwohner vergällt worden war. Wenn sie ihm diese Wohnung und den Keller vermietete, dann würde er ihr ein besonderes Paket für die lieben Kleinen zusammenstellen, das sonst niemand bekäme. Das Stundenhotel gleich nebenan störe ihn nicht.

Die Alte empfand das als gutes Geschäft und willigte ein. So waren beide zufrieden – sie in ihrer Illusion und er mit einem neuen Hobbyraum.

Stephan Voss schälte sich aus dem Anzug und hängte ihn sorgsam auf den Bügel. Das Affenkostüm würde er diese Woche nicht mehr benötigen. Während er den Overall überstreifte, dachte er an das Flittchen vom Nachmittag. Er würde ihr vier Wochen Zeit geben. Dann wollte er sie wie zufällig vor ihrer Haustür abpassen, um noch eine Frage zur getätigten Finanzanlage zu klären. Die Unterlagen habe er dabei, und man könne es gleich in seinem Wagen besprechen. Argwohn hatte er bei dieser Vorgehensweise noch nie erlebt. Das Geschäft beruhte auf Vertrauen.

Er packte die Reinigungsmittel in einen Eimer, zog die Gummistiefel an und verließ die Wohnung. Im Treppenhaus war es ruhig. Ebenso im Untergeschoss. Er schloss die schwere Feuerschutztür auf, die zu seinem Keller führte, und verriegelte sie gleich nach seinem Eintreten wieder. Hier unten im Gang gab es kein Licht. Er hatte eigens die Leitung gekappt. Die Taschenlampe wies ihm den Weg. Es war still und roch nach Schimmel, der in der Nase kitzelte.

Vor seinem Kellerraum angekommen, schob er die beiden Riegel zurück und schloss auf. Die Tür war nach innen mit reichlich Styropor abgedichtet, sodass niemand diesseits der Tür fürchten musste, durch den Lärm belästigt zu werden.

Er knipste die Lampe an, stellte den Eimer zu Boden und verstaute das Notebook. Dann schob er die Bahre zur Seite und machte sich an die Arbeit. Erst einmal Musik. Er drehte den Ghettoblaster auf. *Sunshine of Your Love*, die bläserdominierte Version von Ginger Baker's Air Force aus dem Jahr 1970, erklang. Diese wild und dämonisch klingende Fassung des Cream-Gassenhauers war ultraselten, und als sie 1998 auf einer Ginger-Baker-Kompilation endlich offiziell als CD erschien, hatte er trotz des stolzen Preises sofort zugegriffen.

1998 war auch das Jahr, in dem sie ihn fast erwischt hätten. Damals war er jung und vor allem dumm gewesen. Er hatte sich von seinen Gefühlen leiten lassen, die ihn geradewegs ins Verderben geführt hätten, wenn er sich nicht rechtzeitig am Riemen gerissen hätte. Seitdem ging er klarer, überlegter und geduldiger vor. Früher oder später landeten sie alle bei ihm.

I'm with you my love, the lights shining through on you.

Er drehte den Wasserhahn auf und spritzte mit dem Schlauch die Ecke aus. Aus dem Halbdunkel wurden die Reste herangespült, die er gestern nicht mehr hatte entsorgen können. Sie sollten kein Problem darstellen. Es passte alles in die Abfalltüte. Nur der Arm nicht.

6

Levy, wach auf!», schrie Michaelis gegen das Heulen des Sturms an. Sie rüttelte ihn, doch er schien wie tot. Am Boden lagen zwei leere Flaschen Absolut-Wodka. Sie kickte sie energisch unters Bett. Dann schloss sie das Fenster.

Levy drehte sich zur Seite, hielt die Augen geschlossen und rollte sich wie ein Embryo zusammen. «Was ist?»

«Wieso hast du das Fenster offen?»

«Ist doch egal.»

«Willst du dir den Tod holen? Du bist völlig durchnässt.»

«Wie kommst du hier rein?»

Michaelis fuchtelte mit dem Schlüssel vor seinen Augen herum. «Der Zweitschlüssel. Schon vergessen?»

«War 'n Fehler. Leg ihn auf den Tisch und verschwinde.»

«Das würde dir so passen.»

«Ja, verdammt. Und jetzt lass mich in Ruhe.»

Sie setzte sich auf die Bettkante und drehte sein Gesicht zu sich hin. «Mein Gott, Levy, was ist nur aus dir geworden?»

Verkatert öffnete er die Augen. «Liebe deinen Bruder wie dich selbst.»

«War es so schlimm?»

«Wieso hat Naima nicht besser zielen können? Ein paar Zentimeter höher, und ich hätte meine Ruhe.»

Frank war wieder in sein Leben getreten, und zwar schlimmer, als sie es befürchtet hatte. Sie hatte ihn bei ihrer gestrigen Zeugenaussage das erste Mal seit Naimas Rettungsschuss wiedergesehen. Er war eine beängstigende Erscheinung. In seinen Augen spiegelte sich ihre Furcht vor dem, was er ihr angetan hatte, und dem, wozu er noch über die Gefängniszelle hinaus fähig war, anzurichten. Er war kein Tier, die handelten nach ihren Instinkten, er war ein gefühlskalter, berechnender Psychopath, der sich am Leid anderer Menschen ergötzte.

«Komm», sagte Michaelis und griff Levy unter die Arme. «Ich lass dir ein Bad ein.»

«Das hilft auch nicht mehr.»

Michaelis zog Levy hoch und bugsierte ihn ins Badezimmer.

Während das Wasser einlief, half sie ihm, sich auszuziehen. Von der gesunden Körperverfassung von vor einem halben Jahr war nichts mehr zu erkennen. Levy hatte Gewicht verloren und war kreidebleich. Immerhin, die Hautimplantate waren gut verheilt. Man erkannte nur noch die Wundnarben, die wie eine schwache Naht auf der Haut verliefen. Sie erschrak bei diesem Anblick, sagte aber nichts.

«Dreh dich um. Ich will nicht, dass du mich so siehst», bat Levy.

Normalerweise hätte sie gelacht und gesagt, dass er nicht der erste Mann sei, den sie nackt sehe, doch dieser Fall lag anders. Sie schüttete Badezusatz ins Wasser, und Levy stieg hinter ihrem Rücken in die Wanne.

«Ich mach uns einen Kaffee», sagte sie und ging in die Küche.

Das warme Wasser prickelte auf Levys Haut, wie bei einem eingeschlafenen Bein, wenn es wieder erwacht. Es schien ihm fast angenehm zu sein.

«Was willst du eigentlich?», rief Levy zur Seite.

In der Küche röchelte die Kaffeemaschine.

«Es gibt Arbeit.»

«Ich bin krankgeschrieben.»

Michaelis tauchte in der Tür auf. «Seit wann?»

«Seit heute.»

Sie setzte sich auf den Rand der Badewanne und strich ihm über den Kopf. «Es tut mir leid für dich. Ich weiß ...»

«Nichts weißt du.»

«Ich kann es mir vorstellen, okay?»

Die Antwort erstickte sie mit dem Finger auf seinen Lippen. «Es muss fürchterlich sein, wieder mit Frank konfrontiert zu werden. Aber ich verspreche dir, dass es das letzte Mal in deinem Leben sein wird.»

«Du meinst, es geht mir besser, wenn er hinter Gittern sitzt?»

«Er wird nie wieder herauskommen.»

«So lange er lebt, wird er nicht mehr gutmachen können, was er uns angetan hat.»

Michaelis schwieg, denn Levy hatte recht. Auch sie war Franks Opfer gewesen und war nur knapp dem Tod entronnen. Sie hatte im Krankenhaus viel Zeit gehabt, darüber nachzudenken. Doch diese Erfahrung ließ sich nicht mit dem Verstand verarbeiten. Frank de Meer hatte ihr die Selbstsicherheit geraubt, sie im tiefsten Inneren erschüttert, verunsichert und verletzt. Seitdem sah sie die Welt mit anderen Augen. Eine Körperverletzung oder ein Mord war nicht mehr bloßer Tatbestand aus dem Strafgesetzbuch, sondern gelebte Erfahrung. Das war eine ganz andere Qualität.

Sie kam zum Thema. «Wir haben eine neue Leiche.»

«*Quelle surprise*», antwortete Levy lakonisch.

«Es handelt sich um einen Mann, den wir heute im Nikolaifleet gefunden haben.»

«Wenn du alle Fleete trockenlegen würdest, fändest du noch mehr.»

«Er weist dasselbe Verletzungsmuster auf wie der von letzter Woche.»

«Dann ist die Sache einfach. Ihr sucht denselben Täter.»

«Wir haben noch ein anderes Opfer. Von ihr gibt es nur Einzelteile.»

«Gut, dann sucht ihr eben zwei Täter.»

«Hör mit deinem Sarkasmus auf. Ich möchte, dass du mir hilfst.»

Levy lachte bemüht. «Es ist das erste Mal, dass ich Sven recht gebe. Ich bin ein Wrack und tauge nicht für eure Arbeit.»

Michaelis riss sich zusammen. «Auch wenn es dir kein Trost ist: Gerade weil du ein Wrack bist, gibt es keinen Besseren als dich für diesen Job.»

7

Willytown. *Was geht ab, Digga?*

Der Weg von der S-Bahn zum Wohnblock, in dem Nicole lebte, war erfreulich menschenleer. Die Homeys stemmten um diese Zeit Gewichte oder übten hinter kahlen Kellermauern für eine Karriere als Gangsta-Rapper. Wind peitschte Regen in Lili Waans Gesicht. Die Lichter der Wilhelmsburger Wohnsiedlungen dienten ihr als einzige Orientierung. Obwohl Nicole nichts von einem Gespräch zwischen Lili und ihren Eltern hatte wissen wollen, ließ sich Lili nicht beirren. Sie musste das klären. Dass eine Vierzehnjährige offensichtlich regelmäßig Geschlechtsverkehr mit jemandem aus ihrem nahen Umfeld hatte, war nicht akzeptabel. Nicole hatte nicht verraten, um wen es sich dabei handelte.

Der Wohnblock endete irgendwo im schwarzen Nichts. Lili suchte vergebens nach dem Namen. Von den rund fünfzig Klingelschildern war die Mehrzahl eingedrückt, der Rest verbarg sich unter einer Schicht Sprühfarbe. Kurzerhand drückte sie die oberste Reihe durch. Keine Antwort. Dann die zweite Reihe.

«Zu wem willst du?», fragte eine Stimme neben ihr.

Lili drehte sich um und sah ein Mädchen, vielleicht zwölf oder dreizehn, aus dem Dunkel des Dachvorsprungs treten. Es nahm einen tiefen Zug von seiner Zigarette.

«Nicole Stevens», antwortete Lili.

«Hat sie was ausgefressen?»

«Nein, ich will mit ihren Eltern sprechen.»

«Bist du vom Jugendamt?»

«Ich bin ihre Lehrerin. Aber was machst du um diese Zeit hier draußen? Und außerdem: Bist du nicht noch etwas zu jung fürs Rauchen?»

«Meine Alten haben Stress. Wenn der Werbeblock vorbei ist, kehrt wieder Frieden ein. Und du? Bist ganz schön mutig. Alleine nachts in dieser Gegend.» Es schnippte die Kippe in den Regen.

«Wo kann ich Nicole finden?»

«Klingeln bringt nichts. Da macht niemand auf. Komm mit, ich zeig's dir.»

Das Mädchen schloss die Tür auf und ging die Stufen hoch. Lili folgte ihm. «Den Aufzug kannste vergessen. Letzte Woche haben sie das Ding einfach abgefackelt.»

«Wie heißt du?»

«Lotte. Und du?»

«Lili.»

Sie traten in den ersten Stock. Aus einer der Türen klang der Gesang einer Frau aus dem Fernsehen.

«In den unteren Stockwerken wohnen nur Türken», sagte Lotte. «Die Deutschen findest du weiter oben, auch ein paar Jugos und Albaner.»

Als sie endlich den neunten Stock erreicht hatten, wies Lotte in den Gang. «Dritte Tür links.»

«Danke», erwiderte Lili, «und überleg dir das nochmal mit dem Rauchen.»

Lotte lächelte. «Viel Glück.»

Sie sperrte Lottes Wohnungstür auf. Dahinter erkannte Lili einen Mann im ausgeleierten Jogginganzug, eine Flasche Bier in der Hand. Er blickte ihr geradewegs in die Augen, als er zum Trinken ansetzte.

Lili ging weiter. Der Geruch von abgestandenem Frittierfett drang ihr in die Nase. Der Linoleumboden klebte. Von den Wänden grinsten sie die Schmierereien pubertierender Jugendlicher an.

Im fahlen Neonlicht erkannte sie verblichenes Gekritzel auf dem Namensschild. Sie klingelte und wartete. Keine Reaktion. Sie klopfte.

Das Geräusch kleiner trampelnder Füße, dann öffnete sich die Tür. Ein Junge, acht oder neun Jahre alt, blickte sie misstrauisch an.

«Ich möchte mit deinen Eltern sprechen», sagte Lili freundlich.

Der Kleine drehte sich wortlos um und lief zurück. In den Gang fiel das blassblaue Licht eines Fernsehers. Dahinter eine Tür, einen Spalt offen. Ein Gesicht lugte hervor. Es wurde verdeckt von der Gestalt einer Frau im rosafarbenen Bademantel, Haare hochgesteckt. Sie begrüßte Lili argwöhnisch. «Was gibt's?»

«Mein Name ist Lili Waan, ich bin eine Lehrerin von Nicole …»

«Hat sie wieder was ausgefressen?», unterbrach sie die Frau.

«Nein, nein. Ich bin wegen etwas anderem hier.» Lili wartete darauf, in die Wohnung gebeten zu werden. Vergebens. Sie holte die Zeichnung hervor und hielt sie der Mutter hin. «Das hat Nicole heute Nachmittag in meiner Stunde gemalt.»

Die Frau warf einen flüchtigen Blick darauf. «Na und?»

«Erkennen Sie den roten Punkt, den sie zwischen den Beinen gemalt hat?»

Sie schaute genauer hin. «Deswegen kommen Sie mitten in der Nacht hierher?»

«Ja, und außerdem habe ich mich mit ihr darüber unterhalten.»

«Machen Sie's nicht so spannend.»

«Sie sagt, dass sie von jemandem aus der Familie sexuell bedrängt wird.»

Die Frau erschrak. «Wie bitte?!» Dann wandte sie sich um. «Nikki, komm her!»

Aus dem Spalt trat Nicole hervor. Sie hatte die Unterhaltung belauscht. Den Kopf gesenkt, trat sie neben ihre Mutter. Durch die Stimmen im Gang aufgeschreckt, kam ein Mann aus dem Wohnzimmer hinzu. «Was ist hier los?», blaffte er.

«Deine Tochter behauptet, dass du sie fickst.»

«Das habe ich nicht gesagt», widersprach Lili.

«Was dann?», wollte er wissen.

«Fragen wir sie doch am besten selbst», schlug Lili vor. «Hab keine Angst, Nicole. Ich bin hier, um dir zu helfen.»

«Einen Scheiß werden Sie», fuhr die Mutter sie an. Dann zu ihrer Tochter: «Was verbreitest du wieder für Lügen über uns?»

Nicole brachte keinen Ton heraus.

«Hab keine Angst», beruhigte sie Lili, «du musst nur sagen, was du mir heute erzählt hast.»

«Jetzt mach deinen Mund auf», keifte die Mutter.

«Nichts hab ich erzählt», sagte sie kleinlaut.

«Na, also», bekräftigte der Vater.

«Nicole», versuchte Lili es noch einmal, «bitte.»

«Nichts hab ich erzählt», wiederholte Nicole. «Gehen Sie weg.»

«Ab in dein Zimmer», ordnete die Mutter an. «Wir sprechen uns noch.»

Doch so schnell wollte sich Lili nicht geschlagen geben. «Interessiert es Sie überhaupt nicht, was Ihre Tochter …»

«Hören Sie», schnitt die Mutter ihr das Wort ab, «nehmen Sie das Gekritzel wieder mit und kümmern Sie sich um Ihre Angelegenheiten. Ich weiß, was meine Tochter tut und was nicht. Wenn ihr hier jemand ans Höschen geht, dann bin ich die Erste, die das erfährt. Und lassen Sie meinen Mann aus dem Spiel.»

Die Tür flog Lili vor der Nase zu. «Ich werde das nicht auf sich beruhen lassen», rief sie gegen die Ignoranz an.

Wütend trat Lili den Rückweg an. Sie ärgerte sich, dass sie sich so einfach hatte abwimmeln lassen. Sie hätte gleich mit dem Jugendamt anrücken sollen. Verdammtes Pack. Wieso erkennen sie die Zeichen nicht?

Als Lili im Erdgeschoss angelangt war, hörte sie Rap-Musik. Eine Tür stand offen. Ein junger Mann mit nacktem Oberkörper lehnte lässig am Türstock. Kurzhaarschnitt, sonnenbankgebräunt, Tätowierungen über der Brust, Adidas-Schuhe, lässige Jeans. Kanakenstyle.

«Hey, Pussy, was geht?»

Er spannte die Muskeln. Lili ließ ihn stehen.

Er griff sich in den Schritt und rappte: «Komm, wir machen Party … mit Wodka und Bacardi … Shake … shake dein Arsch.»

8

Das Team war versammelt.

Der dunkelhäutige Luansi Benguela, Michaelis' Stellvertreter, der Computerfachmann Alexej Naumov, Falk Gudman, der Verhörspezialist, Naima Hassiri, die Chefermittlerin, und Dragan Milanovic, der Rechtsmediziner. Auf den zahlreichen Monitoren waren Bilder von Leichen und Fundorten zu sehen, Landkarten und Berichte.

Michaelis betrat gemeinsam mit Levy den Raum. Obwohl sie Levy seit dem Fall um die Terroranschläge in Hamburg, Frankfurt und Mannheim nicht mehr gesehen hatten, hielt sich die Wiedersehensfreude in Grenzen. Es wurde lediglich registriert, dass ihn Michaelis zum Fall hinzugezogen hatte – anscheinend nicht zur allgemeinen Begeisterung.

«'n Abend», sagte Levy und nahm an einem der Schreibtische Platz. «Schön, dass ihr mich vermisst habt.»

Levy, unrasiert und im verknautschten Halbmantel, wartete auf eine Reaktion. Ein Blick zur Begrüßung musste genügen. «Gibt's auch was zu trinken?»

«Kaffee steht auf dem Tisch», erwiderte Michaelis. «Ansonsten, gedulde dich.»

Falk Gudman erhob sich, grinste abfällig. «Ich hab noch ein paar Mon Chéri im Schrank. Wenn dir die als Begrüßungsdrink reichen?»

Michaelis duldete keinen Widerspruch. «Ich werde meine Entscheidung nicht diskutieren. Levy ist wieder im Team. Und damit basta.»

«Meinst du, er wird auch nur eine Stunde ohne Stoff überstehen?»

«Falk, setz dich.»

Levy schaute sich in der Runde um. Alexej und Luansi schienen ihm wohlgesinnt, Naima neutral, Dragan besorgt.

«Dann fehlt ja nur noch Sven zu meinem Glück», erwiderte Levy.

«Sven und seine Leute sind mit dem Bosporus-Fall beschäftigt», entgegnete Michaelis.

Sven Demandt, sein ehemaliger Mentor und Ausbilder in der Abteilung Operative Fallanalyse beim BKA, war mit seiner Mannschaft hinter dem oder den Tätern her, die in den letzten sieben Jahren neun Dönerbudenbesitzer ermordet hatten. Er erinnerte sich. Es hatte dazu bereits eine Anfrage im Bundestag gegeben. Die Nerven lagen blank, wenn sich die Politik einschaltete.

Levy grinste. «Na, dann habt ihr ja mit mir den Jackpot geknackt. Gratuliere.»

«Levy», schnitt ihm Michaelis das Wort ab, «spar dir die Stichelei. Wir brauchen dich, Punkt.»

«Ich fühle mich geehrt.»

Michaelis ließ es unkommentiert. «Dann lasst uns anfangen. Dragan, was hat die Obduktion ergeben?»

«Bei dem Opfer im Nikolaifleet handelt es sich um einen Mann weißer Hautfarbe, etwa dreißig Jahre alt», begann Milanovic. «Keine Narben, keine Tätowierungen, keine Erkrankungen oder Operationen, die auf seine Identität schließen lassen könnten. Der Mann war vollkommen gesund, gut genährt, kein Raucher, kein Trinker, kein Pillenschlucker – beste Voraussetzungen für ein langes Leben. Das Gebissschema und die DNA habe ich zur Abklärung in die nationalen Datenbanken gegeben, bisher ohne Ergebnis. Den Todeszeitpunkt lege ich auf eine Spanne von zwölf bis vierzehn Tagen. Er gelangte erst nach seinem Tod ins Wasser. Kurz danach, würde ich sagen. Todesursache: ein gebrochener Kehlkopf, der zum Ersticken führte.»

«Wie wurde ihm die Verletzung beigebracht?», fragte Naima.

«Ein Tritt oder ein Schlag. Keine Strangulation. Er ist an der aufkommenden Schwellung erstickt.»

«Ist er verprügelt worden?», wollte Luansi Benguela wissen.

«Das auch. Sein Körper weist zahlreiche Hämatome auf. Ich schätze, sein Martyrium hat sich über Stunden hingezogen. Womit wir bei dem auffälligen, uns bereits bekannten Verletzungsmuster sind.»

Milanovic bat Alexej Naumov, die Aufnahmen auf dem großen Monitor zu zeigen. Sie offenbarten einen Teil des Rückens, auf dem man deutlich die Verletzungen durch die Schiffsschraube und die Schlagabdrücke erkennen konnte.

«Wie in unserem Fall von letzter Woche sehen wir auch hier die typischen Muster eines Schlagstocks.» Milanovic deutete auf die roten, parallel verlaufenden Blutlinien, in der Mitte ein weißer Streifen, etwa einen Zentimeter breit.

«Es ist also definitiv keine Peitsche», stellte Naima fest.

«Ich tippe auf einen Rohrstock.»

«Welcher Art?», wollte Michaelis wissen.

«Kein Bambus. Bei der Wucht, mit der der Täter zugeschlagen haben muss, wäre er wahrscheinlich gesplittert. Ich tippe auf Rattan. Das ist biegsamer.»

«Wie oft hat der Täter zugeschlagen?», fragte Gudman.

«Ich habe vierundneunzig Hiebe gezählt. Einige waren so stark, dass sie das Gewebe zum Platzen gebracht haben. Der Unterarmknochen und das Nasenbein sind dadurch gebrochen.»

«Also ein Mann mit viel Kraft und Ausdauer.»

«Ja, aber ob Mann oder Frau, kann ich nicht bestimmen. Rechtshänder. Die Hiebe verlaufen von oben links nach rechts unten.»

Alexej Naumov schaltete sich ein. «Hat er lange leiden müssen?»

«Kommt auf seine Schmerztoleranz an. Drei bis fünf Stunden. Dann trat Bewusstlosigkeit ein.»

«Ist er fixiert gewesen?», fragte Naima.

«Ich habe keine Anzeichen dafür gefunden.»

«Das heißt, er hat es freiwillig über sich ergehen lassen?»

«Oder er war kampfunfähig», fügte Luansi Benguela hinzu.

«Die chemischen und feinstofflichen Untersuchungen laufen noch. Bisher habe ich aber keine Spuren von einem Betäubungsmittel feststellen können.»

«Wer macht so was?», fragte Naumov. «Das ist doch krank.»

Naima lächelte. «Was glaubst du, was ich in den letzten Tagen alles gesehen habe.»

«Gute Frage», sagte Michaelis. «Was machen deine Ermittlungen bei den Dominas?»

«Bisher will keine der Damen den Mann erkannt haben. Vielleicht haben wir mit dem Neuen mehr Glück.»

«Muss es sich denn unbedingt um einen sexuellen Hintergrund handeln?», warf Gudman skeptisch ein.

«Levy, was meinst du dazu?», fragte Michaelis.

Doch Levy antwortete nicht. Er war eingenickt.

9

Der Scheibenwischer lief im Intervall. Stephan Voss blickte hinauf in den vierten Stock, wo noch immer die Bürobeleuchtung brannte. Jennifer hatte ihm im letzten

Gespräch vor einigen Wochen geklagt, dass sie lange im neuen Job arbeiten müsse. Doch nun ging es bereits auf 21 Uhr zu. Seinen Standardspruch *Ich war ohnehin in der Gegend* konnte er nun nicht mehr anbringen. Dabei war die Gelegenheit günstiger denn je. Regen und Wind zwangen die Bewohner der Stadt in die eigenen vier Wände. Es war niemand auf der Straße oder an den Fenstern der umliegenden Häuser zu sehen.

Jennifer war gerade erst zwanzig Jahre alt und hatte bereits Verantwortung zu tragen. Ihre Angst zu scheitern hatte sie schon öfter zur Sprache gebracht. Stephan zeigte sich verständnisvoll, teilte ihre Besorgnis und machte ihr Mut, dass sie die Kraft und das notwendige Durchsetzungsvermögen mitbringe, um den Anforderungen gerecht zu werden. Er habe eine gute Menschenkenntnis und sei sich sicher, dass sie zu den wenigen gehöre, die es schaffen würden.

Es hätte nicht viel gefehlt, und er wäre an jenen Abenden in ihrem Bett gelandet – wenn er es gewollt hätte. Die anfänglich spröde, doch mit der Zeit schnell auftauende Jenny aus Chemnitz war allein in dieser Stadt. Sie suchte nach Freundschaft und Nähe, die sie in Stephan glaubte gefunden zu haben. Dabei verachtete er sie, sie alle, die sich auf seine Aufmerksamkeit etwas einbildeten.

Aufmerksamkeit. Das war das Schlüsselwort in seinem Leben gewesen. Damals hatte sie sich einen Dreck darum geschert – Tanja, seine langjährige Freundin und Fast-Ehefrau. Er hatte sie auf einer Party kennengelernt. Da war er gerade achtzehn und sie einundzwanzig. Sie war ihm sofort aufgefallen. Selbstbewusst, überlegen, laut. Sie war in Begleitung ihres Freundes gekommen, eines älteren Abteilungsleiters mit BMW und in Armani. Der glaubte, bestimmen zu können, mit wem sie quatscht, mit wem sie tanzt, mit wem sie fickt. Sie machte ihm schnell klar, wer das Sagen hatte. Zuerst auf der Tanzfläche, dann in der Küche und zum Schluss auf der Toilette. Nachdem sie ihr sexuelles Bedürfnis befriedigt hatte, ging sie geradewegs auf Stephan zu, griff nach seiner Hand und führte ihn hinaus in die kühle Nacht. Ausgerechnet ihn, der sich nie im Leben getraut hätte, sie anzusprechen, geschweige denn, von so einer Superfrau angesprochen zu werden.

Drei Wochen später zogen sie zusammen. Sie wollte es so, meinte, dass es an der Zeit wäre, sich auf eigene Füße zu stellen und das bequeme Heim bei Mama zu verlassen.

Seine Mutter mochte sie vom ersten Augenblick an nicht. Tanja habe den Teufel im Leib. Sie wusste, wovon sie sprach. Auch seine Mutter war die bestimmende Person in der Familie gewesen, hatte den Vater in den Suff getrieben und ihn unter ihre Rockschürze gezwungen.

Seine Mutter und Tanja waren die wichtigsten Personen in Stephans Leben gewesen. Letztlich hatte er sich für Tanja entschieden. Sie bestand darauf, dass er auszog, den Job als Installateur schmiss und das Kaff in der Nähe von Koblenz verließ. Die Zeit wäre reif für Besseres, sagte sie und meinte sich. Wieso sie sich gerade ihn für einen Neuanfang ausgesucht hatte, blieb ihm ein Rätsel. Sie hätte jeden haben können.

In Frankfurt arbeitete er sich durch die Stellenanzeigen. Der Unmut in seinem neuen Zuhause wuchs. Wieso er es nicht fertigbrächte, eine Arbeit zu finden, die ihren gemeinsamen Ansprüchen genügte. Sie habe es zumindest in das Vorzimmer des Agenturchefs gebracht, der ihr Hoffnungen auf eine Assistenz machte.

Er wagte dieses eine Mal zu widersprechen und sollte es bitter bereuen. Ansprüche stelle wohl nur sie, sagte er gedankenlos. Er sei mit der Zweizimmerwohnung in der

Nähe des Mains zufrieden. Und was sie zusammen verdienten, reiche, um bequem über die Runden zu kommen.

Von der Gegenrede sichtlich überrascht, schwieg sie einen Moment, bis sie schließlich in zynisches Gelächter ausbrach. Die Hände in die Taille gestützt, baute sie sich vor ihm auf. Er habe keinen Willen, aus seinem Leben etwas zu machen, hänge die ganze Zeit bei sinnloser Arbeit herum, würde ihr nichts bieten und behindere sie in ihrem Bestreben, Karriere zu machen. Er sei ein Weichei, ein Waschlappen und Mamasöhnchen, der sie nur behindere. Selbst im Bett müsse sie die Führung übernehmen. Er besäße nicht genügend Phantasie, um eine Frau wie sie zu befriedigen.

Und dann schmiss sie ihn raus.

Zuerst kam er bei Arbeitskollegen unter, dann in einer Wohnung am Stadtrand. Die Alte, die ein Zimmer an Wochenendheimfahrer vermietete, mochte ihn und er sie. Doch Freitag- bis Sonntagabend kam ihr Mann, der in Kassel arbeitete. Da wollte sie ungestört sein. Auf Dauer fühlte er sich unter so viel unerwarteter Zuneigung erdrückt und ging schweren Herzens. Sie war nicht die, mit der er zusammen sein wollte.

Unerwartet kam die Chance, um alles wieder ins Lot zu bringen.

Wenn er eine Eigenschaft besaß, dann die, dass er zuhören konnte. Besser: Er konnte es überzeugend spielen. Denn im Grunde kümmerte er sich einen Dreck um die Sorgen und Ängste anderer. Es war eine Belastung für ihn, sich stundenlang den Klagen und dem Selbstmitleid auszusetzen. Aber das gehörte zu seiner Taktik. In einem seiner Jobs hatte er es fast geschafft, in den Betriebsrat gewählt zu werden, bevor er gekündigt wurde.

Und jetzt suchte diese Versicherung Mitarbeiter für eine

neue Filiale in Köln. Die Anforderungen waren wie für ihn maßgeschneidert – geduldig, einfühlsam und zielbewusst, um zuzuschlagen, wenn die Zeit gekommen war. Mit dem geforderten Biss tat er sich noch schwer, doch er würde daran arbeiten. Dafür winkten gute Erfolgsprovisionen und die Möglichkeit des ungehinderten Aufstiegs. Tanja würde stolz auf ihn sein.

Die Konkurrenten in seinem neuen Job verwechselten Biss mit Aggressivität. Dabei führte der Weg zum Erfolg nur über Ausdauer und Vertrauen. Binnen eines Jahres war er eine feste Größe in der Kölner Filiale. Dienstwagen, kostspieliger Anzug und ein pralles Konto am Monatsende ließen ihn selbstbewusst nach Frankfurt reisen. Er beobachtete sie ein paar Tage lang. Sie wohnte noch immer in der alten Wohnung und arbeitete noch immer bei derselben Werbeagentur. Ihr Traum, das Sekretariat hinter sich zu lassen, war nicht in Erfüllung gegangen.

Wie zufällig parkte er den dunkelblauen BMW vor dem Café, wo sie zu Mittag aß. Er glaubte, ihre Verblüffung spüren zu können, als er im Anzug und mit Handy am Ohr an einem Tisch nicht weit von ihr Platz nahm. Er machte auf wichtig und fütterte seinen PDA mit neuen Terminen.

Als sie auf ihn zukam, spielte er den freudig Überraschten, Küsschen hier, Küsschen dort, und bat sie Platz zu nehmen. Eine Flasche Veuve Clicquot zum Wiedersehen durfte es schon sein. Mein Gott, man hatte sich ja so lange nicht mehr gesehen. Er musste nicht viel von sich erzählen, das Wesentliche war ihr ohnehin schon ins Auge gefallen.

Den Nachmittag verbrachten sie in ihrer alten Zweizimmerwohnung. Zwei Wochen später mietete er 120 Quadratmeter Altbau und stellte es Tanja frei, arbeiten zu gehen. Sie entschied sich fürs Einrichten der großzügigen Wohnung. Dass er unter der Woche in Köln sein musste, tat seinem

Glück keinen Abbruch, sie sahen sich häufig genug. Als die Wohnung fertig eingerichtet war, die Essen mit ihren früheren Kollegen seltener wurden und Tanja sich allein in der großen Wohnung nicht mehr wohl fühlte, begannen die ersten leisen Vorwürfe. Er sei viel zu oft unterwegs und schenke ihr zu wenig Aufmerksamkeit. Entweder zöge er nach Frankfurt oder sie nach Köln.

Frankfurt scheide aus, antwortete er, da er in Köln an seiner Karriere arbeite und dort auch nicht mehr Zeit für sie haben würde. Sie solle sich gedulden. Wenn er die Frankfurter Filiale übernehme, und daran arbeite er, würde sich alles ändern.

Eine Zeitlang gab sich Tanja damit zufrieden, doch dann kam ihre alte Herrschsucht wieder zum Vorschein. Sie befahl ihm dies, mäkelte an jenem herum und vergällte ihm die nächtlichen Fahrten zwischen Köln und Frankfurt, indem sie abends *Freunde* besuchte. Sie wollte ihn dort treffen, wo es für ihn am schmerzhaftesten war, und nährte in ihm die Angst, dass er unfähig war, eine Frau zufriedenzustellen.

Es war die Zeit, als er gegen einen unerwartet starken Konkurrenten um die Stelle als Filialleiter kämpfte. Er kam müde und gereizt nach Hause und musste sich die Vorwürfe Tanjas anhören. In dieser Nacht war sie in Hochform. Sie beleidigte und demütigte ihn, nannte ihn einen karrieregeilen Egoisten, der nichts zustande bringe. Mit Köln wolle er sie nur hinhalten. Es wäre besser, wenn er verschwinden würde.

Das tat er auch. Doch nicht enttäuscht und niedergeschlagen, sondern mit einer Wut im Bauch, die er bisher noch nicht kannte. Er fuhr ziellos durch die Gegend, haderte mit sich und der Ungerechtigkeit Tanjas. Sich gegen sie zu erheben, sie vielleicht mit Gewalt daran zu hindern, dass sie alles zerstörte, wagte er nicht. Und das machte ihn noch wütender. Ja, sie hatte recht: Er war ein elender Schlappschwanz, dem nichts gelang.

Er schlug wie wild auf das Lenkrad ein.

Und dann sah er sie. Sie stand am Wegrand, allein. Alle anderen Nutten waren um diese nachtschlafene Zeit längst verschwunden. Die muss es nötig haben, dachte er noch, als er den BMW vor ihr zum Stehen brachte.

Alles Weitere war in seiner Erinnerung verschwommen. Bis zu dem Moment, als er mit der Taschenlampe auf sie einschlug. Da begann er hellwach zu werden. Der schwere Knauf zertrümmerte ihr das Gesicht. Er blickte in ihre verzweifelten Augen, die um Gnade flehten.

Ein Gefühl der Allmacht überkam ihn. Es strömte durch seinen Körper wie bei einem Orgasmus und ließ ihn zittern. Er fühlte sich so gut, er hätte schreien können vor Glück.

Das Blut, ihr Blut. Die Schreie, ihre Schreie. Ihr Flehen, aufzuhören, seine Macht, Herr über ihr Leben zu sein.

Mit dem letzten Schlag war er ganz bei sich angekommen. Endlich.

Um ihn herum der dunkle Wald, in dem nur einige Tiere Zeugen seines Triumphs waren.

Tanja sah er danach nie wieder. Er kündigte den Job in Köln und suchte sich ein neues Jagdrevier.

Ein Klopfen holte ihn aus seiner Erinnerung. Er ließ verwirrt das Seitenfenster herunter.

«Stephan? Ich glaub's ja nicht. Was machst du denn hier?», sagte Jennifer, die Managertasche über den Kopf haltend.

Er fasste sich schnell. «Ich wollte dir noch was vorbeibringen und bin dann am Steuer eingeschlafen.»

Er lächelte wie ein kleiner, hilfsbereiter Junge.

10

Das Licht war schon seit einer Stunde erloschen, als sich die Klappe an der Zellentür von Frank de Meer öffnete.

«Hier, Ihre Zeitungen», sagte Maik Sommerfeld.

Im Kerzenschein am Tisch sitzend, erhob sich Frank und nahm die Zeitungen in Empfang. «Danke, Maik», erklang es aus dem kleinen Lautsprecher an seinem Hals. «Wie geht es Ihnen heute?»

Sommerfeld beugte sich zur Klappe hinunter. «Könnte besser sein.»

«Wieder Ärger zu Hause?»

«Meine Schwiegermutter ist zu Besuch. Nichts ist ihr gut genug. Mein Job, die Wohnung, ich müsste Nadine mehr bieten. Sie nörgelt, seit sie aus dem Zug gestiegen ist. Ich könnte sie … Sie wissen schon.»

«Ja, die Familie kann einem ganz schön zusetzen.»

«Haben Sie einen Rat für mich? Psychologen wissen doch, wie man mit so einem Weib umspringt.»

Frank lächelte. «Jeder Mensch hat seine Eigenarten. Finden Sie die Ihrer Schwiegermutter heraus und kommen Sie ihr etwas entgegen.»

«Ich mach doch schon alles, was sie will. Mehr geht nicht.»

«Sie verwechseln Unterwürfigkeit mit Charakter. Sagen Sie ihr, dass Sie ihre Bedenken verstehen, und zeigen Sie ihr, dass Sie einen Plan verfolgen.»

«Was für einen Plan?»

«Na, dass Sie an Ihrer Zukunft und der Ihrer Freundin arbeiten. Sie wollen doch nicht ewig nur Zellentüren auf- und zusperren. In Ihnen steckt mehr.»

«Ich weiß nicht …»

«Maik, wir kennen uns jetzt fünf Monate. Hatten Sie bisher jemals Grund, an mir zu zweifeln?»

«Nein, ich bin immer gut mit Ihren Ratschlägen gefahren. Was könnte das für ein Plan sein?»

«Darüber sollten wir uns bald ausführlich unterhalten. Doch zuvor habe ich noch eine Bitte.»

«Ja?»

«Lassen Sie mich Ihr Handy benutzen.»

Sommerfeld zögerte. «Sie wissen, dass Ihnen jeder Kontakt nach draußen untersagt ist. Allein schon die Zeitungen können mich den Job kosten.»

«Es erfährt niemand außer Ihnen und mir.»

11

Den Kopf auf die Unterarme gestützt, war Lili am Esszimmertisch eingeschlafen. Vor ihr zwei Teller mit Besteck, ein Topfuntersetzer und die Post des Tages. Sie hörte nicht, wie sich die Eingangstür öffnete und kurz darauf wieder schloss. Ein Mann hängte den nassen Regenmantel an die Garderobe und streifte die Schuhe ab. Er blickte durch den kleinen Flur der Dreizimmerwohnung in die Küche.

Sanft strich er über Lilis Rotschopf, der ihr Gesicht zur Gänze verdeckte. Müde Augen schauten auf.

«Hallo, Paps.»

Sie küsste ihn auf die Wange und ging wie tausendmal zuvor an den Herd, um das Essen aufzuwärmen.

«Wieso bist du noch nicht im Bett?», fragte Thorsten Waan und setzte sich. «Du musst morgen früh raus.»

«Ich habe vorgeschlafen.»

«Wir können es uns nicht leisten, dass einer von uns ausfällt.»

Lili streichelte seine ergrauten Haare. Darunter das erschöpfte und bleiche Gesicht eines Mannes in den frühen Fünfzigern.

«Mach dir um mich keine Sorgen», sagte sie, «ich habe noch genug Kraft.»

Er gab sich damit zufrieden und griff nach der Post. Auf einem der Briefe erkannte er den gefürchteten Firmenstempel. Er öffnete das Kuvert und las das Schreiben.

Lili rührte unterdessen den Eintopf um. «Wie war dein Tag?», fragte sie.

Mit halber Aufmerksamkeit spulte er die sattsam bekannten Antworten herunter. «Es gibt wieder Ärger. Die Kollegen wollen nicht mehr länger alles hinnehmen. Sie schieben eine Zwölfstundenschicht nach der anderen. Und das für 'nen Appel und 'n Ei. Wenn wenigstens die Öffentlichkeit hinter uns stehen würde, aber von dort hagelt es auch nur Proteste. Wir haben die Gewerkschaft eingeschaltet. Es wird Zeit für eine Aktion.»

«Bist du dabei?»

«Ich weiß es nicht.»

Lili stellte den Topf auf den Tisch und gab ihm eine Kelle voll auf den Teller. Es entging ihr nicht, dass ihr Vater den Brief unter den anderen zu verstecken versuchte.

«Lass uns beten», sagte er leise und ergriff sanft ihre Hand. Mit gesenkten Köpfen murmelten sie ihre Dankesbotschaften.

«Guten Appetit», wünschten sie sich und begannen zu essen.

«Was war bei dir heute los?», fragte er nach einer Weile.

«Die Finanzierung von meinem neuen Projekt *Freedom Writers* ist endlich durch.»

Er ergriff ihre Hand. «Gratulation, du hast lange dafür gekämpft.»

«Danke. Morgen beginnt die Anmeldung. Ich habe alles vorbereitet und kann gleich anfangen.»

Er lächelte. «Schön, wie du das alles hinbekommst. Ich bin stolz auf dich. Was gab's sonst? Irgendwelche Probleme?»

Lili schaute ihm in die Augen. «Nein. Warum fragst du?»

«Nur so.»

Jetzt war der Zeitpunkt gekommen, dachte Lili. Was stand in dem Brief von der Bank? Wie schlimm war es, wie lange würden sie noch durchhalten?

Doch bevor sie fragen konnte, bedankte er sich fürs Essen, nahm die Post und wünschte ihr eine gute Nacht. Morgen würde wieder ein langer Tag werden. Er käme spät und sie solle nicht auf ihn warten.

Lili räumte ab. Aus seinem Zimmer hörte sie Geräusche. Sie ging an die Tür, legte das Ohr daran. Schluchzte er? Tränen traten in ihre Augen. Verdammte Bank. Wieso konnten die sie nicht in Ruhe lassen? Sie taten doch schon alles Erdenkliche. Es gab nichts mehr zu verkaufen oder zu beleihen, und die verbliebenen Freunde hatten ihr Möglichstes getan.

Sie war drauf und dran, die Klinke zu drücken, ließ es dann aber doch bleiben. Er würde es nicht wollen, dass sie ihn so sah.

Sie ging am Bad vorbei in ihr Zimmer.

Das Licht warf den Schein auf ein schmales Bett – weiße Holzumrandung, rosafarbene Bettwäsche. Die Wand war mit Fotos übersät. Sie zeigten Lili im Kreise ihrer Klassenkameraden, beim Ausflug zu den Kreidefelsen, mit Studienkollegen und bei der Examensfeier. Bilder aus ihren Kinderjahren fehlten – bis auf eines: Lili mit der randvoll gefüllten Schultüte. Auf dem Nachttisch stand das Bild einer Frau, ihre Mutter mit langen braunen Haaren und Sonnenbrille.

Lili konnte sich noch an die Aufnahme erinnern. Sie entstand, kurz bevor sie mit dem Cabrio nach Sylt aufbrachen. Es war ihr letzter gemeinsamer Urlaub gewesen.

Während sie den Computer hochfuhr, warf sie einen Blick auf ihr Handy. Eine SMS war eingegangen. Absender unbekannt. Sie öffnete sie dennoch. *Danke, Nicole,* las sie.

Darum würde sie sich morgen kümmern.

Zuvor musste sie eine Lösung für das Geldproblem finden.

Sie loggte sich auf der Escort-Seite mit ihrem User-Namen ein. Keine Nachrichten. Mist, das verdammte Wetter verhagelte ihr das ohnehin dürftige Geschäft. Einige Veranstaltungen und Konferenzen waren in den letzten Tagen bereits abgesagt worden. Und es war keine Besserung in Sicht. Aber vielleicht lag es auch an ihrem Typ. Entweder waren Lolitas nicht mehr gefragt, oder sie konnte neben den erstklassigen Models aus den Hochglanzmagazinen einfach nicht mehr bestehen. War vielleicht ein Typwechsel angesagt?

Nein, das konnte keine Alternative sein. Sie war die, die sie war. Daran ließ sich auch mit neuen Klamotten, Pumps und einer anderen Haarfarbe nichts ändern. Sie war nun mal der Typ für eine ganz bestimmte Klientel.

Dieser Escort-Service war bisher ein Schuss in den Ofen gewesen, gestand sie sich ein. Anfänglich war sie noch die Neue, doch als sie merkte, dass sie hier nur auf geile Böcke mit fetter Brieftasche traf, die ein bisschen Champagner und ein Abendessen springen ließen und danach zudringlich wurden, verebbten ihr Interesse und somit auch die Empfehlungen. Das war alles ziemlich eintönig, was sich da in den Hotels an der Außenalster abspielte.

Sie suchte den Lehrer, den Beschützer, den Ankläger, den Richter, den Vollstrecker.

Wo würde sie einen solchen Mann finden? Waren sie zu anderen Websites weitergezogen, hatte sich die kleine Szene ein neues Forum geschaffen?

Sie wechselte zu spaceweb.com und rief ihr Profil auf. Ihr Bild zeigte sie in ausgefransten Shorts am Wasser sitzend, ihre angezogenen Knie umarmend. Im Hintergrund die Felsen einer Bucht, eingerahmt durch geknickte Bäume und einen stahlblauen Himmel. Eine Welle umspülte ihre nackten Füße. Ihr rotes, welliges Haar fiel über die Schultern. Nur im Profil war sie zu erkennen – ein zartes, sehnsüchtiges Mädchen, das am Horizont nach seinem Prinzen Ausschau hielt.

Über die Lautsprecher erklang das Lied, das sie als Lieblingsmelodie in ihr Profil eingebaut hatte – *Ich bau dir ein Bett aus Rosen, die Wände aus Glanzpapier …*

Sie überflog die Beschreibungen zu ihrer Person. Sollte sie etwas ändern?

Name: Sternenstaub

Alter: 16

Wohnort: HH

Sternzeichen: Fische

Status: Single

Motto: Das Leben ist einfach zu kurz, um unglücklich zu sein

Interessen: Lyrik, Reisen, Freunde

Mein Held: Wer mit mir träumen und Grenzen überschreiten kann

Nein, das stimmte alles. Sternenstaub war ein Mädchen, das sich nur eins wünschte: Liebe und Zuneigung.

Was bisher fehlte, war der Prinz, der sie mit auf die Reise nahm.

Sie klickte hinüber in ihren Blog. Der letzte Eintrag war schon wieder eine Woche alt. Sie überlegte, vielleicht hatte sie zu dick aufgetragen.

1000 Tränen und nicht genug. Ich habe gelernt, unter Tränen zu lachen. Niemand weiß, wie es in mir aussieht. Keine Eltern, kein Lehrer und kein Freund. Sie hören mein Flehen einfach nicht. Ich kann es ihnen ins Gesicht schreien, doch sie lachen nur. Bin ich verrückt, wie sie sagen, oder einfach nur ein verzogenes kleines Ding, das nicht gelernt hat, das Leben zu nehmen, wie es ist?

So viel Grausamkeit, so viel Elend und Ungerechtigkeit in der Welt. Ich weine. Schluchze. Heule mir die Seele aus dem Leib. Doch ihr bleibt stumm. Verlogen seid ihr hinter eurer Maske der Arroganz. Wenn ich könnte, würde ich euch alle …

Doch noch ist es nicht so weit. Ich habe gelernt, unter Tränen zu lachen. Aber verlasst euch nicht darauf. Der Tag wird kommen. Wo bist du nur?

Das stimmte alles. Verzweiflung, Tragik, Mitleid, Hilferuf.

An der Anzahl der *Friends* hatte sich nichts geändert. Noch immer waren es stolze zweihundertsiebenunddreißig. Die meisten waren Mädchen, die ihren Kummer und ihre Situation zu verstehen glaubten. Sie machten Lili Mut mit ihren Kommentaren. Dann waren da noch rund achtzig Jungen im Alter von sechzehn bis einundzwanzig. Die wollten einfach nur ein Date. Uninteressant.

Fünfzehn Männer im richtigen Alter hatten um Aufnahme zum Freundeskreis gebeten. Sie hatte jeden Einzelnen überprüft. Sie waren allesamt harmlos, einige hatte sie sogar persönlich getroffen.

Sie überlegte, was sie nun tun sollte. Abwarten? Einen

neuen Hilferuf verfassen? Irgendwann musste es doch den Richtigen treffen.

Sie loggte sich ein, wechselte zu ihrem Blog und startete einen neuen Eintrag.

Dieser sollte etwas lebensfroher werden, allerdings mit derselben kindlichen Melancholie.

Überschrift: *Tausche Sehnsucht gegen Perlmutt.*

12

Levy stand am Fenster und blickte hinunter auf das sturmumtoste Dock 11. Das Wasser klatschte gegen die Hochwasserbegrenzungen. Die wütende Elbe würde nicht eher zur Ruhe kommen, bis sie die letzte Leiche ausgespuckt hatte.

Levy führte das Glas an die Lippen und nahm einen tiefen Schluck. Aus den Computerboxen dröhnte *Bury the Evidence* von Tricky.

Life's like a blow to my head. It doesn't move me, it's just a movie.

Das Stück lief auf Repeat. Ein ums andere Mal. Es würde ihn die Nacht hindurch begleiten.

Wodka und Musik. Zwei treue Gefährten auf seinem Weg.

Die Akten zu den Todesopfern lagen noch unberührt auf der Festplatte. Noch war er nicht so weit. Noch tobte der Sturm in ihm. Der Wodka würde diese Hürde nehmen. Auf ihn war Verlass. Es war alles nur eine Frage des Hochwassers. Wodka, das Wässerchen, würde ihn in die Arme schließen und klar denken lassen. Hab Geduld. Nimm noch einen Schluck. Verschütte nichts. Koste jeden Tropfen.

Erleichterung breitete sich in ihm aus, als es so weit war. Der letzte Tropfen schlug wohltuende Wellen in seinem Inneren.

Levy setzte sich an den Computer und öffnete den Ordner. Er fand drei Dateien.

Alexej hatte den Opfern die Namen aus dem evangelischen Heiligenkalender gegeben, damit sie für die interne Kommunikation leichter zu unterscheiden waren.

Am Fundtag der ersten Leiche war Polykarp, am Tag der zweiten, einer zerstückelten Frauenleiche, war Johann, also Johanna, und am dritten Patrick.

Levy parkte Johanna an der Seite. Zuerst widmete er sich den beiden Rohrstockopfern.

Polykarp, ein männlicher Weißer Mitte zwanzig, wurde an den Rugenberger Schleusen aus dem Wasser gezogen. Laut Obduktionsbericht hatte er rund drei Wochen im Wasser gelegen. Todeszeitpunkt: eine Woche davor. Keine Anzeichen, dass er verscharrt gewesen wäre, ebenso fehlten Anzeichen einer Fixierung, die ihn unter Wasser gehalten hätten.

Der Täter legte nicht viel Wert darauf, dass sein Opfer unentdeckt blieb, schloss Levy daraus. Im weitläufigen Hamburger Wassernetz wäre es ein Leichtes gewesen, einen Körper verschwinden zu lassen.

Polykarp trotzte allen Versuchen der Identitätsfeststellung. Eine Tätowierung am linken Oberarm, die eine Frau mit langem Haar auf einer Feuerwalze zeigte, war der einzige Anhaltspunkt. Naima, die die beiden Fälle bearbeitete, hatte bislang mit der Identifizierung keinen Erfolg gehabt – sein Gesicht war durch das Wasser aufgeschwemmt, die Augen quollen heraus, und die Gesichtsfarbe wirkte alles andere als gesund.

DNA und Gebissschema hatten keinen Treffer in den

Datenbanken erbracht; ebenso wenig in der Vermisstendatei.

Das Opfer musste alleinstehend und ohne feste Beschäftigung oder auf ausgedehnte Urlaubsreisen gegangen sein. War das ein erster Anhaltspunkt für das Opferprofil? Suchte der Täter Männer, die nicht so schnell vermisst würden?

Doch irgendwann wird jeder vermisst, früher oder später. Über die zeitliche Komponente machte sich der Täter offensichtlich keine Gedanken. Das sprach für ein starkes Selbstbewusstsein, oder er dachte nicht groß darüber nach. Nein, das konnte es nicht sein, sagte sich Levy. Wer einen gesunden, starken Mann über Stunden quält, muss nicht nur über physische, sondern auch über die nötige psychische Kraft und Ausdauer verfügen. So jemand wusste, was er wollte – vor der Tat und danach. Dieser Täter ging nach einem festen Plan vor. Er musste genau wissen, wie er den toten Körper ohne Gefahr im Wasser entsorgen konnte. Das bedeutete, dass der Tatort nicht weit vom Wasser entfernt liegen konnte. Außerdem musste er sich dort ungestört fühlen. Die Misshandlungen gingen über Stunden. Die Schreie des Opfers müssten eigentlich Nachbarn alarmieren.

Doch wie hatte es der Täter geschafft, ungehindert auf das Opfer einzuschlagen? Hier handelte es sich um einen gesunden und kräftigen Mann. Zudem gab es keine Anzeichen der Fixierung oder eines Betäubungsmittels. Somit blieb nur Kampfunfähigkeit – oder der freie Wille.

Dragan hatte rund hundert Stockschläge an Polykarp gezählt. Manche waren so heftig ausgeführt worden, dass sie die Haut zum Platzen gebracht hatten. Das hatte nichts mehr mit masochistischen Praktiken zu tun.

Die Leber war eingerissen. Ein stumpfer Gegenstand hatte dies bewirkt. Ob die Verletzung durch Tritte, Schläge oder eine Waffe zugefügt worden war, ließ sich nicht mehr feststellen. Die Folge waren ein massiver Blutverlust und, dadurch bedingt, ein Schock, also der akute Zusammenbruch des Kreislaufs, der schließlich zum Tod führte.

Was musste das für ein Mensch sein, der stundenlang auf einen wehrlosen Körper eindrosch und ihn mit Tritten und Schlägen so lange traktierte, bis er endlich starb?

Hätte er es nicht einfacher haben können? Einen Stich, einen Schuss, den Strick, Gift oder sonst eine andere, weitaus weniger quälende Tötungsart hätte er wählen können. Aber er hatte sich für das Zu-Tode-Prügeln entschieden. Das musste eine Ursache haben, die in der Motivation des Täters begründet lag.

So auch die Wahl des Werkzeugs. Dragan tippte auf einen biegsamen Rohrstock, rund einen Zentimeter breit, vermutlich aus Rattan.

Levy startete den Browser. Unter den Tausenden Google-Treffern fischte er diese Website heraus:

Dickes Rattan, las er, eignet sich zum Bau von Möbelstücken und als Gehstock. Es ist bei speziellen Möbelbauern oder über das Internet problemlos zu beziehen. Dünne Rattanstäbe dagegen sind flexibel und eignen sich als Züchtigungsinstrument. Der Rohrstock aus Rattan ist dafür bekannt, dass Hiebe sehr schmerzhaft sind und charakteristische rote Striemen hinterlassen.

Der Rohrstock wird in Süd- und Südostasien noch immer in der Kindererziehung, aber auch als Züchtigungsmittel bei Erwachsenen verwendet. In Europa gibt es Körperstrafen mit dem Rohrstock fast nur noch als BDSM-Praktik, vor allem in Großbritannien.

BDSM, was war das noch einmal?

Der Begriff setzte sich aus den Anfangsbuchstaben der englischen Begriffe Bondage & Discipline, Dominance &

Submission, Sadism & Masochism zusammen. Er beschrieb sexuelle Verhaltensweisen, die mit Dominanz und Unterwerfung, spielerischer Bestrafung sowie Lustschmerz oder Fesselungsspielen einhergingen.

Alle Varianten des BDSM hatten gemeinsam, dass sich die Beteiligten freiwillig in ein Machtgefälle begaben. Der devote Partner opferte seine Autonomie und übertrug sie dem dominanten Partner.

Also doch Freiwilligkeit?, fragte sich Levy. Ein Rollenspiel, das aus dem Ruder gelaufen war? Das Opfer hatte anfänglich zugestimmt und war letztlich zu schwach, um sich zu wehren? Möglich.

Dann hätte der dominante Part die Regeln gebrochen, seine Macht ausgenutzt, und die Lust hätte sich in Raserei verkehrt.

Welches Gefühl war in ihm so stark, dass er die Grenze des Vertrauens gebrochen hatte?

Grenzenloser Hass?

Welches Bedürfnis hatte er damit befriedigt?

Genugtuung, Rache, einen Ausgleich schaffen?

Wofür?

Für erlittenes Leid, das ihm das Opfer oder dessen Stellvertreter zugefügt hatte? Oder hatte das Opfer ein Gesetz gebrochen, und der Täter sah sich in der Rolle des Richters und Bestrafers?

Wie lautete dieses Gesetz, oder was hatte das Opfer getan, das den Täter schuldig werden ließ?

Gesetze beziehungsweise Grenzübertritte waren individuell, gemäß den Wertvorstellungen des Täters. Das konnte alles Mögliche sein – die Verletzung eines Ehrenkodexes oder der Verstoß gegen eine Regel, die für den Täter essenziell war.

Beiden war gemeinsam, dass sich Opfer und Täter gut

gekannt haben mussten – zumindest wusste der Täter über eine vermeintliche Verfehlung des Opfers Bescheid. Und diese war so groß, dass es nur eine Antwort darauf geben konnte – die Todesstrafe.

Hätte das Opfer davon gewusst oder hätte es den Täter in seiner Rolle als Bestrafer erkannt, dann hätte es sich wohl nicht freiwillig in die Aufgabe seiner Autonomie begeben.

Daraus folgerte Levy, dass sich der Täter entweder getarnt hatte oder dass sich das Opfer einer Gesetzesübertretung nicht bewusst gewesen war.

Levy bemühte abermals Google. In welchen Ländern wurde der Rohrstock noch heute angewendet?

Süd- beziehungsweise Südostasien und in Großbritannien. In Ersteren wurde er aus Gründen der Erziehung oder der Bestrafung eingesetzt, in Letzterem im Zuge sexueller Vorlieben.

Das öffnete ein weites Feld von möglichen Verdächtigen. In Hamburg lebten rund 250 000 Ausländer. Davon kamen einige Zehntausend aus dem asiatischen Bereich. Diese Bevölkerungsgruppe unter Generalverdacht zu stellen war abstrus, sagte sich Levy, allerdings auch nicht ausgeschlossen. Der Täter hatte ja bewusst den Rohrstock als Tatwaffe gewählt. Er musste folglich eine Beziehung dazu haben. Nun, genauso wie der alte Lehrer Lämpel, der den Stock früher zur Bestrafung aufsässiger Schüler benutzt hatte, oder der Schafhirte, dessen Enkel die alte Gehhilfe im Speicher gefunden hatten. Es gab zahllose Möglichkeiten.

Hatten sie es hier mit einer englischen Domina oder mit einem Sklaven aus Albion zu tun, der sich dieses Instrument explizit gewünscht hatte?

Polykarps Körper konnte darüber keinen Aufschluss geben. Der Mageninhalt war unauffällig und ließ keine Verbindung zu britischen Essgewohnheiten zu.

Levy widmete sich nun dem zweiten Opfer, Patrick. Er klickte sich durch die Berichte und Fotos. Die Verletzungsmuster waren sehr ähnlich, sodass man schnell auf dieselbe Täterhand schließen konnte. Doch so weit war Levy noch lange nicht. Er suchte nach Gemeinsamkeiten, aber auch nach Widersprüchen, um sie mit Polykarp in Verbindung zu bringen – oder eine solche ausschließen zu können.

Aus den gewonnenen Daten ließen sich Rückschlüsse auf den Täterkreis ziehen und diese wiederum mit den bisher bekannten Straftätern und deren Taten vergleichen. Deren Soziodemographie und Psychopathologie würden auf einen bestimmten Tätertyp verweisen. Der war in den Datenbanken entweder als überführter Straftäter erfasst, oder die Ermittler konnten ihre Suche auf einen kleinen Kreis möglicher Täter beschränken. Das war der klassische Ansatz.

Was verband Patrick mit Polykarp?

Das Verletzungsmuster war ähnlich. Ob die Schläge von demselben Rohrstock stammten, darauf wollte sich Dragan nicht festlegen. Die Breite des Stocks passte, es fehlten jedoch einzigartige Merkmale der Waffe, wie sie unter anderem bei Messern, Projektilen oder auch bei Schlaginstrumenten vorkamen. Rattan, sofern der Stock wirklich daraus gefertigt war, gehörte der Familie der Rotang-Palmen an, die rund fünf Meter lang werden konnten und eine nahezu glatte Oberfläche aufwiesen.

Die Wunden, die der Stock hinterlassen hatte, waren Aufplatzungen gewesen und keine Aufrisse, wie sie Spitzen oder Dornen hervorgerufen hätten.

Das Abbild der Wunden auf beiden Körpern passte in Breite und Art, jedoch nicht in der Einzigartigkeit. Ein gleichartiger, aber nicht derselbe Stock hätte es auch sein können. Zudem hätte der Täter einen zweiten Stock besitzen können.

Alle weiteren Überlegungen mussten also wieder in Richtung des Täters geführt werden. War es derselbe Mann, war es dasselbe Motiv? Und war es auch dasselbe Bedürfnis, aus dem heraus er zugeschlagen hatte?

Für dieselbe Hand sprach ganz offensichtlich das Verletzungsmuster. Patrick hatte wie Polykarp rund hundert nachweisbare Stockschläge ertragen müssen. Sie waren über den ganzen Körper verteilt, es gab keine vom Täter bevorzugte Region. Diese hätte Aufschluss über seine Befindlichkeit geben können.

Einem gesunden, erwachsenen Mann, wie es Patrick war, hundert Stockschläge zu verpassen dauerte nach Dragans Schätzung mehrere Stunden. Sie waren mit Kraft und Ausdauer geführt worden. Dazwischen musste es Regenerationsphasen, vielleicht auch Gespräche oder Unterbrechungen gegeben haben.

Eine weitere Gemeinsamkeit lag in der Auswahl der Opfer. Beide waren Männer weißer Hautfarbe in ihren Zwanziger- beziehungsweise Dreißigerjahren. Sie waren gesund, gut genährt und vermutlich in der Gesellschaft integriert – also keine sozialen Außenseiter, keine Obdachlosen oder Rauschgiftsüchtige. Eine Tätowierung, wie sie Polykarp aufwies, war heutzutage kein Anzeichen mehr für die Zugehörigkeit zu einer Randgruppe. Auch das Motiv war nicht einzigartig. Ein Familienvater oder der durch die Kneipen tingelnde Single konnte die gleiche Hautverzierung tragen.

Schließlich der Fundort und die Auffindesituation. Die Körper Patricks und Polykarps trieben im Hamburger Wassernetz. Ob sie aus dem Osten, also von der Süßwasser führenden Elbe, stammten oder aus dem Westen, wo der

Gezeitenwechsel Salzwasser heranführte, war nicht mehr festzustellen. Bei der aktuellen Hochwasserlage, den Stürmen und den Strömungen konnten die Körper auf einer Strecke von über einhundert Kilometern ins Wasser gelangt sein – selbst inmitten der Stadt, die von Alster und Fleeten durchzogen war. Vielleicht waren die Männer sogar über die Bordwand eines Schiffes geworfen worden. Dann hätten sie es mit Seeleuten zu tun, deren Identitäten wohl nicht mehr zu ermitteln wären.

Dass jedoch dieselbe Art der Entsorgung gewählt wurde, wies in Richtung ein und desselben Täters. Alles andere war in Anbetracht der sonstigen Umstände eher unwahrscheinlich.

Worin lagen nun die Unterschiede zwischen den beiden Opfern? Polykarp war an einem Leberriss gestorben, Patrick am Bruch des Kehlkopfknorpels. Der eine war verblutet, der andere erstickt. Zufall?

Wohl kaum. Wer stundenlang auf sein Opfer eindrischt, wird den finalen Stoß überlegt und zielsicher führen. Schließlich ist es die krönende Abschlusshandlung eines stundenlangen Prozesses – sowohl für das Opfer als auch für den Täter.

Wenn, wie vermutet, das Opfer gekrümmt am Boden lag, musste der Täter den Mann erst in Position gebracht haben, um den Todesschlag auszuführen.

Die Erregungskurve des Täters musste nach Eintritt des Todes rapide abgefallen sein. Es gab keine Anzeichen, dass den Opfern nach dem Exitus weitere Schläge zugefügt worden waren.

Folglich hatten sie es mit einem Tätertypus zu tun, der die überwiegende Zeit klar bei Verstand war. Er ließ sich zwar von einem sehr ausgeprägten Bedürfnis über Stunden antreiben, doch zum Zeitpunkt des Todes war er gefasst.

Der letzte, todbringende Schlag glich dem Abfeuern einer Waffe, dem Freigeben des Fallbeils, dem Öffnen der Falltür.

Eine Hinrichtung.

War es das? Hatten sie es mit einer Hinrichtung zu tun oder mit einer exzessiven, aus dem Ruder gelaufenen Sexualpraktik, die aufgrund des Vertrauensbruchs zwischen Meister und Sklave zum tödlichen Ende geführt werden musste?

Levy hatte keine Antwort darauf. Dafür war die Ermittlungslage zu dünn. Zuerst mussten die beiden Kardinalfragen geklärt werden, die bei großer Gewaltanwendung immer im Vordergrund standen:

Hatte der Täter ein sexuelles Bedürfnis durch eine nichtsexuelle Handlung zum Ausdruck gebracht?

Das bedeutete eine hohe sexuelle Erregung oder sexuelle Dominanz durch körperliches Quälen des Opfers.

Oder: Wurde ein nichtsexuelles Bedürfnis durch eine sexuelle Handlung vollzogen?

Darunter fielen Machtdemonstration, Überlegenheit, Quälen durch Vergewaltigung, sadistische sexuelle Handlungen oder anderweitig erzwungene Sexualität.

Levy lehnte sich im Stuhl zurück und verschränkte die Hände hinter dem Kopf. Durchs Fenster zwang sich müde das erste graue Tageslicht herein. Der Sturm, der ihn durch die Nacht begleitet hatte, schien besänftigt.

War ihm die Puste ausgegangen, und würde sich die Wetterlage bessern? Oder machte er nur eine Pause, um dann noch schlimmer zuzuschlagen?

13

Hab keine Angst», sagte Lili zu Nicole. «Das ist Frau Kleinert vom Jugendamt. Sie will sich nur mit dir unterhalten.»

In ein leeres Klassenzimmer hatten sich eine sichtbar nervöse Direktorin und eine um Freundlichkeit bemühte Frau Kleinert zurückgezogen. Sie hofften, dass sich die besorgniserregende Nachricht Lilis über eine vergewaltigte Schülerin als Irrtum erweisen würde.

Nicole nahm Platz. Sie wirkte unsicher, vermied jeden Blickkontakt.

«Frau Waan hat uns mitgeteilt», begann Kleinert, «dass du ein Problem hast. Willst du mir davon erzählen?»

Nicole verneinte stumm, den Kopf gesenkt.

Lili ging in die Hocke, schaute ihr in die Augen und nahm ihre Hand. «Keine Sorge, nichts verlässt diesen Raum, wenn du es nicht willst.»

«Frau Waan», unterbrach sie Kleinert, die wusste, dass Lili dieses Versprechen nicht würde einhalten können, sofern sich ein Verdacht ergab. «Nicole muss freiwillig erzählen. Alles andere ist wenig hilfreich.»

Dann wandte sie sich an Nicole. «Es fällt dir schwer, darüber zu sprechen, nicht wahr?»

Nicole nickte.

«Das kann ich gut verstehen. Auch ich hätte Bammel, mich damit einer Fremden anzuvertrauen. Aber glaube mir, ich bin keine Fremde. Ich bin eine Freundin, von der du nur noch nichts weißt.»

Nicole blickte auf. Ein dünnes Lächeln huschte über ihr Gesicht.

«Siehst du, ist doch gar nicht so schlimm», fuhr Kleinert unbeirrt fort. «Ich würde gern aus deinem Mund hören, was du bereits Frau Waan gesagt hast. Willst du das für mich tun?»

Nicole brach den Blickkontakt wieder ab und drehte den Kopf zum Fenster.

Die Direktorin trat an sie heran. «Nicole, du brauchst wirklich keine Angst zu haben. Wir verstehen …»

«Frau Dr. Fendt, bitte», unterbrach Kleinert bemüht. «Nicole weiß das.» Zu Nicole gewandt: «Lass dir Zeit. Sprich, wenn du so weit bist. Niemand in diesem Raum will Druck auf dich ausüben.»

Eine Träne lief Nicole über die Wange. «Dieses Schwein», sagte sie kühl, «er kann die Finger einfach nicht von mir lassen.»

Erleichterung machte sich bei Lili breit, Betroffenheit bei Kleinert und Entsetzen bei der Direktorin.

«Wen meinst du?», fragte Kleinert. «Und vor allem, was meinst du genau damit?»

Nicole hob das T-Shirt. Rund um ihre schwach ausgeprägten Brüste zeigten sich grünblaue Druckstellen.

«Malte, meinen Onkel. Er wohnt eine Tür weiter.»

14

Zur Teambesprechung am Morgen waren alle versammelt. Selbst Levy war pünktlich erschienen, was ihm nicht schwergefallen war. Seine Nacht war in den Morgen übergegangen und der Morgen in ein beruhigendes Bad, das ihn äußerlich gepflegt erscheinen ließ. Er hatte nicht gefrühstückt, zumindest nichts Festes. Der Alkohol zirkulierte noch immer mit dem Blut in seinem Kreislauf. Alles andere hätte die Harmonie gestört.

«Unsere Fälle haben eine andere Qualität als die üblichen Dominageschichten», eröffnete Naima Hassiri die Runde. «Niemand will Polykarp oder Patrick kennen. Das Verletzungsmuster der beiden gehe über jede gängige Praxis hinaus, wurde mir versichert. Damit vergraule man Kunden, anstatt sie an sich zu binden. Und meiner Ansicht nach macht das auch Sinn. Ich fürchte, die Dominas scheiden als mögliche Tätergruppe aus.»

«Beim Täter tippe ich ohnehin auf einen kräftigen Mann», ergänzte Dragan Milanovic. «Die Wucht und die Anzahl der Schläge erfordern eine gute körperliche Verfassung.»

«Hast du die Liste mit den Vorbestraften durch?», fragte Michaelis.

«Noch nicht ganz. Aber ich verspreche mir dabei nichts Überraschendes. Deren Opfer waren zumeist Frauen.»

«Bis auf die», ergänzte Luansi Benguela, «die sich bewusst Männer als Sexualpartner suchen.»

«Du meinst, Schwule verkloppen sich mittlerweile selbst?», frotzelte Falk Gudman.

«Es sind zwar nicht so viele Fälle bekannt wie umgekehrt», antwortete Benguela, «aber wieso nicht? Sofern eine sadomasochistische Veranlagung bei einem Homosexuellen gegeben ist, liegt doch die Vermutung auf der Hand. Der vorangegangene Aggressor, in den meisten Fällen der Vater oder der ältere Bruder, der die Homosexualität in seiner Familie fürchtet, sie gar als Bedrohung betrachtet, dürfte ihm das Leben schwergemacht haben.»

«Ein interessanter Ansatz», lobte Michaelis. «Levy, was meinst du dazu?»

«Wir haben keinen Tatort», antwortete Levy, «das macht eine Beurteilung auf Basis der vorliegenden Erkenntnisse schwierig. Ich kann bislang keinen sexuellen Impuls bei den Taten erkennen. Dennoch hat Luansi recht. Männer, die Opfer einer sexuellen Mordtat werden, haben mitunter homosexuelle Männer zum Täter – keine Frauen. Auf der anderen Seite sind Kehlkopf und Leber als Ziel des finalen Todesstoßes weder primäre noch sekundäre Geschlechtsmerkmale des männlichen Körpers und scheiden daher für eine eindeutige Zuordnung – sexuell oder nicht sexuell – aus.»

«Was ist dann wahrscheinlich?», hakte Naima nach.

«Die Spannbreite ist groß. Sie reicht vom Racheakt mit Tötungsimpuls bis zur Freude am Quälen.»

«Gruppenaggression?», warf Benguela ein.

Michaelis stutzte. «Was meinst du damit?»

«Wir hatten einen Fall im Osten, als eine Gruppe Jugendlicher einen Schulkameraden über Tage hinweg misshandelte, erniedrigte und schließlich tötete. Allein wäre wohl keiner von denen dazu fähig gewesen. In der Gruppe jedoch fühlten sie sich stark.»

Michaelis' fragender Blick ging zu Levy.

Er zuckte mit den Schultern. «Das ist auf Basis der bisherigen Ermittlungsergebnisse nicht auszuschließen.»

Milanovic ergriff das Wort: «Ich konnte keine Misshandlungen feststellen, die weiter als ein paar Stunden vor dem Tod von Polykarp und Patrick zurücklagen. Wenn es also eine Gruppe Jugendlicher war, dann hat sie sich nicht lange Zeit dafür gelassen.»

«Dennoch», entschied Michaelis, «sollten wir dem auf den Grund gehen. Luansi, hör dich mal um, ob es in Hamburg und im Umland Auffälligkeiten in diese Richtung gegeben hat.»

«Und was ist mit der Homotheorie?», schaltete sich Alexej Naumov ein.

«Stimmt, die dürfen wir nicht unter den Tisch fallen lassen. Am besten kümmerst du dich darum.»

«Ich? Wieso das denn?»

«Schau doch mal in den Spiegel», sagte Gudman.

Der eine oder andere in der Gruppe begann zu grinsen.

Nur Naumov fand das überhaupt nicht lustig. «Willst du behaupten …»

«Nein», ging Naima dazwischen, «aber wir können uns vorstellen, dass dich so mancher Mann nicht von der Bettkante stoßen würde. Und falls es dich beruhigt, manche Frauen auch nicht.»

«Hört, hört», legte Gudman nach, «hab ich da was verpasst?»

«Blaue Augen, blonde Strähnen, nordische Gesichtszüge», antwortete Naima. «Glaubst du, Frauen haben andere Idealbilder als Männer? Mich mal ausgenommen. Sorry, Alexej.»

«Genug jetzt», beschied Michaelis. «Solange die Frage nach dem Motiv nicht restlos geklärt ist, hör dich in der Szene auch gleich nach entsprechenden Praktiken um. Gibt es verhaltensauffällige Männer, die es gern etwas brutaler haben. So was in der Art von …»

«BDSM», ergänzte Levy. «So lautet die gängige Beschreibung für alle Arten von Fesselungen und sadomasochistischen Techniken.»

«Ich habe dazu etwas im Netz gefunden», sagte Naumov. «Ziemlich harter Umgang miteinander. Wie kann so etwas nur Spaß machen?»

«Spaß ist der falsche Ausdruck», korrigierte Levy, «dabei geht es mehr um einen Overspill im Hirn des Betroffenen.»

«Übersetz das bitte mal», forderte Gudman.

«Das Schmerz- und das Lustzentrum im Gehirn liegen eng beieinander. Wenn es in der Kindheit zu Gewaltakten gekommen ist, an denen das Kind beteiligt war, kann der

Funke überspringen – um es mal platt auszudrücken. Lust kann dann später eigentlich nur noch in Verbindung mit Schmerz entstehen. Insofern haben wir damit eine mögliche Parallele zu unseren Fällen.»

«Also doch eine sexuelle Disposition?», fragte Michaelis.

«Nein», antwortete Levy, «solange wir keine eindeutigen Hinweise haben, ist ein sexuelles Element nicht die alleinige Triebfeder. Da muss noch etwas anderes dahinterstecken. Ich mache mir eher Gedanken über diese massive Gewaltanwendung – eine Art Overkill. Hätte es nicht genügt, den beiden Opfern eine zu verpassen, um sie anschließend zu töten? Aber der Täter hat sich bewusst dagegen entschieden. Er hat Zeit, Kraft und die Gefahr des Entdecktwerdens auf sich genommen, um genau das zu tun, was er wollte.»

Alle Augenpaare waren auf Levy gerichtet. «Und das wäre?»

«Bringt mir mehr Informationen. Dann kann ich euch mehr sagen.»

Die Spannung fiel ab. Bevor Michaelis das Team in die Arbeit entließ, sollte Gudman vom Fortgang seiner Ermittlungen berichten. Es gab ja noch die Frauenleiche, zerstückelt, nur Teile von ihr waren gefunden worden.

«Was macht Johanna?»

Gudman seufzte. «Mit einer Hand und dem Teil des Beckens, die wir gefunden haben, konnte ich bisher nichts Konkretes ermitteln. Ich hoffte, Levy könnte mir weiterhelfen.»

Levy schüttelte den Kopf. «Tut mir leid. Ich bin noch nicht dazu gekommen.»

«Brauchst du Unterstützung?», fragte Michaelis.

«Nein, ich schaff das schon. Ich habe Polykarp und Patrick vorgezogen, da beide Fälle ähnlich gelagert scheinen.»

«Und, haben wir es mit demselben Täter zu tun?»

«Alles weist darauf hin.»

Gudman lenkte die Aufmerksamkeit wieder auf seinen Fall. «Wie mache ich weiter? Levy und das gesamte Team arbeiten an den Prügelopfern. Ich brauche Unterstützung.»

Michaelis musste ihn enttäuschen. «Alle verfügbaren Ressourcen sind im Einsatz. Ich fürchte, du musst das allein stemmen.»

«Können wir davon ausgehen», mischte sich Benguela ein, «dass wir es definitiv mit zwei getrennten Fällen zu tun haben? Hier die Männerleichen und dort die verstümmelte Frau?»

Michaelis gab die Frage an Levy weiter. «Sicher ist das nach bisherigem Ermittlungsstand nicht. Auf der anderen Seite sind die Opfer und die Art ihrer Beseitigung doch unterschiedlich.»

«Also kannst du es nicht mit Sicherheit ausschließen», machte sich Gudman Hoffnungen.

«Nein, wenngleich ich die Wahrscheinlichkeit für gering erachte.»

«Dann bleibt es dabei», fasste Michaelis zusammen. «Wir ermitteln in zwei getrennten Fällen. Wir sehen uns spätestens morgen früh wieder. Selbe Zeit, selber Ort. Wenn es zwischenzeitlich etwas entscheidend Neues gibt, dann heute Abend vor Dienstschluss. Los jetzt, an die Arbeit.»

Während sich die Runde auflöste, nahm Levy Dragan Milanovic zur Seite. «Bist du sicher, dass Polykarp und Patrick keine Spuren einer Fixierung aufweisen?»

«Ja, warum fragst du?»

Levy seufzte. «Ich habe es immer und immer wieder im

Kopf durchgespielt. Wie kann jemand stundenlang Prügel einstecken, ohne sich zu wehren? Irgendwann muss doch der Überlebenstrieb anspringen.»

«Vielleicht war es zu spät. Anfänglich hatten sie den Schlägen noch zugestimmt, doch dann waren sie zu schwach.»

Levy dachte nach. «Haben die chemischen Untersuchungen etwas gebracht?»

«Nein, alles unauffällig. Auch keine Drogen, wenn du das meinst. Daran habe ich auch schon gedacht.»

«Könnte es ein Betäubungsmittel sein, das sich nur schwer oder gar nicht nachweisen lässt?»

«Sicher. Wenn die Droge nur einmal genommen wird und der Körper genügend Zeit hat, sie abzubauen, habe ich kaum eine Chance, sie festzustellen.»

Levy ließ es damit auf sich beruhen.

Dennoch: Hatte er etwas übersehen? Gab es unter Umständen eine religiöse Komponente? Geißelungen kamen sowohl im Christentum als auch im Islam vor. Doch dort brachten es sich die Menschen selbst bei. Ein Akt der seelischen Reinigung, der Buße sollte es sein.

Das Handy klingelte. Er kannte die Nummer nicht.

«Levy.»

Niemand meldete sich. Stattdessen knisterte es in der Leitung, als ob ein Holzscheit brennen würde.

«Wer ist da?», fragte Levy.

Ein Schrei drang an sein Ohr. Eine Frau. Sie schrie um ihr Leben.

Levys Herzschlag beschleunigte sich. Das Blut pumpte laut durch seinen Körper. Er meinte einen Geruch wiederzuerkennen. Einen ganz bestimmten, einzigartigen.

Er suchte Halt.

Dann, von einem Moment auf den anderen, sackte er zusammen.

15

Stephans Stimme klang sanft. «Jenny, wach auf. Frühstück ist fertig.»

Der Tisch neben der Couch war gedeckt – eine Kanne frischer Kaffee, Brötchen, Marmelade und eine Blume in einer schmalen Vase. Sogar eine Tischdecke hatte er aufgetrieben, um die kühle Atmosphäre des Kellers freundlicher wirken zu lassen. An der einen Wand stand ein Stahlschrank, an der anderen hingen Bilder verschiedener Frauen. Alle jung, Anfang bis Mitte zwanzig, langhaarig oder mit modisch-dynamischer Kurzhaarfrisur, der Blick melancholisch bis spielerisch verträumt. In der Ecke eine freistehende Toilette und ein Handwaschbecken mit einem Spiegel aus verchromtem Stahlblech. Eine frische Zahnbürste und Zahncreme standen in einem Glas, ein sauberes Handtuch hing an einem Haken.

Die süßlich schmalzige Stimme eines Soul-Sternchens aus den Charts erfüllte den Raum. Sie kam aus kleinen Lautsprechern, die an ein Notebook angeschlossen waren.

Jenny erwachte. Sie steckte noch immer im grauen Business-Anzug des Vortags. Die Pumps standen ordentlich unter der Couch, die Aktentasche aus Leder daneben.

Sie rieb sich die Augen. Der Schein der Lampe blendete sie. «Wo bin ich?»

«Zu Hause», antwortete Stephan freundlich und setzte sich an den Tisch. «Möchtest du deinen Kaffee mit Milch und Zucker?»

«Was ist passiert?»

Jenny erkannte noch immer nicht, wo sie war. Verkatert und geblendet tastete sie nach dem Stuhl.

«Wir haben einen draufgemacht, bei mir im Auto. Bei dem Sturm konnten wir ja nicht raus. Zum Glück hatte ich noch ein paar Dosen auf dem Rücksitz. Diese Dinger sind teuflisch gut. Man schmeckt gar nicht, dass da überhaupt Alkohol drin ist. Aber ich geb's zu, ich habe ein bisschen nachgeholfen, und dir hat's ja auch geschmeckt.»

Jenny nahm Platz und versuchte die Umgebung zu erkennen. «Sind wir bei dir?»

Stephan nickte und schenkte ihr Kaffee ein. «Zucker oder Milch?»

«Nur Milch.»

«Dachte ich mir schon. Du trinkst sonst Macchiato oder Latte. Stimmt's? Alle in dem Business trinken italienisch. Es hat auch so viel Kultur. *Ma-cchia-to.* Das alleine klingt schon nach Florenz, Prada, Amalfi und Ramazzotti. Die Italiener haben es einfach drauf, uns diesen schnöden deutschen Filterkaffee zu vermiesen. Ich kann das gut verstehen. Wie das schon klingt: *Fil-ter-kaf-fee.* Schrecklich unkultiviert. So deutsch eben.»

Jenny strich sich schlecht gelaunt die Haare aus dem Gesicht. «Was redest du da? Und überhaupt: Wo bin ich hier gelandet? Du wohnst doch wohl nicht in diesem Loch?»

«Ich hab normale Brötchen, Vollkorn, Dreikorn und diese Fitnessscheiben besorgt. Der Bäcker, ein äußerst geschäftstüchtiger Mann … ich glaube, er stammt irgendwo aus der Nähe von Wien … auf jeden Fall lobt er …«

«Stephan, gib mir eine Antwort.»

«Ich verstehe nicht. Was für eine Antwort?»

«Wo wir hier sind.»

Stephan blickte sich um. «Zu Hause. Wo sonst?»

Jenny dämmerte, dass der Stephan, den sie noch bis gestern Abend gekannt hatte, nun ein anderer war. Ohne die Tasse anzurühren, stand sie auf, schlüpfte in ihre Pumps und nahm die Aktentasche.

Sie war sich unschlüssig, ob sie ihm noch einen Abschiedskuss geben oder gleich zur Tür gehen sollte. Sie entschied sich für Letzteres. Sie drehte sich noch einmal um. Stephan, unbeeindruckt von ihrem Entschluss zu gehen, strich Marmelade auf das Brötchen und beachtete sie nicht weiter. Jenny schien er seltsam entrückt.

«Stephan, vielen Dank für den Abend. Es hat mir wirklich gutgetan, wieder mal zu lachen und Spaß zu haben. Ehrlich. Aber ich muss jetzt los. Ich bin noch in der Probezeit und ... du weißt schon. Mach's gut.»

Stephan blickte noch immer nicht auf. Er biss in sein Brötchen und lauschte wie abwesend der Musik. Chris Isaak. *You owe me some kind of love.*

Jenny wandte sich kopfschüttelnd ab und drückte die Klinke nach unten. Doch die Tür ließ sich nicht öffnen. Sie probierte sie noch einmal, versuchte sie aufzustoßen. Ohne Erfolg.

Sie wurde wütend. «Stephan, bitte. Mach die Tür auf.»

Er schien ganz in den Song versunken. Er summte die Melodie und murmelte den Text.

Say you love me, say you need me.

Dann stand er auf und ging auf sie zu.

Er lächelte. «Es ist immer das Gleiche mit euch Flittchen. Nichts kann man euch recht machen.»

Der Schlag warf Jenny zu Boden.

16

Als Levy die Augen öffnete, sah er in auf ihn starrende Gesichter.

«Er wacht auf», sagte eine Stimme. Es war die von Alexej Naumov.

Michaelis drängte sich dazwischen. «Gott sei Dank. Ich wollte gerade den Notarzt rufen.»

«Ich wette», giftete Gudman, «dass er keinen Bissen zu sich genommen hat. Vom Alk mal abgesehen. Typischer Aussetzer.»

«Schwächeanfall nennt man das», berichtigte Luansi Benguela.

Naimas Gesicht kam auf ihn zu. «Geht's wieder?»

Dragan Milanovic griff Levy unter die Arme und stellte ihn wieder auf die Füße.

«Setz ihn auf den Stuhl», ordnete Michaelis an.

Eine Hand reichte ihm eine Tasse schwarzen Kaffee. Levy nahm sie und trank sie in einem Schluck leer.

«Was ist passiert?», stammelte er.

«Das wollen wir eigentlich von dir wissen», antwortete Milanovic. «Du hast mit mir über die chemischen Befunde gesprochen, als dein Handy klingelte, und dann bist du weiß geworden, als hättest du ein Gespenst gesehen.»

Ein Gespenst?, fragte sich Levy. War es das?

Er erinnerte sich an ein Geräusch. Etwas knisterte, wie eine Tonstörung in der Leitung. Dann eine Stimme, nein, ein Schrei. Doch da war noch etwas anderes. Etwas, das ihm das Licht ausgeblasen hatte. Er sog unwillkürlich Luft durch die Nase, ohne dass sein Gehirn den Befehl dazu gegeben hatte. Was hatte er da gerochen? Etwas Flüchtiges. So wie Rauch. Nein, es hatte etwas Betäubendes an sich.

«Levy», hörte er jemanden sagen.

«Ja. Was ist?»

«Bist du wieder weggetreten?»

Eine Hand fuchtelte vor seinen Augen herum. Er fasste sich, stand auf, knickte aber wieder ein.

«Sachte», sagte jemand.

Milanovic nahm sein Handgelenk und fühlte den Puls.

Levy riss sich los. «Lass das.»

Wieder versuchte er auf die Beine zu kommen. Dieses Mal gelang es ihm besser. Er wankte voran. Er musste hier raus. Schnell, auf direktem Weg. Etwas in ihm war in Aufruhr. Sein Herz pochte, und er atmete schnell. Zu schnell für jemanden, der gerade aus einer Ohnmacht erwacht war. Was geschah da mit ihm? Etwas in ihm drängte zur Flucht. Und er konnte nicht widersprechen, diesem Etwas Einhalt gebieten. Er wurde mitgerissen.

Die mahnenden Rufe hörte er nicht mehr. Er stolperte die Treppen hinunter, vorbei an der Sicherheitsschranke, hinaus an die frische Luft.

Auf der Straße machte er halt und atmete tief durch, so als würde er an die Wasseroberfläche zurückkommen. Der Sauerstoff tat ihm gut.

Mit jedem verzweifelten Atemzug beruhigte sich sein rasendes Herz. Es dauerte eine Weile, bis er bemerkte, dass sich der Sturm in seinem Inneren gelegt hatte.

Der Regen, der auf ihn niederprasselte, beunruhigte ihn nicht. Im Gegenteil, er fühlte sich an wie eine Säuberung. Der Regen schaffte Klarheit. Er konnte wieder denken.

War das eine Panikattacke?, fragte er sich. Das konnte nicht sein. Er hatte nie eine gehabt. Wieso gerade jetzt?

Er drehte sich um, schaute, ob ihm jemand folgte. Nein, da war niemand. Jeder mit klarem Verstand hätte Schutz unter einem Dach gesucht. Verdammt, was war hier los? Woher kam dieses Gefühl?

Levy beschleunigte seine Schritte. Als er schließlich völlig durchnässt seine Wohnungstür hinter sich geschlossen hatte, legte sich der wirre Verdacht, der ihn nach einem Verfolger hatte Ausschau halten lassen.

Er öffnete den Kühlschrank. Diese letzte Flasche würde ihm die ersehnte Ruhe zurückgeben.

17

Polizeikommissariat 11 am Steindamm.

Der junge Polizeimeister Sascha Degen war an diesem Vormittag ganz allein auf sich gestellt. Die Kollegen waren im Außeneinsatz, und die wenigen, die das Glück hatten, auf der Wache Dienst zu schieben, hingen an den Telefonen und beantworteten Fragen der besorgten Bevölkerung.

Er stand einsam und ratlos vor dem Faxgerät, das ein Blatt nach dem anderen ausspuckte. Alle Faxe kamen vom selben Absender, mit der immer gleichen Aufforderung: *Bitte helfen Sie, diese Person zu finden.*

Sascha nahm einen Stapel Faxe und fragte einen der Kollegen, was er damit anstellen solle. Der winkte jedoch ab und schickte ihn weiter. Auch der nächste hatte kein Ohr für sein Anliegen. Und so landete er wieder vor dem Faxgerät, dem mittlerweile das Papier ausgegangen war. Er füllte das Fach auf, und weiter ging es mit den Vermisstenanzeigen.

Der junge Polizeimeister war froh, durch ein klingelndes Telefon von dem bizarren Schauspiel abgelenkt zu werden. Er nahm den Hörer von der Gabel.

«Polizeimeister Degen. Womit kann ich Ihnen helfen?»

«Kriminalhauptkommissar Benguela am Apparat. Ich recherchiere im Zuge unserer Ermittlungen der beiden Wasserleichen, Sondereinheit Michaelis. Sie haben vielleicht schon von uns und den beiden Fällen gehört.»

Sascha fühlte sich ertappt. «Es tut mir leid, Herr Kriminalhauptkommissar. Ich bin erst seit ein paar Tagen in der Abteilung. Ich hatte noch keine Gelegenheit, mich ausführlich zu informieren.»

«Macht nichts. Aber vielleicht können Sie mir dennoch weiterhelfen.»

«Sollte ich Sie nicht besser mit einem der Kollegen verbinden? Sie müssten sich allerdings etwas gedulden. Alle Kollegen sprechen.»

«Gut, dann warte ich so lange.»

Sascha versuchte weiterzuverbinden. Doch ohne Erfolg. Das Gespräch kehrte ein ums andere Mal auf seinen Apparat zurück.

«Herr Kriminalhauptkommissar, ich kann Sie leider nicht durchstellen. Alle Leitungen sind besetzt, und ich kann nicht von meinem Platz weg. Das Faxgerät spuckt eine Vermisstenanzeige nach der anderen aus.»

Benguela wurde hellhörig. «Vermisstenanzeigen? Sind es denn so viele?»

«Ja, bündelweise.»

«Haben sie etwas mit der Sturmflut zu tun?»

«Ich weiß nicht. Ich habe sie mir noch nicht angesehen.»

«Dann tun Sie es bitte. Ich würde gern wissen, worum es sich dabei handelt.»

Sascha nahm das erste Fax vom Stapel und las vor: «*Noch immer vermisst wird: Lukas Fessler. Alter: neunzehn Jahre* … Es folgen weitere Angaben zur Person und ein Bild des Mannes. Darunter steht: *Der Verbleib von Lukas Fessler ist bis heute nicht geklärt. Die Familie und Freunde haben ein Recht, zu erfahren, was aus Lukas geworden ist. Kommen Sie Ihrer Arbeit nach und helfen Sie mit. Denn: Wer nichts tut, macht sich schuldig! Gezeichnet: Die Weiße Lilie. Selbsthilfeorganisation von und für Kriminalitätsopfer.* Tut mir leid, ich kann nichts erkennen, was auf die Sturmflut schließen lässt.»

Benguela dachte kurz nach und entschied: «Schicken Sie mir bitte die Faxe zu. Ich möchte sie mir ansehen.»

«Das wird aber dauern. Es sind sehr viele.»

«Rufen Sie einfach den Speicher des Faxgeräts ab und schalten Sie eine Weiterleitung. Ich gebe Ihnen meine Nummer.»

Ein paar Minuten später konnte Luansi am Bildschirm verfolgen, wie ein Fax nach dem anderen hereinkam. Sie hatten alle denselben Wortlaut und unterschieden sich nur in Beschreibung und Bild der vermissten Person. Am Ende der harschen Aufforderung, die Suche nach der vermissten Person nicht einzustellen, prangte eine Lilie mit Anschrift und Kontaktadresse.

Benguela hatte noch nie von der Weißen Lilie gehört. Sie firmierte als eingetragener Verein in Hamburg-Altona. Er startete den Browser und gab die Internetadresse ein.

Auf einer schlicht gehaltenen Website präsentierte sich der Verein, der als erstes Ziel seiner Tätigkeit die Opferhilfe sah. Hier ging es um die persönliche Betreuung eines Opfers nach erlittener Straftat, Hilfestellungen bei Behördengängen, Hinweise zu Erholungsprogrammen und dergleichen mehr. Nichts Außergewöhnliches auf den ersten Blick. Andere Einrichtungen boten Ähnliches. Doch Benguelas Aufmerksamkeit wurde durch zwei ungewöhnliche Details geweckt. Das eine war die Selbstdarstellung, dass die Ansprechpartner bei der Weißen Lilie selbst Opfer von Straftaten gewesen waren.

Das zweite war die Frage: *Wohnt auch in Ihrer Straße ein Raubtier?*

Benguela klickte den Link an. Er führte ihn zu einer deutschlandweiten Landkarte, die mit kleinen Tatzen gespickt war. In der Überschrift wurde der Nutzer aufgefordert, auf eine dieser Tatzen zu klicken oder Stadt und Straße in das Suchfeld einzugeben.

Wohin führt das?, fragte sich Benguela.

Kurzerhand trug er in die Suchmaske seine Adresse ein.

Das Ergebnis machte ihn für einen Moment sprachlos.

In einer Nebenstraße blinkte eine Raubtiertatze. Darüber erschien der Text: *Wussten Sie, dass nur ein paar Meter von Ihrer Haustür entfernt ein verurteilter Straftäter wohnt?*

Benguela klickte auf die Raubtiertatze. Die Person war anonymisiert, keine Hausnummer, keine weiteren Daten, die auf ihre Identität schließen ließen. Aber die Straße.

Und die Delikte, die die Person begangen hatte. Es handelte sich um Vergewaltigungen in den Jahren 1989 bis 1993.

Schließlich die Aufforderung *Wach sein* und weitere Informationen über diesen oder weitere Täter an die Weiße Lilie zu schicken.

«Das darf doch nicht wahr sein», machte sich Benguela Luft. «Woher wissen die, wo verurteilte Straftäter wohnen?»

«Was ist los?», fragte Alexej Naumov über den Tisch hinweg. Benguela schickte ihm den Link mit der Aufforderung, die Raubtier-Seite aufzurufen.

Naumov war ebenso vom Ergebnis der Suche überrascht. «Das ist eindeutig illegal», sagte er. «So was dürfen die nicht veröffentlichen.»

«Ich gebe das sofort an die Staatsanwaltschaft. Die müssen die Seite abschalten. Sonst gibt es Mord und Totschlag.»

«Wieso wissen wir nichts von dieser Website?»

Benguela zuckte die Schultern. «Nach dem, was in letzter Zeit von den Innenministern gefordert wird, sollte mich das eigentlich nicht überraschen. Ich könnte mir vorstellen, dass das von der einen oder anderen Seite geduldet wird. In den USA sind solche Websites gang und gäbe. Nur dass es so schnell bei uns geht, hätte ich nicht erwartet. Am besten sprechen wir erst mal mit Michaelis darüber. Soll sie entscheiden.»

«Wie bist du auf diese Weiße Lilie gestoßen?»

«Ich hatte ein Gespräch mit einem jungen Polizeimeister vom PK 11. Bei ihm läuft das Faxgerät mit Vermisstenanzeigen heiß, die diese Organisation verschickt.»

«Alle Vermissten werden zentral erfasst und sind abrufbar. Wo ist das Problem?»

«Irgendwie hat mich der Ton, in dem diese Anzeigen gehalten sind, aufmerksam gemacht. Ich wollte sie mir einfach mal anschauen. Du kannst sie über den Fax-Server abrufen, wenn es dich interessiert.»

Naumov tat es. Gemeinsam gingen sie eine Anzeige nach der anderen durch.

«Könnten wir was ausprobieren?», fragte Benguela.

«Worum geht's?»

«Kannst du alle vermissten Personen aus diesen Faxen, die im Altersbereich unserer zwei Wasserleichen sind, mit der Vermisstendatei abgleichen?»

«Was soll das bringen?»

«Ich will nur sichergehen, dass tatsächlich alle diese Vermissten bei uns gespeichert sind.»

«Okay, dauert aber ein wenig.»

Benguela nickte. «Wenn du schon dabei bist, dann nimm Falks zerstückelte Frauenleiche gleich mit dran. Dragan hat das Alter auf Anfang bis Mitte zwanzig taxiert.»

«Wird gemacht.»

Luansi Benguela ließen die Faxe und die Website der Weißen Lilie nicht los. Was für eine seltsam offensive Position, die dieser Verein einnahm. Und die Informationen, die sie zu haben schienen. Ungewöhnlich.

Vielleicht sollte er der Weißen Lilie einen Besuch abstatten.

Das Telefon klingelte. «Hier Dragan. Ich habe eine Speichelprobe einer vermissten Person hereinbekommen und sie mit Polykarp und Patrick verglichen. Patrick heißt in Wirklichkeit Jochen Landau.»

18

Lili lehnte mit dem Rücken an der Wand zum Befragungszimmer, in dem eine Psychologin den Wahrheitsgehalt von Nicoles Beschuldigung überprüfte. Kam sie zu dem Ergebnis, dass Nicole nicht gelogen hatte, würden die Dinge ihren Lauf nehmen.

Ein paar Meter weiter im Gang des Jugendamts saß Nicoles Mutter und stieß wüste Beschimpfungen gegen Lili aus. Ihre Tochter sei von niemandem angefasst worden und schon gar nicht vom Bruder ihres Mannes, der ein herzensguter Mensch sei. Hier solle eine intakte Familie auseinandergerissen werden, nur weil eine gelangweilte und frustrierte Sozialpädagogin nichts anderes zu tun hätte, als ihre Nase in Dinge zu stecken, die sie nichts angingen.

Das Gezeter schallte den Gang hinunter, wo eine andere Familie auf ihren Termin wartete. Lili ließ sich von den Beschuldigungen nicht beeindrucken. Es war nicht das erste Mal, dass die heile Familie nur in der Wunschwelt existierte und man sich mit Händen und Füßen gegen die Offenlegung der Tragödie und der daraus resultierenden Konsequenzen wehrte. Aber dafür war es jetzt zu spät.

Alles ging seinen vorbestimmten Weg. Nach dem Glaubwürdigkeitstestat würde Nicoles Onkel Malte vorgeladen und zu den Vorwürfen befragt werden. Hierfür würde ein speziell ausgebildeter Psychologe hinzugezogen werden, der Maltes Version ebenfalls überprüfte. Danach waren die Mediziner gefragt. Ihr Ergebnis würde die offensichtlichen Spuren auf Nicoles Körper bestätigen.

Es folgten die Anklage, der Prozess, das Urteil und schließlich die Haft. Zumindest würde er die nächsten Jahre keine Minderjährige mehr belästigen. Auch das war ein Erfolg.

Lili war mit sich zufrieden. Nicoles Leben erhielt ab jetzt eine neue, weitaus günstigere Richtung. Wenn ihr das Schicksal keine weiteren Streiche mehr spielte, dann würde sie die Zeit mit ihrem Onkel zwar nicht vergessen, aber als Episode betrachten können, die nicht in der Katastrophe geendet hatte. Wenn alles gut lief. Das war die Chance, die Lili nie bekommen hatte.

Vom Gang herauf kam ein Mädchen auf einem Roller angebraust, gefolgt von zwei Jungen ungefähr gleichen Alters und von ähnlicher Statur. Die Kleine war schnell unterwegs, was den beiden Jungen nicht zu gefallen schien. Es gab nur einen Roller für drei Kinder. Lange würde sie sich ihre Brüder nicht mehr vom Hals halten können. Der Gang endete an der Treppe zum nächsten Stockwerk. Lili blickte ihr geradewegs in die Augen, als sie an ihr vorbeiflitzte. Die Kleine wusste um ihre Verfolger. Sie schien darüber jedoch nicht besorgt zu sein, eher machte sie den Eindruck, dass sie die sich anbahnende Auseinandersetzung nicht scheute.

Für die Dauer eines Lächelns trafen sich ihre Blicke.

Lili erkannte darin ein Feuer, wie sie es in ihrer Kindheit auch besessen hatte. Damals auf dem Spielplatz in ihrer Straße, wenn sich die Jungs um Bennie und die Mädchen um sie geschart hatten. Als es darum ging, über die Spielgeräte zu bestimmen. Sie war ein starkes Mädchen und sie wusste sich zu behaupten.

So wie auch diese Kleine im Gang des Jugendamts. Sie nahm es mit den Jungs auf.

Lili grinste sie an. *Du schaffst sie. Beide.*

Die Tür neben Lili wurde geöffnet. Heraus trat Frau Kleinert. Ein kurzer Blick zwischen den beiden. Sie nickte. Lili fiel ein Stein vom Herzen.

«Frau Stevens», sagte Kleinert, «kommen Sie bitte.»

19

Der Computer holte ihn zurück.

Levy ignorierte den Rufton. Wer auch immer etwas von ihm wollte, sollte zur Hölle fahren.

Schließlich hatte der Anrufer ein Einsehen, und das Gepiepe verstummte.

Levy griff zur Flasche. Leer. Krachend flog sie gegen das Tischbein, ohne zu zerbersten.

Er schlurfte zum Kühlschrank. Nichts mehr da. Verdammt, was jetzt?

Der Pizza-Mann. Das dauerte zu lange. Der Chinese aus dem Haus nebenan? Der hatte nur billigen Wein und dünnes Bier. Taxi? Dem konnte er nicht trauen.

Er musste selber los, schnappte sich den Mantel und verließ die Wohnung. Zehn Sekunden später schloss er die Wohnungstür wieder auf. Wo waren seine Schuhe?

Schließlich verließ er das Haus und trat in den Regen hinaus. Glücklicherweise hatte er es nicht weit.

«Gilt dein Angebot von gestern noch?», fragte Levy, als er den Schnapsladen betrat.

«Zwei für eine», antwortete der Besitzer und stellte zwei Flaschen Baileys auf den Tisch.

Levy traute seinen Augen nicht. «Wer soll den Dreck trinken?»

Ungerührt räumte der Besitzer die Flaschen weg und wartete.

«Gib mir drei Flaschen Absolut», sagte Levy.

«Absolut ist aus. Gorbatschow für 8,90.»

«Vergiss es.»

Levy schaute sich im Laden um. Er war spät dran. Das Beste war schon weg. Er entschied sich für Tequila.

«Drei braune Sauza.»

Er zahlte und packte ein. Eine Reflexion im Spiegel über dem Ausgang. Jemand im Lager streckte den Kopf heraus. Er drehte sich um. Da war niemand.

Levy ging raus und wechselte die Straßenseite. Ein Fehler.

Dort standen Lissy, die dralle Österreicherin, dann Felicitas, deren Lippen ihren Kunden jeden Wunsch erfüllten, und schließlich Katie, ein Mädchen aus Bristol, rothaarig und hellhäutig. Sie hatte einen Narren an Levy gefressen.

«Hey, Süßer», sagte sie und stellte sich ihm in den Weg. «Nimmst du mich mit? Komm schon.»

«Katie, bitte geh mir aus dem Weg. Ich habe heute nicht die geringste Lust.»

Er drängte sich an ihr vorbei, sie folgte ihm. «Levy, du kannst mich nicht so einfach stehen lassen. Du weißt doch, du bist mein Sweetheart.»

Levy bemühte sich um Freundlichkeit. «Katie, lass mich in Ruhe. Bei mir hast du heute kein Glück.»

«Du bist verloren, wenn du jetzt gehst», sagte sie.

Levy stockte. «Wie meinst du das?»

Sie schaute ihn traurig an. Dann drehte sie sich um.

Als er zurück zu seinem Haus kam, glaubte er im Flur etwas zu riechen. Er holte den Aufzug nach unten. Als sich die Tür hinter ihm schloss, war es zu spät. Es gab kein Entkommen. Der Aufzug setzte sich in Bewegung.

Von den Füßen her zog dieser Geruch hoch zu seiner Nase. Da war er wieder. Deutlicher als zuvor.

Sein Herz begann zu rasen, Schweiß trat ihm auf die Stirn, auch seine Hände wurden feucht. Die Flaschen glitten zu Boden.

Behalt dich unter Kontrolle, beschwor er sich. Du bist gleich draußen. Zweiter Stock. Dritter. Er hämmerte auf das Tastenfeld. Vierter. Keine Reaktion.

Rauch drang ein. Wo kam der her? Aus den Belüftungsschlitzen. Er ging in die Knie. Der Geruch biss in seiner Nase, vernebelte sein Hirn. Er konnte nichts mehr sehen. Alles verschwamm. Die Ohnmacht war nur ein Stockwerk entfernt. Sechster.

Er bekam keine Luft mehr. Siebter.

Die Trommeln im Kopf begannen ihr Spiel. Achter.

Er krümmte sich auf dem Boden zusammen. Das kalte Neonlicht vermischte sich mit dem Rauch und dem Wasser in seinen Augen. Neunter.

Eine fremde Stimme. Zehnter.

Es wurde dunkel. Aus.

Elfter Stock.

Die Tür öffnete sich. Eine Flasche Sauza kullerte in den schmalen Schlitz zwischen Stockwerk und Kabine. Lichtreflexe blendeten Levy. Turnschuhe. Adidas. Nasser Straßendreck. An den Spitzen abgestoßen.

Ein Schuh stieß gegen seine Schulter. Er kippte auf den Rücken. Das Neonlicht blendete ihn. Weißgrün. Giftig.

20

Wieso hat es so lange gedauert», fragte Michaelis Marion Landau, die Ehefrau des identifizierten Patrick, «bis Sie sich endlich bei uns melden?»

Marion Landau, eine Mittdreißigerin mit glatten schwarzen Haaren und schmalen Brauen über dunkelbraunen Augen in einem auffallend blassen Gesicht, antwortete ohne Hast. «Ich bin mit den Kleinen vor zwei Wochen zu meiner Mutter nach Essen gereist. In der Zwischenzeit hatte ich keinen Kontakt zu Jochen.»

«Wieso nicht?», fragte Naima Hassiri. «Haben die Kinder ihren Vater nicht vermisst?»

«Sicher, aber es ist nicht außergewöhnlich, wenn sie ihn tagelang nicht zu Gesicht bekommen. Sie haben sich daran gewöhnt.»

«Wie kommt das?», hakte Naima nach.

«Jochen arbeitete als freier Architekt. Das heißt, er ist tagelang oft auch nachts mit irgendwelchen Ausschreibungen beschäftigt, die termingerecht eingereicht werden müssen. Er hat im Keller sein Büro und ein Bett eingerichtet, damit er uns nicht stört.»

«Keine Mitarbeiter, die ihn unterstützen?»

«Doch, auf Honorarbasis. Keine Festangestellten, das kann er sich nicht mehr leisten. In letzter Zeit hatte er niemanden beschäftigt.»

«Und auch Sie haben ihn in den zwei Wochen nicht angerufen, um zu hören, wie es ihm geht?», fragte Michaelis.

«Nein.»

«Warum nicht?»

Das Taschentuch, das sie seit über einer halben Stunde in der Hand hielt, fand nun zum ersten Mal Verwendung. Sie führte es ans linke Auge, ohne dass eine Träne zu erkennen gewesen wäre. «Jochen und ich hatten uns in den letzten Jahren auseinandergelebt. Wir wollten in Ruhe nachdenken, wie es mit uns weitergeht. Zwei Wochen hatten wir uns dafür vorgenommen – ohne Kontakt und ohne die üblichen nichtssagenden Gespräche über den jeweiligen Tagesablauf. Die kannten wir zur Genüge.»

«Wann ist Ihnen aufgefallen, dass etwas nicht stimmt?», fragte Naima.

«Als ich gestern Abend in sein Büro ging. Der Anrufbeantworter war voll, und die Post stapelte sich an der Haustür. Das ist überhaupt nicht seine Art. Er beantwortet Anfragen sofort, darin ist er eigen. Ich habe dann mit den zwei Freien telefoniert, mit denen er vor kurzem zu tun hatte. Auch die wussten nichts von ihm. Schließlich habe ich unsere Nachbarn gefragt. Sie hatten ihn schon länger als drei Wochen nicht mehr gesehen, und Licht soll auch nicht gebrannt haben. Da wusste ich, dass mit Jochen etwas geschehen sein musste.»

Wieder das Taschentuch, wieder das linke Auge, ein leises Schniefen.

«Kann ich Ihnen noch etwas zu trinken bringen?», fragte Naima.

«Danke, es geht schon.»

Michaelis konnte sich nicht so recht für die Aussagen Marion Landaus begeistern. Diese Witwe wirkte sehr kühl; auch wenn es in der Beziehung nicht mehr so recht funktionieren wollte, gab es doch noch die gemeinsamen Kinder. Allein das hätte ihr nahegehen müssen. «Hatte Ihr Mann in letzter Zeit Probleme?»

«Was meinen Sie?»

«Wurde er bedroht?»

«Nein. Jochen hatte sein Geschäft im Griff. Wenn es da etwas gegeben hätte, wüsste ich es.»

«Feinde?»

«Keine mir bekannten.»

«Gibt es welche, von denen Sie vielleicht nichts wissen?»

«Nein. Auch wenn Jochen und ich in den letzten Monaten nicht viel miteinander zu tun gehabt haben, so wäre mir das nicht entgangen. Trotz der Unstimmigkeiten waren wir eine Familie. Wir haben alles geteilt.»

«Sie sagten, dass Sie Ihren Mann am Abend des 13. zuletzt gesehen haben», führte Michaelis an. «Wieso sind Sie am Abend nach Essen gereist und nicht am nächsten Morgen?»

«Ich verstehe Ihre Frage nicht.»

«Nun, Sie haben zwei Kinder im Alter von sechs und acht Jahren. Die Zugfahrt dauert, soviel ich weiß, gut vier Stunden. Sie sind also nicht vor Mitternacht in Essen angekommen. Etwas ungewöhnlich, mit Kindern in der Nacht zu verreisen, finden Sie nicht?»

Marion Landau hielt inne. Die Frage schien sie zu überraschen. «Ich reise gern nachts, wenn die Züge nicht so überfüllt sind. Und außerdem konnten Katja und Lara bequem im Abteil schlafen. Ich nehme an, Sie haben keine Kinder.»

Michaelis und Naima gingen nicht darauf ein. Auch wenn sie keine Eltern waren, klang die Antwort nicht überzeugend. Sie hatte etwas von einer Schutzbehauptung. «Sie wurden am Bahnhof in Essen von Ihrer Mutter erwartet, nehme ich an», sagte Naima.

«Ja. Sie hat kein Problem damit.»

«Das heißt, es ist mehrmals vorgekommen, dass Sie mitten in der Nacht mit den zwei Kindern bei Ihrer Mutter aufgetaucht sind?»

«So habe ich das nicht gemeint. Meine Mutter liebt ihre

Enkel und mich. Sie freut sich, wenn wir zu Besuch kommen. Da kümmert es sie nicht, wenn sie uns am Bahnhof abholt, egal zu welcher Uhrzeit.»

«Dennoch: Es war also nicht das erste Mal, dass Sie mit Ihren Kindern in der Nacht nach Essen gereist sind?»

«Ich verstehe nicht, worauf Sie hinauswollen. Ich bin hier, um die Leiche meines Ehemannes zu identifizieren. Gut, das habe ich getan. Ja, der Tote ist Jochen Landau. Nun fragen Sie mich nach den Umständen der Besuche bei meiner Mutter. Tut mir leid, aber ich bekomme das nicht zusammen.»

«Ihr Mann ist getötet worden, Frau Landau», entgegnete Michaelis, «und wie Sie gesehen haben, auf eine sehr grausame Art und Weise. In diesem Zusammenhang interessiert uns alles, auch, in welcher Beziehung Sie zu ihm standen. Es kommt uns ungewöhnlich vor, dass Sie mit den Kindern offensichtlich des Öfteren nachts zu Ihrer Mutter aufgebrochen sind. Das zeugt nicht von einem harmonischen Umfeld, in dem Ihr Mann die letzten Tage oder Wochen seines Lebens verbracht hat.»

«Sie können gern meine Mutter befragen, wo ich zur Tatzeit war, wenn Sie darauf hinauswollen.»

«Das werden wir ohnehin. Doch lieber wäre es uns, wenn Sie uns reinen Wein zu ihrer Ehe einschenkten, bevor wir es von jemand anderem erfahren.»

Marion Landau führte das Taschentuch wieder ans Auge. Sie wollte Zeit schinden. «Gut», sagte sie schließlich, «Jochen und ich wollten uns trennen. Ja, es hat schon länger nicht mehr zwischen uns gestimmt.»

«Das wissen wir bereits», antwortete Naima, «wir möchten gern von Ihnen hören, warum Sie ausgerechnet in der Nacht nach Essen aufgebrochen sind. Gab es einen Streit zwischen Ihnen und Ihrem Mann?»

Zögernd kam die Antwort. «Wir hatten eine Diskussion, ja. Ich wollte nicht mehr länger so weitermachen wie bisher, und er entschuldigte es mit seiner Arbeit. Dass er alles nur für uns täte, die Nächte über den Entwürfen und Zeichnungen verbrachte, um uns über Wasser zu halten. Ich sagte ihm, dass wir das Haus verkaufen könnten, dass er wieder in einem Architekturbüro arbeiten könnte, alles sei besser, als so weiterzumachen. Doch er wollte nichts davon hören und beendete die Diskussion.»

«Was geschah daraufhin?», fragte Michaelis.

«Ich habe gepackt und bin gefahren.»

«Wie hat er darauf reagiert?»

«Ich nehme an, er hat sich wieder hinter seiner Arbeit versteckt, so wie er es immer getan hat.»

«Sie hatten an diesem Abend also keinen Kontakt mehr miteinander?»

«Nein.»

«Auch die Tage danach nicht?»

«Wie gesagt, es war eine Trennung, eine vorläufige. Er wusste das, und ich auch. Da gab es nichts mehr zu besprechen.»

«Hatte Ihr Mann Freunde, an die er sich gewandt haben könnte?»

«Weswegen?»

«Um sich auszusprechen oder um sich Rat einzuholen?»

«Es gab da mal einen Walter, einen Freund aus Studienzeiten. Aber soviel ich weiß, hatten sie seit Jahren keinen Kontakt mehr.»

«Können Sie sich vorstellen, wo Ihr Mann an jenem Abend noch hingegangen sein könnte, nachdem Sie das Haus verlassen hatten?»

«Keine Ahnung, er ging nicht oft weg. Eine Stammkneipe

oder so etwas hatte er nicht. Ist denn sicher, dass er noch ausgegangen ist?»

«Es ist nicht ausgeschlossen. Können uns die Nachbarn etwas dazu sagen?»

«Zur Tagesschau gehen die Rollos runter. Ich glaube nicht.»

«Hatte Ihr Mann ein Hobby, etwas zum Ausgleich? Jogging, Fußball, Squash. Etwas in der Art.»

«Früher hat er mal Handball gespielt. Aber das hat er aufgegeben, als wir uns kennenlernten.»

«Wann war das?»

«Vor zehn Jahren.»

«Wie haben Sie sich kennengelernt?»

«In einer Kneipe in Berlin. Wir lebten beide zu dieser Zeit dort.»

«Was haben Sie damals gemacht?»

«Berufsmäßig?»

«Ja.»

«Ich studierte Politikwissenschaften und Jura.»

«Haben Sie abgeschlossen?»

«Nein, Katja kam dazwischen, und als ich das Studium wiederaufnehmen wollte, meldete sich Lara. Danach war es zu spät.»

«Haben Sie es bereut?»

«Die Karriere für die Kinder aufgegeben zu haben? Nein, sie sind das Beste, was mir je widerfahren ist.»

«Und die Ehe mit Ihrem Mann?»

«Was wollen Sie von mir hören? Dass ich meinem Mann die Schuld für unser Versagen gegeben habe?»

«War es so?»

«Nein. Es hat einfach nicht funktioniert. Sie können nicht gegen die Natur eines Menschen ankämpfen.»

Naima und Michaelis schauten sich an. Keine der beiden

hatte noch eine Frage. «Ich denke, für heute ist es genug», sagte Michaelis. «Halten Sie sich bitte für Rückfragen zur Verfügung. Sie können jetzt gehen. Danke.»

«Heißt das, dass ich die Stadt nicht verlassen darf?»

«Sie sollten uns vorher benachrichtigen, damit wir Kontakt zu Ihnen aufnehmen können, sofern wir Sie nochmals benötigen.»

Marion Landau stand auf. Trotz der zwei Kinder und einer schwierigen Ehe war sie eine attraktive Erscheinung geblieben. Der schwarze Hosenanzug saß perfekt, ihre langen Beine wurden durch die Pumps noch unterstrichen. Ihre Mimik und Gestik verrieten ein gesundes Maß an Erziehung, genauso wie ihre Art, sich zu bewegen. Alles an ihr war wie einstudiert, nichts, was auf eine Eigenart würde schließen lassen. Diese Frau hatte sich unter Kontrolle. Ihre gescheiterte Ehe hingegen war ihr aus den Händen geglitten.

Sie verließ ohne ein weiteres Wort den Befragungsraum. Draußen auf dem Gang wurde sie von Katja und Lara empfangen.

«Was meinst du?», seufzte Michaelis.

Auch Naima war sich unschlüssig. «Eine seltsame Geschichte, zugegeben. Aber was macht man nicht alles, um die Augen vor der Wahrheit zu verschließen. Ich glaube, hinter der Fassade dieser Ehe verbirgt sich noch etwas anderes.»

«Hast du eine Vermutung?»

«Nein, nur ein Gefühl. Diese Marion Landau ist mir zu gefasst, zu überlegt, zu … beherrscht. Verstehst du, was ich meine?»

Michaelis nickte. «Ja, mir geht es genauso. Ich denke, du solltest da nochmal nachbohren. Nachbarn, Freunde, die Großmutter. Hast du Landaus Anrufbeantworter und den Computer schon ausgewertet?»

«Nur die Geschäftsanrufe. Die erste Bitte um Rückruf ist auf den 14. um 10 Uhr 23 datiert. Den hat er wohl nicht mehr geschafft. Ich habe mit dem Anrufer gesprochen. Er sagt, dass er mit Landau keinen Kontakt nach dem 11. hatte. Wir können also davon ausgehen, dass Landau in der Nacht des 13. verschwunden ist. Die Spurensicherung ist noch bei der Arbeit. Bisher gibt es keine Anzeichen eines Kampfes oder eines Tatorts im Haus.»

«Irgendwelche Spuren in seinem Computer?»

«Alexej sitzt drüber. Die letzte Aktivität war um 21 Uhr 10. Danach wurde er heruntergefahren und nicht mehr gestartet.»

«Was hat er zuletzt am Computer gemacht?»

«Alexej konnte einen Browser-Aufruf feststellen. Leider ist er so eingestellt, dass er die History löscht, wenn er geschlossen wird. Wir wissen also nicht, wo er damit unterwegs war.»

«Was sagt der Provider?»

«Die Anfrage läuft.»

«Und die zuletzt geführten Telefonate?»

«Dito.»

«Hatte er ein Handy?»

«Ja. Wir konnten es bisher nur nicht orten. Entweder ist es ausgeschaltet oder kaputt.»

«Dann haben wir also überhaupt keinen Anhaltspunkt, wo sich Landau in der Nacht des 13. aufgehalten hat.»

«Sieht so aus. Der Wagen steht in der Garage, und er hat auch keine Transaktion mit der EC- oder Kreditkarte getätigt. Wenn wir keinen Zeugen finden, der ihn in der Nacht gesehen hat, dann stehen wir ziemlich nackt da.»

Michaelis dachte nach. «Die Überwachungskameras. Vielleicht haben sie ihn in der Nähe des Bahnhofs, an Straßenkreuzungen, bei Geldinstituten oder auf den öffentlichen Plätzen, die überwacht werden, aufgenommen. Gib sein Bild ans Präsidium, BKA und so weiter. Die sollen für den 13. und 14. die Biometrie-Software drüberlaufen lassen. Vielleicht haben wir Glück.»

Naima nickte. «Was ist eigentlich mit Levy? Hast du ihn schon informiert, dass wir Patrick identifiziert haben?»

«Mein Gott» – Michaelis griff sich an den Kopf –, «den habe ich völlig vergessen.»

«Du machst dir Sorgen um ihn.»

«Kein Wunder, nach seinem Auftritt von heute Morgen.»

«Ich weiß, wie wertvoll er für unsere Ermittlungen sein kann – wenn er gesund ist.»

«Jetzt fang nicht auch du damit an. Levy ist dann am besten, wenn er ganz tief in der Scheiße steckt.»

«Das ist er zweifellos. Ich befürchte nur, dass wir ihn über Gebühr strapazieren. Er ist krank, sehr krank.»

21

Levy lag ausgestreckt auf dem Bett. Er erkannte Katie nur anhand ihrer roten Haare und ihres Parfüms. Diese Kombination war einzigartig. Er wusste, dass er in Sicherheit war. «Was ist das?», fragte er.

«Es wird dich wieder auf die Beine bringen.»

«Ich will wissen, was das ist.»

«Nenn es Crystal, Meth oder Lebensretter. Okay?»

Weiteren Widerspruch ließ sie nicht zu, schob ihm den zusammengerollten Zwanzigeuroschein ins Nasenloch und drückte sanft Levys Kopf zum Taschenspiegel mit dem weißen Pulver hinunter.

Levy schniefte und schloss die Augen. «Hast du ihn gesehen?»

«Wen?»

«Da war jemand am Aufzug. Er trug weiße Turnschuhe. Adidas. Mehr konnte ich nicht erkennen.»

Katie verneinte. «Sorry, Sweetheart. Es ist mir niemand begegnet.»

«Musst du aber. Es gibt keinen anderen Weg nach unten.»

«Wenn ich's dir sage.»

Er öffnete die Augen. «Wie kommst du eigentlich hierher? Du warst doch vorhin noch auf der Straße.»

Katie strich ihm über die Wange. «Ich habe heute Nacht von dir geträumt. War kein guter Traum. Ich mache mir Sorgen.»

«Du und deine Esoterik.»

«Hey, ich bin hier und hab dich halbtot aus dem Aufzug geholt.»

Gute Katie, dachte Levy. Ja, dieser Hokuspokus hatte ihm das Leben gerettet. Wäre sie nicht gekommen, dann hätte ihn der Typ wahrscheinlich alle gemacht. Er drückte ihre Hand sanft. «Danke.»

Katie war dankbar für jede Aufmerksamkeit, die sie von Levy erhielt. «Was ist eigentlich passiert?»

«Keine Ahnung. Kaum war ich im Aufzug, ging's los. Da war ein Geruch, das muss Benzin gewesen sein. Mir wurde schwindelig, und dann kam Rauch aus der Lüftung. Jemand muss den Aufzug in Brand gesteckt haben, als ich drin war.»

Katie schaute ihn besorgt an.

«Was ist los?», fragte Levy. «Glaubst du mir nicht?»

«Sweetie, da war kein Rauch.»

«Blödsinn. Natürlich war da Rauch. Ich habe ihn doch

ganz deutlich gesehen und gerochen. Ich bin zu Boden gegangen, damit ich ihn nicht einatmen musste.»

«Ich bin gleich nach dir ins Haus. Da war nichts.»

«Der Aufzug muss gebrannt haben. Wo soll er denn sonst hergekommen sein? Da müssen Brandspuren sein.»

Levy bäumte sich auf, doch Katie hielt ihn zurück. «Bleib liegen. Ich hab dich vom Aufzug in die Wohnung geschleppt. Wenn es im Aufzug gebrannt hätte, dann hätte ich das gemerkt. Du phantasierst.»

Levy roch an seinen Ärmeln, an seinem Jackett, an seinem Hemd. Da war nichts. «Probier du mal.»

«Was soll ich?»

«Riech an meinen Klamotten. Am Boden war eindeutig Benzin. Das kann sich nicht so schnell verflüchtigen.»

Katie zögerte. Sie hielt es für ein Hirngespinst. «Levy, hör mit dem Saufen auf. Du hast alle Anzeichen eines ...»

«Riech!», herrschte er sie an.

Sie gehorchte und roch. Sie konnte nichts Auffälliges feststellen. «Tut mir leid.»

«Das gibt's nicht», widersprach Levy und sprang auf.

Katie hatte keine Chance, ihn zurückzuhalten.

«Komm mit.»

Levy eilte voran, Katie folgte ihm notgedrungen. Draußen auf dem Gang holte er den Aufzug nach oben. «Ich bin doch nicht irre. Ich weiß, was ich gesehen habe.»

Sie warteten. Schließlich öffnete sich die Tür. Levy ging hinein. Er suchte die Lüftungsschlitze nach Ruß und Brandspuren ab. Obwohl die Kabine ihre besten Tage schon hinter sich hatte, konnte er nicht die erhofften Anzeichen eines Brandes sehen. Er kniete sich hin, roch an der Bodenplatte. Links, rechts, alle Ecken. Nichts.

Katie legte ihm die Hand auf die Schulter. «Steh auf, Levy.»

«Da muss aber was sein.»

«Komm hoch, bitte.»

Er folgte zögernd. Katie nahm ihn in den Arm. «Du brauchst Hilfe.»

Levy stieß sie zurück. Er erschrak vor seiner Reaktion. «Tut mir leid, Katie. Ich weiß, dass du es gut mit mir meinst. Aber irgendwas läuft hier.»

Katie gab es auf. Sie hatte die Auswirkungen des Alkohols zur Genüge am eigenen Körper zu spüren bekommen. Jedes Mal fiel sie auf diese Typen herein. Mit gesenktem Kopf verließ sie die Kabine. «Ich muss wieder runter.»

Levy ging ihr nach. «Katie, warte.»

Doch sie winkte ab und stöckelte die Stufen hinunter. «Du weißt, wo du mich findest.»

Er blickte ihr nach. Verdammt, er war zu weit gegangen.

Zurück in der Wohnung, startete er den Computer. Während der Rechner hochfuhr, stellte er sich unter die Dusche. Kalt musste es sein. Er spürte Hitze und Energie in sich hochkochen. Ein seltsam angenehmes Gefühl bemächtigte sich seines Körpers und seines Geistes.

22

Auf dem Fenster klebte lediglich eine weiße Lilie. Dahinter sah man zwei verwaiste Stühle um einen runden Glastisch. Mehr nicht.

Luansi Benguela suchte nach dem Klingelschild. Wenigstens hier fand sich die Unterzeile *Selbsthilfeorganisation für Kriminalitätsopfer e. V.*

Er läutete. Ein Surren gab die Tür frei.

Eine Frau empfing ihn am runden Tisch. Sie mochte Anfang fünfzig sein und war um eine freundliche Ansprache bemüht. «Wie kann ich Ihnen helfen?»

An der Wand hingen gerahmte Poster mit der Aufschrift *Niemand ist je vergessen* und *Niemand bleibt für immer verschwunden*.

Er zeigte seinen Ausweis. «Benguela, Kripo Hamburg. Ich möchte mit dem Geschäftsführer des Vereins sprechen.»

Entgegen der üblichen Reaktion überprüfte die Frau Name und Bild eingehend, bevor sie sich vorstellte. «Mein Name ist Greta Harmstorf. Ich bin die Geschäftsführerin. Was kann ich für Sie tun?»

Luansi wählte die sanfte Eröffnung für seinen Besuch, auf das eigentliche Thema würde er im Laufe des Gesprächs eingehen. Er zeigte ihr eines der Faxe, die am Morgen von der Polizeiwache zu den vermissten Personen hereingekommen waren. «Darüber würde ich gern mit Ihnen sprechen.»

Greta Harmstorf zeigte sich überrascht. «Endlich werden unsere Hilferufe zur Kenntnis genommen. Es hat gedauert, aber immerhin. Kommen Sie, setzen Sie sich.»

Sie wies ihm einen Stuhl zu und schenkte aus der bereitstehenden Karaffe Wasser ein. «Haben Sie jemanden finden können?» Ihre Stimme klang erwartungsfroh, mit einem Teil Besorgnis.

«Bisher leider nicht», antwortete Benguela. «Die Überprüfung mit unseren Datenbanken läuft noch.»

Ihre Haltung wechselte. «Darin werden Sie auch nichts anderes finden. Was wird Ihre Vermisstendatei schon anderes ausspucken als das, was wir ohnehin schon wissen? Ich habe eigentlich erwartet, dass die Polizei aktiv wird und die vermissten Personen wieder ins Zentrum ihrer Ermittlungen stellt.»

«Das tut sie. Jede nicht identifizierte Person wird mit der Vermisstendatei abgeglichen.»

«Das reicht aber nicht. Wir fordern, dass die Polizei den Verbleib dieser Personen ermittelt. Das ist das Recht jedes Bürgers und seiner Angehörigen. Wir zahlen schließlich Steuern, und nicht zu knapp, für eine Leistung, die nicht erbracht wird.»

Benguela ging nicht weiter darauf ein. Eine Grundsatzdiskussion konnte sie mit ihrem politischen Vertreter führen, dabei sollte sie auch die bessere finanzielle und personelle Ausstattung der Polizei ansprechen. «Ich würde gern von Ihnen wissen, wieso Sie gerade diese Personen ins Zentrum Ihrer Fax-Aktion gestellt haben.» Er zeigte ihr noch zwei weitere Faxe, die er mitgebracht hatte. «Die Vermisstendatei ist umfangreich. Wieso also gerade diese?»

Die Frau seufzte, als müsste sie die ewig gleiche Frage erneut beantworten. «Hinter jedem dieser Vermissten steht eine Familie, ein Freund oder Kollege, der sich nicht damit zufriedengibt, dass die Ermittlungen der Polizei eingestellt wurden. Diese Menschen haben eine lange Zeit des Leidens und der Verzweiflung hinter sich. Sie sind nicht länger gewillt zu warten, bis sich die Polizei bei ihnen meldet. Sie wollen Klarheit. Jetzt. Die Weiße Lilie tritt für ihre Interessen ein. Wir leisten aktive Hilfe bei der Vermisstensuche.»

«Indem Sie Faxe an Polizeiwachen verschicken?»

«Auch das. Aber unsere Aktionen reichen weiter. Wir haben unter anderem ein Informationsnetz aufgebaut, das die Vermissten nicht vergessen macht. Auf der ganzen Welt haben wir Kontakte zu Menschen und Organisationen, die dasselbe Schicksal und dieselben Interessen teilen wie wir. Ein jeder hilft mit. Das reicht von regelmäßigen Infoveranstaltungen bis hin zur Unterstützung bei Behördengängen.»

«Das heißt, ich könnte mit der Weißen Lilie auch im Ausland nach einer vermissten Person suchen?»

Sie nickte. «Wir haben Mitarbeiter in der ganzen Welt. Das ist einer der Gründe, wieso sich immer mehr Menschen an die Weiße Lilie wenden. Wir haben das Knowhow und die Motivation vor Ort. Im Gegenzug vertreten Betroffene hier in Deutschland auch die Interessen von Menschen im Ausland, deren Angehörige in unserem Land verschwunden sind.»

«Beeindruckend. Das kann natürlich eine nationale Behörde nicht leisten.»

Die Vorlage nahm Greta Harmstorf postwendend auf. «Das entbindet Sie jedoch nicht von Ihrer Aufgabe.»

«Ja, ich weiß», wehrte Benguela ab. «Dennoch: Ich dachte, dass die Weiße Lilie in erster Linie Opfern von Kriminalitätsdelikten beisteht. So kann man es zumindest auf Ihrer Website lesen.»

«Das war der Grundgedanke, als sich der Verein vor über zehn Jahren gründete. Nach wie vor ist dies ein wichtiger Grundpfeiler unserer Tätigkeit – aber eben nicht der alleinige. Wir mussten im Zuge unserer Arbeit feststellen, dass das Schicksal der Opfer mit ihrem zeitweisen Verschwinden einhergeht. Manche waren über Jahre in der Gewalt der Täter, bevor ihnen die Flucht gelang oder sie befreit wurden.»

«Eine Besonderheit scheint mir auch die Betreuung durch ehemalige Opfer zu sein.»

Die Frau nickte. «Wir wissen, was es heißt, Opfer zu sein. Wir verstehen, weil wir die Gewalt am eigenen Körper erfahren haben. Niemand sonst kann das mit ihnen teilen. Kein Psychologe, kein Anwalt und schon gar kein Richter. Gewalt ist immer persönlich.»

Das war das Stichwort für Benguela. «Apropos persönlich: Ich konnte mich von einer sehr interessanten Seite in Ihrem Web-Auftritt überzeugen. Unter dem Menüpunkt *Raubtiere* sind Straftäter über ganz Deutschland aufgelistet. Sie bewegen sich mit diesen Informationen im Grenzbereich des rechtlich Erlaubten, und wenn ich ehrlich bin, verletzen Sie damit die Persönlichkeitsrechte dieser Personen. Ich habe hierzu die Staatsanwaltschaft in Kenntnis gesetzt.»

Greta Harmstorf zeigte sich wenig beeindruckt. Im Gegenteil, sie ging zum Angriff über. «Diese *Personen* haben jegliches Recht mit der Begehung ihrer Straftat verwirkt. Sie sind Tiere, die zu jeder Zeit wieder losschlagen können. Keine Gefängnisstrafe und keine Therapie kann das verhindern. Es ist ihre Natur, verstehen Sie? Sie können gar nicht anders, als ihren Trieben zu folgen. Alle natürlichen und gottgegebenen Barrieren funktionieren bei ihnen nicht mehr. Die Bürger haben ein Recht, zu erfahren, wer in ihrer Nachbarschaft wohnt, damit sie Vorsorge treffen können.»

«Unter Vorsorge verstehe ich etwas anderes. Stattdessen säen Sie Verunsicherung, Zwietracht und Hysterie.»

«Wir informieren. Das ist unser gutes Recht. Wir sorgen für Schutz, indem wir aufklären. All das, was die Polizei unterlässt.»

«Wie kommen Sie eigentlich an die Informationen über verurteilte Straftäter?»

Greta Harmstorf war nicht gewillt, auf die Frage einzugehen. Ihre Informationsquellen würde sie hüten wie einen Schatz. Stattdessen wurde sie politisch. «Die Menschen in diesem Land sind nicht mehr länger gewillt, das Unrecht hinzunehmen. Zu viele ihrer Freunde, Schwestern und Brüder wurden verletzt oder getötet. Es ist Zeit, die Wahrheit ans Licht zu bringen. Wenn Sie eine Tochter oder einen Sohn an diese Tiere verloren hätten, wüssten Sie, wovon ich spreche …»

Aus dem Hintergrund trat ein Mann. Er hielt inne, als er sah, dass er in ein Gespräch geplatzt war.

«Entschuldige, Greta, ich wusste nicht, dass du einen Termin hast», sagte Thorsten Waan.

23

N*ever as good as the first time.*

Stephan lag mit nacktem Oberkörper auf der Couch und lauschte den Klängen aus dem Notebook. Er summte die Melodie mit, und wann immer ihm eine Textpassage einfiel, gab er sie zum Besten. «Good times, they come and they go. Never going to know, what fate is going to blow … Ein sagenhafter Song, findest du nicht?»

Er erhielt keine Antwort.

«Wusstest du, dass das zweite Album, *Promise*, 1985 in den deutschen Charts auf Platz zwei landete und in Österreich nicht über Platz sechs hinauskam? Seltsam. Dabei sagt man, dass die Österreicher nicht nur die gleiche Sprache sprechen wie wir, sondern uns auch kulturell sehr nahestehen. Und dann kommt so ein Hammer-Album auf den Markt und stellt alles auf den Kopf. Ich habe mich immer gefragt, warum das so ist. Liegt es vielleicht daran, dass man in den Alpen Musik anders erlebt als auf dem flachen Land? Aber das kann nicht sein. In der Schweiz schoss *Promise* auf den ersten Platz, so wie in England und den USA. Auch bei denen gibt es Berge. Und es ist zu vermuten, dass die Leute dort auch Musik hören, und 1985 war Sade nach *Diamond Life* in aller Munde. In den Clubs,

Bars und Radiostationen war fast nichts anderes als Sade zu hören. Diese Stimme, diese Coolness, beneidenswert. Findest du nicht auch?»

Er nahm den Fuß von der Lehne und setzte ihn auf den Boden. Dort lag Jenny, nackt und zusammengekrümmt, zu seinen Füßen. Er fuhr mit dem Zeh durch ihre Haare.

«Cool und unnahbar ist sie», sprach er weiter und lächelte. «Genau denselben Eindruck hatte ich von dir, als ich dich das erste Mal getroffen habe. Weißt du noch? Wir saßen in dem Café mit dem Plüschsofa und diesem lächerlich schwulen Kellner. Mario oder Martin, irgendetwas in der Art. Du warst so himmlisch businessmäßig drauf. Die Beine artig übereinandergeschlagen, sodass man nicht unter dein sündhaft kurzes Röckchen schauen konnte. Dabei war dein Jackett so tief dekolletiert. Ich wette, Mario hat auch mal ein Auge riskiert, als er dir den Prosecco hingestellt hat.

Dann dieser Blick, den du mir über den Rand deiner Brille zugeworfen hast. Der war so … komm, hilf mir mal …» – er stieß mit dem Fuß zu –, «selbstsicher, nein, selbstverliebt … oder einfach nur dämlich arrogant. Dabei brauchst du doch gar keine Brille, und schon gar nicht eine Rodenstock. Da war doch nur Fensterglas drin. Wieso also der ganze Scheiß? Braucht ihr Manager-Tussen so was? Kühl, distanziert, überlegen, den Macker raushängen lassen?»

Er griff nach unten, packte Jennys Haare und starrte aufgebracht in ihre Augen. «Los, mach dein Maul auf. Oder hat es dir die Sprache verschlagen?»

Aus ihrem Mund und der Nase tropfte Blut. Ein Auge war geschwollen. Es fiel ihr schwer zu sprechen. «Du Schwein … wenn ich hier raus bin …»

«Ach», schnaubte er und stieß sie zurück, «immer dasselbe Genöle. Könnt ihr euch nach dem ersten Mal nicht einen besseren Text einfallen lassen? *Wenn ich hier raus bin …* Noch keine hat die Drohung wahr gemacht.»

Er machte sich wieder lang – die Hände hinter dem Kopf verschränkt, Blick zur Decke – und ließ die Musik auf sich wirken.

The rose we remember. The thorns we forget.

Er wiederholte die Textzeile mehrmals. Dann: «Ich nicht. Niemals. Weißt du, ich war als Kind ziemlich moppelig, andere sagten, ich sei fett. Glaubt man gar nicht, wenn man mich heute sieht. Ich bin gut in Form. Sixpack und Muckis an Armen und Rücken. Hat mich viel Zeit und Schweiß gekostet. Verdammte Plackerei. Nur, um euch Flittchen zu gefallen.

Sogar meine Mutter hat sich über mich lustig gemacht. *Wie soll so eine fette kleine Kröte wie du es jemals zu etwas bringen?* Meine eigene Mutter, verstehst du?

Dabei hätte die Frage lauten müssen: Wieso mästest du mich wie ein Schwein?

Wenn ich sagte, dass ich keine Hunger mehr habe, musste ich den Dreck, den sie fabriziert hat, dennoch fressen. *Als Zeichen, dass dir meine Küche schmeckt.*

Verdammtes Miststück, nur Unglück hast du mir gebracht. Am liebsten hätte ich dir das Zeug geradewegs ins Gesicht gekotzt.

Und mein Vater? Mein Gott, diese Niete. Statt mir zu helfen, seinem eigen Fleisch und Blut, hat er sich hinter seinen Büchern verschanzt. *Bildung ist das halbe Leben.* Bullshit. Manipulation ist der Königsweg. Das hat er nicht kapiert, die Lusche. Wozu auch? In seinem Amt war beim Obersachbearbeiter Schluss mit Bildung. Da gab's nur die Durchführungsverordnung und sonst nix. Na ja, er hat auch nie die Kraft gehabt, etwas daran zu ändern.

Da war ich ganz Kind meiner Mutter. Sie wusste, wo sie

anzusetzen hatte, damit sich das Rad drehte. Ich habe lange gebraucht, um es zu kapieren, aber dann konnte mich nichts mehr halten.

In der Schule, siebte oder achte Klasse, glaubte einer, Markus, so hieß er, er könne mich triezen. Hat mein Hausaufgabenheft mitgehen und mich vor der Lehrerin blöd dastehen lassen. Das hat er nur einmal gemacht. Am nächsten Tag hatte er sie am Arsch. Ich hab mir ihre Katze vorgenommen, während sie in der Küche beschäftigt war. Armes Tier, ohne Augen lässt es sich schlecht Mäuse fangen. Sie hat gekreischt wie am Spieß, als sie das Vieh über dem Gartenzaun hängen sah.

Ein Typ aus der Nachbarschaft hat mir noch was geschuldet. Kam zufällig vorbei und hat eine exakte Täterbeschreibung abgegeben. *Ach ja, der Junge hatte so einen auffälligen Schulranzen* … so einen von Scout, die damals nur die Jungs mit Kohle hatten. Apothekerbubi.

Ich war mächtig stolz auf mich. Hatte zwei Fliegen mit einer Klappe geschlagen.»

Stephan blickte zur Seite. Jenny hatte sich bis zur Tür geschleppt, rüttelte an der Türklinke.

«Du willst es einfach nicht kapieren», schimpfte er und sprang auf. «Du bist mein Gast.»

Er schleifte sie zurück, warf sie vornüber auf den Tisch und spreizte ihr die Beine. «Du weißt einfach, wie man mich scharf macht.»

Dann drang er mit aller Wucht in sie ein.

24

Alles lief wie geschmiert. Sein Verstand arbeitete schnell, präzise und komplex. Wieso hatte er Katie nicht früher zu sich geholt? Das Crystal war von guter Qualität. Der Wodka hatte keine Chance dagegen. Er machte ihn nur dumpf und blöd. Was für eine Verschwendung.

Levy atmete tief ein. Das Blut zirkulierte barrierefrei in seinem Hirn. Er glaubte gar, es hätten sich neue Synapsen gebildet, die die Informationen der drei Todesopfer mühelos verarbeiteten und jedem Aspekt der Todesumstände einen speziellen Platz zuwiesen. Er musste nicht einmal die Augen schließen, um sich das Konstrukt vorzustellen. Es war zu jeder Sekunde präsent – klar, unzweifelhaft, logisch.

Patrick und Polykarp waren durch dieselbe Hand umgekommen. Daran war nicht mehr zu rütteln. Die Schlagmuster glichen sich wie aufs Haar. Beide von einer rechten Hand ausgeführt, von oben nach unten. Wenn er Dragans Ausführungen zur zeitlichen Abfolge richtig verstand, dann musste der Täter zuerst auf die Extremitäten eingeschlagen haben. Also Beine und Arme.

Beine. Logisch, das machte das Opfer fluchtunfähig.

Arme. Dann wehrlos.

Zwischen der ersten und der zweiten Schlagserie war Zeit vergangen. Eine halbe bis eine Stunde, schätzte Dragan. Der Täter hatte sich erholt. Vielleicht, nein, sicher hat er mit dem Opfer, in diesem Fall Patrick, gesprochen. Patrick war die ganze Zeit über bei Bewusstsein gewesen. Dragan hatte nichts Gegenteiliges festgestellt.

Was wollte der Täter von Patrick wissen? Oder, was hat er ihm gesagt?

Dann die nächste Schlagtirade. Rund zwanzig Stockhiebe auf den Korpus. An den Schultern beginnend, über die

Seitenpartien zum Genitalbereich. Zwei Rippen wurden dadurch gebrochen und das Schlüsselbein. Das Opfer muss dabei auf dem Rücken gelegen haben. Hatte die ganze Zeit Blickkontakt zum Täter und der mit ihm.

Die natürliche Reaktion wäre gewesen, sich abzuwenden, den Schlägen auszuweichen. Das hatte das Opfer sicherlich auch gemacht, doch der Täter zwang ihn zurück.

Wieso?

Die Verletzungen im Genitalbereich waren weniger ausgeprägt als erwartet. Hämatome zwar rundum, aber keine Verletzung, die das Geschlechtsorgan direkt betraf. Bei der Wahl der Mittel waren Sexualstraftäter nicht zimperlich. Von der Glasscherbe über den Besenstiel bis hin zum Küchenmesser – da zeigte sich, welcher Hass in dem Täter steckte.

Anders hier. Keine offene Verletzung. Der Penis wurde geschlagen, ja, aber er wurde nicht aufgeschlitzt, verstümmelt oder abgetrennt. Er war nicht das Ziel. Was dann?

Levy verglich das Foto von Patricks Genitalbereich mit dem Polykarps. Ja, auch hier dasselbe Ergebnis. Keine offene Wunde, kein Schnitt, kein Loch.

Wo liegt das Zentrum deiner Aggression?

Auf den Fotos war es nicht zu erkennen. Es musste woanders liegen. Der eingeschlagene Kehlkopf bei Patrick war nur die abschließende Handlung. Dito der Leberriss bei Polykarp.

Licht aus, Tür zu. Ich gehe.

Wohin? Und hast du erfahren oder gesagt, was du wolltest?

Ja, eindeutig. Sonst hättest du die Folter ins Unendliche strecken können. Polykarp und Patrick waren nach rund vier bis fünf Stunden am Ende. Das war allein deine Entscheidung.

Du bist Herr der Situation, du hast alle Trümpfe in der Hand. Du hast dich vorbereitet. Du kannst ungestört arbeiten. Niemand hört die Schreie des Opfers. Deine Folterkammer liegt abgelegen. Keine Passanten, keine Gäste, keine Überraschung. Keine Fenster, durch die man hinausschreien oder hereinblicken kann. Ein Keller?

Wieso wurden keine Spuren vom Tatort an den Opfern entdeckt?

Hat sie das Wasser ausgespült?

Grobe Partikel werden vom Wasser mitgerissen, kleine bleiben in den Wunden stecken. Was war die Unterlage? PVC, Parkett, Metall, Beton? Mit Sicherheit kein Erdreich. Folglich musste sich der Tatort also in einem Haus oder Stall befinden, der von außen nicht einsehbar war und alle Schreie schluckte. Welche Orte in der Stadt kamen dafür in Frage?

Nicht viele. Leere Häuser, verwaiste Mietwohnungen, verlassene Fabrikgelände. Ja, da gab es einige. Würde der Täter dieses Risiko eingehen, wenn er ein paar Kilometer weiter auf dem Land die freie Auswahl hatte?

Dort hätte er die Leichen zum Wasser transportieren müssen, um sie zu entsorgen. Zwischen der Schleuse bei Geesthacht und dem Hamburger Wassernetz gab es Möglichkeiten, zwischen Elbmündung und der Stadtgrenze auch. Nicht wenige. Er wäre das Risiko eingegangen, beobachtet zu werden. Zudem erforderte es ein Fahrzeug mit großer Ladefläche. Geschlossen musste es sein. Ein kleiner, unverschuldeter Unfall hätte gereicht, und er wäre aufgeflogen. Er musste die Fracht während der ganzen Fahrt sicher versteckt halten.

Ein großer Aufwand.

Leichter hätte er es in der Stadt gehabt. Ungehinderten Zugang zur Elbe vorausgesetzt.

Stopp. Da war noch was. Was musste der Tatort alles erfüllen?

Abgeschieden sein, störungsfrei und in Wassernähe.

Ein Boot oder ein Schiff erfüllte die Bedingungen, sofern eine Kajüte vorhanden war. Sie musste groß genug sein. Für das Opfer und den Täter, der zum Schlag mit einem Stock ausholt. Das musste eine verdammt hohe Kajüte sein. Außerdem wäre der Mann Gefahr gelaufen, von der Wasserschutzpolizei kontrolliert zu werden. Vor Anker lag das Schiff während der Folter auf jeden Fall nicht. Zudem musste er das Opfer geknebelt haben.

Levy überprüfte die Opferaufnahmen nach Knebelspuren. Nein, keine vorhanden. Hätten aber nach dieser Theorie vorhanden sein müssen. Die Männer hatten sich gewehrt, geschrien, um ihr Leben gekämpft. Das hätte Spuren hinterlassen, die der Täter nicht hätte vermeiden können. Also kein Schiff.

Zurück zum Täterverhalten.

Du wolltest keinen Sex. Der Anus war unversehrt, der Penis nicht Zentrum deines Tuns. Der Mund des Opfers viel zu gefährlich. Eine andere sexuelle Handlung war nicht nachzuweisen.

Deine Aggression hat sich gegen den ganzen Körper gerichtet. Gegen den Menschen, gegen das Individuum. War das Opfer ein Stellvertreter? Jemand, der jemand anderem entsprach, der dich verletzt, beleidigt oder der dir etwas angetan hat?

Was war dein wunder Punkt?

Diese Frage führte ins Unendliche. Sie musste zurückgestellt werden.

Stattdessen die Wahl der Waffe. Ein Stock.

Wieso ein Stock und nicht die Faust oder ein Messer, ein Strick, eine Pistole?

Was war die Natur des Stocks beziehungsweise des Stockschlagens?

Der Fachbegriff lautete Flagellation, vom lateinischen *flagellum,* die Geißel.

Hätte Levy normalerweise das Lexikon, die Fachliteratur oder das Internet bemühen müssen, so hatte er jetzt alles parat. Ohne Mühe war es da, aus den Tiefen seines Unterbewusstseins kam es angeflogen. Schnipp, ohne jede Anstrengung. Er liebte diese Droge schon jetzt.

Mit Flagellation wurde das Auspeitschen mit einer Peitsche, einer Rute oder einem Rohrstock bezeichnet. Es wurde zu verschiedenen Zwecken und aus unterschiedlichen Beweggründen heraus angewandt.

Naheliegend war der Einsatz in Schulen, Klöstern und ähnlichen Anstalten zum Zweck der Züchtigung. Gefolgt als Körperstrafe in der Rechtsprechung. Noch heute wurden Menschen auf richterliche Anordnung hin zu Tode geprügelt, geschlagen, gepeitscht.

Der nächste Bereich umfasste die Buße im religiösen Sinn, allerdings nur im Zuge der Selbstgeißelung. Ägypter, Juden, Christen und Moslems wandten sie an, der seelischen Reinigung wegen oder um das Selbst zu transformieren – eine Pädagogik der Existenz.

Schließlich eröffnete das schier unbegrenzte Feld der Sexualität zahlreiche Anwendungsformen. Neudeutsch auch Spanking genannt. Ziel war es jedoch, dem Sexualpartner keine Verletzungen zuzufügen.

Also, aus welcher Gruppe stammst du?

Bist du ein Bestrafer, ein Büßer oder ein Spanker?

Der sexuelle Hintergrund mochte Levy nicht einleuchten. Blieb Buße oder Strafe. Buße war meistens gegen sich selbst gerichtet. Das würde wohl ausscheiden.

Strafe.

Du bist ein Ankläger, ein Richter, ein Vollstrecker.

Welche Verfehlung hat das Opfer begangen? Welche Schuld hat es auf sich geladen?

Um diese Frage zu beantworten, hätte Levy das Wertesystem, das Gesetz des Täters kennen müssen. Wieder ein Ruf in den Wald. Er dachte nicht *Sackgasse*, das empfand er nicht. Das wäre ein negatives Gefühl gewesen, und das passte überhaupt nicht zu seinem Empfinden. Er war positiv, wie man es nur sein konnte, und er würde die Antwort auf die Frage finden. Bald. Daran gab es nichts zu deuteln.

Auszeit.

Er schob Polykarp und Patrick beiseite. Sie mussten wie frischer Hefeteig gehen, bis er neue Rückschlüsse würde ziehen können.

Johanna.

Wie lautete die Ermittlungslage?

Dragans Bericht. *Eine Frau, weiß, Anfang bis Mitte zwanzig, Mitteleuropäerin, keine erkennbaren Identitätszeichen – kein Wunder, wenn nur eine Hand und ein Becken vorhanden waren –, nicht schwanger, sie war auch nicht niedergekommen, gesund, keine nachweisbaren Krankheiten, am Becken Anzeichen von Tierverbiss. Die Hand wurde mit einem scharfen und rissigen Instrument postmortal vom Arm abgetrennt, dito das Becken vom Korpus respektive den Beinen. Vermutetes Werkzeug: Säge. Todesursache unklar. Todeszeitpunkt: vor drei Wochen. Leiche(nteile) gelangte(n) tot ins Wasser. Keine Anzeichen auf weitere Gewaltanwendung.*

Falks Bericht. *DNA-Abgleich mit allen verfügbaren Vermisstendateien erfolglos. Fingerabdrücke sind nicht im System gespeichert. Keine weiteren Hinweise auf Identität des Opfers. Auffindeort: Veddel, Peutehafen, an der Landzunge in die Norderelbe.*

Das war's. Das war die komplette Ermittlungslage zu Johanna.

Kein Wunder, dass Falk nervös war. In welche Richtung sollte er ermitteln, wenn er außer zwei Leichenteilen nichts in der Hand hatte?

Mehr hatte Levy aber auch nicht. Welche Rückschlüsse würde er aufgrund dieser dünnen Ermittlungslage ziehen können?

Die postmortale Zerstückelung eines Körpers ließ auf vieles schließen.

Handelte es sich um eine Beziehungstat, die eher nicht sexuell motiviert war, oder war das Opfer lediglich zum falschen Zeitpunkt am falschen Ort? War die Frau Opfer einer zufälligen Wahl eines trieborientierten, wenig planvoll vorgehenden Täters geworden, der kurzerhand die Spuren seiner Tat verschleiern wollte und zur Säge griff?

Oder war die Tat sorgfältig geplant, und hatte der Täter die Leiche auf dem besten, vorher geplanten Weg verschwinden lassen wollen?

Der psychotische und minderbemittelte Täter stand dem intelligenten Psychopathen gegenüber.

Das war ein Fass ohne Boden, da half die beste Droge nicht. Levy ging in die Küche und goss sich ein Glas ein. Keinen Alkohol, daran dachte er in diesem Moment nicht, er füllte es wie selbstverständlich mit Wasser und trank es leer. Ein zweites folgte. Er war wie ausgetrocknet.

Dennoch, er fühlte sich ausgezeichnet. Er spürte keine Erschöpfung, obwohl er drei Stunden hochkonzentriert gearbeitet hatte. Er war gespannt, wie lange das anhalten würde.

An der Tür hörte er ein Geräusch. Mit dem Glas in der Hand ging er hinüber.

Michaelis fummelte den Schlüssel aus der offenen Tür.

Sie erschrak, als Levy unvermittelt vor ihr auftauchte. «Mein Gott, was schleichst du dich so an?»

Levy schmunzelte. «Ich wohne hier. Eigentlich sollte ich dir mit dem Nudelholz eins überziehen und die Polizei rufen. Kannst du nicht klingeln?»

«Ich versuche dich seit Stunden zu erreichen. Wieso gehst du nicht ans Telefon?»

«Ich habe alles abgestellt, damit ich ungestört arbeiten kann.»

Mit einem Blick auf das Glas in seiner Hand fiel ihr das schwer zu glauben. «Levy, was ist los mit dir? Heute Morgen kippst du um, torkelst wie besessen aus der Dienststelle und lässt nichts mehr von dir hören. Wir machen uns Sorgen um dich.»

Levy stellte das Glas auf den Computertisch und setzte sich vor den Bildschirm. «So schlimm wird es nicht sein. Ich hatte eher den Eindruck, dass dein Team mich lieber vor der Tür sieht als am Besprechungstisch.»

Er öffnete die Datei mit Polykarp und Patrick.

Michaelis stellte sich neben ihn. «Wie wär's, wenn du mit dem Saufen mal 'ne Pause machst. Wir brauchen dich, nach Möglichkeit nüchtern.»

«Kein Problem.»

«Und was schüttest du da wieder in dich rein?»

«Wasser.»

Michaelis musste lachen. «Schön wär's. Wie viel hast du heute schon getrunken?»

«Zwei, drei Gläser.»

Ihre Geduld war zu Ende. «Lüg mich nicht an.»

«Dann probier mal.»

Sie nahm das Glas, roch daran und trank einen Schluck. «Das ist Wasser», sagte sie erstaunt.

«Jetzt hör auf zu nerven. Was führt dich zu mir?»

«Wir haben Patrick identifiziert.»

Levy merkte auf. «Sehr gut. Habt ihr schon was über ihn?»

«Ja, Alexej hat alles zusammengestellt und an deine Mailbox geschickt.»

Ohne Zögern baute er eine Verbindung ins Internet auf und fragte seine Mailbox ab. Die einzige neue Mail war von Alexej. Levy öffnete die beiliegende Datei und las.

«Jochen Landau. Seit dem Abend des 13. Februar nach Streit mit seiner Ehefrau verschwunden ...»

Michaelis verfolgte Levys Akribie, wie er Zeile um Zeile in sich aufsog, mit Verwunderung. «Levy ...»

«Ja?», sagte er leicht abwesend.

«Was ist los mit dir?»

«Danke für deinen Besuch. Ich melde mich, wenn ich was habe.»

25

Ihr Vater würde frühestens in einer Stunde nach Hause kommen. Zeit genug, um die eingegangenen Nachrichten zu sichten.

Lili rief ihr Spaceweb-Profil auf. Wow, fünfundzwanzig neue Nachrichten auf ihren letzten Blog-Eintrag *Tausche Sehnsucht gegen Perlmutt.*

Jammern auf hohem Niveau bringt nichts, sagte sie sich. Man muss die richtige Mischung zwischen Melancholie, Sehnsucht und positiver Einstellung finden. Die Leute wollten Lebenswillen, an dem sie sich selbst aufrichten konnten – Tragik hatten sie in ihrem eigenen Leben offenbar selbst genug.

Sie überflog die Antworten. Gina, Vicki, Cherry und die anderen beglückwünschten sie zu ihrer Kehrtwende. Mike und Olli tranken ein Bier auf sie. Trixy, die blöde Schlampe, wollte bei so viel Selbstmitleid kotzen.

Zum Schluss Sebastian. Wer war Sebastian?

Sie öffnete die Nachricht.

Hallo, Sternenstaub. Ich habe Deinen letzten Blog-Eintrag gelesen und musste spontan an die Zeit denken, in der es mir genauso erging wie Dir. Das ist schon ein paar Jahre her, aber ich kenne das Gefühl gut, nicht verstanden zu werden. Man kann schreien, heulen, bitten und betteln. Es hilft nichts, und niemand kann Dir helfen, weil niemand das Feuer kennt, das in einem brennt.

Ich wollte Dir auf diesem Weg Mut zusprechen. Es werden wieder bessere Tage kommen. Aber auch schlechte, vergiss das nicht. Wenn Du Hilfe brauchst oder einfach jemanden, der mit Dir teilen will, so kannst Du auf mich zählen. Gruß, Sebastian.

Das klang interessant – Verständnis, Teilhabe, Aufruf zur Aktion.

Lili betätigte den Link, der zu Sebastians Profil führte.

Das Schwarzweißbild zeigte einen Mann Anfang vierzig, gepflegter Dreitagebart, Designerbrille, warmes Lächeln, Model- und Vatertyp wie aus der Bausparkassen-Werbung. Seine Interessen lagen in langen und tiefgehenden Gesprächen, Spaß am Leben und Reisen in ferne Länder. Er hörte Grönemeyer, Naidoo und Wir sind Helden. Sein Lieblingsbuch: *Der Liebhaber* von Marguerite Duras, sein Lieblingsfilm: *Rendezvous mit Joe Black*.

Und das Beste: Er war Single, Wohnort Hamburg. Neue Freunde seien willkommen.

Lili überprüfte die Liste seiner *Friends*. Zweiundsechzig. Viele Frauen, wie konnte es auch anders sein, aber auch einige Mädchen zwischen sechzehn und achtzehn Jahren. Dann kamen Männer, auf den ersten Blick schwul. Die Kommentare gaben nicht viel her. Avancen und Einladungen zum Treff, keine Blog-Beiträge.

Dieser Typ suchte aus, er entschied, ob etwas stattfinden würde.

Ja, das könnte einer für sie sein. Jetzt nur nicht zu forsch an die Sache rangehen. Die Antwort-Mail musste gut überlegt sein.

Lieber Sebastian. Ich habe mich sehr über Deine Nachricht gefreut. Auch wenn Du vom Alter her mein Vater sein könntest, so habe ich doch beim Lesen Deiner Worte gespürt, dass Du mich verstanden hast. Ja, es ist genau so, wie Du es beschreibst. Niemand kann meinen Schmerz nachempfinden. Ich bin allein auf dieser Welt und werde es wohl bis zum Schluss auch bleiben. Der Prinz hat ein anderes Aschenputtel geheiratet. Schnief. Vielleicht sollte ich endlich erwachsen werden und auf den Prinzen pfeifen. Ein väterlicher Freund, der mit mir seine Erfahrungen teilt, würde mir schon genügen …

26

Der RSS-Ticker im Browser schob eine Meldung herein. Die Sturmfront Antje würde in der kommenden Nacht die schottische Halbinsel erreichen. Die Zwangsevakuierungen wurden eingestellt. Wer sich jetzt noch um Haus und Hof sorgte, musste das auf eigene Gefahr tun. Ab jetzt gab es keine Hilfe mehr.

Levy nahm die Tickermeldung wahr, ließ sich aber nicht weiter von seiner Arbeit abhalten.

Jochen Landau, sechsunddreißig Jahre alt, seit sieben Jahren verheiratet, zwei Töchter, Katja und Lara, acht und sechs Jahre alt, lebte seit dem Jahr 2001 in Hamburg, zugezogen aus Berlin. Er arbeitete vier Jahre lang für Frentzen & Pauli, ein Architektenbüro in der Nähe des Jungfernstiegs. In 2005 wagte er den Schritt in die Selbständigkeit. Im Keller des Mietshauses hatte er sich ein Büro eingerichtet. Nach Aussage seiner Frau Marion liefen die Geschäfte anfänglich gut, doch seit rund einem Jahr war die Auftragslage rückläufig. Das schlechte Klima wirkte sich auf die Familie aus, Marion hatte geplant, ihren Ehemann zu verlassen. In der Nacht seines Verschwindens war sie überstürzt zu ihrer Mutter aufgebrochen.

Marion Landau machte bei der Vernehmung einen gefassten Eindruck, las Levy in Naimas Protokoll der Befragung weiter. Dennoch hätte sie es nicht vermeiden können, die von ihr anfänglich als intakt beschriebene Familie als gescheitert zu präsentieren. Da gab es noch etwas, das nicht offengelegt worden war. Naima würde sich darum kümmern.

Die Überprüfung Jochen Landaus im bundesweiten KAN – dem Kriminalpolitischen Aktennachweis, in dem alle Straftaten, insbesondere Sexual- und Gewalttaten, festgehalten wurden – war ergebnislos verlaufen. Landau war ein unbeschriebenes Blatt.

Nach Schilderung seiner Frau hatte er jenseits seines Schreibtisches keinen Kontakt zu etwaigen Freunden oder ehemaligen Kollegen. Einem Hobby ging er auch nicht nach. Er trank nicht, rauchte nicht und nahm auch keine anderen Drogen zu sich. Die Arbeit war sein Leben.

Was machte so ein Mann zum Ausgleich, fragte sich Levy, wenn er erschöpft aus seinem Büro kam? Er widmete sich der Familie, lautete die spontane Antwort. Dann hätte es aber kaum Schwierigkeiten in der Ehe gegeben.

Wieso gab es sie dann dennoch?

Levy suchte die entsprechende Stelle im Protokoll. *Sie hatten sich auseinandergelebt.*

Stellte man irgendwann fest, dass man doch nicht zusammenpasst?, fragte sich Levy. Wie lief das ab? Man heiratete, fand eine gemeinsame Wohnung, lernte die Familie kennen und zeugte schließlich zwei Kinder, um dann morgens mit der Überzeugung aufzuwachen, einen Fehler begangen zu haben? War es das?

Levy fand keine Antwort darauf. Diese Erfahrung fehlte ihm.

Was aber, wenn Marion mit der Zeit eine Seite an ihrem geliebten Jochen festgestellt hatte, die er bis dahin mit aller Kraft vor ihr verheimlicht hatte?

War er ein Pedant gewesen, hatte er sich von ihr abgewandt und eine andere kennengelernt? Oder war er sexuell auf einen anderen Geschmack gekommen? Suchte er zur Befriedigung den Schmerz? Das würde zumindest die Möglichkeit offenlassen, dass er sich freiwillig unter die Peitsche begeben hatte.

Doch mit Sex hatte diese Sache nichts zu tun, sagte sich Levy. Hier ging es um Bestrafung. Welcher Tat hatte sich Landau schuldig gemacht?

Irgendetwas musste sich noch im Leben Landaus abgespielt haben.

Levy startete das E-Mail-Programm. Naima sollte Landaus Vergangenheit näher unter die Lupe nehmen.

Eine neue Nachricht hielt ihn davon ab. Sie stammte von einem unbekannten Absender. Er öffnete sie und las:

An deinen Händen klebt Blut. Der Tag der Abrechnung ist bald. Ich habe dich im Auge. Zu jeder Zeit, an jedem Ort.

Levy ließ die Nachricht auf sich wirken. Eine fehlgeleitete Mail? Ein Scherz? Blödsinn. Er klickte sie weg und konzentrierte sich wieder auf seine Arbeit.

Naima. Eine Mail schreiben. *Mehr zu Landaus Vergangenheit herausfinden. Gruß, Levy.*

Von wem war die Mail gekommen? Levy klickte die Botschaft nochmals an: yourlittlesecret@yahoo.com.

Wer sollte das sein? Er kannte den Absender nicht. Wahrscheinlich ein Hoax, ein böser Streich, den gelangweilte Kids furchtsamen Internet-Usern spielten.

27

Der Himmel heulte, als Levy in den Morgenstunden vor die Tür trat. Ein Taxi brachte ihn in die Einsatzzentrale. Er hatte die Nacht über keinen Schlaf gefunden. Noch immer fühlte er sich prächtig, obwohl mittlerweile mehr als zwölf Stunden vergangen waren, seitdem Katie ihm das Wundermittel verabreicht hatte. Crystal. Was für ein passender Name. Er fühlte keine Müdigkeit und keine Erschöpfung. Sein Verstand arbeitete noch immer glasklar. Er fragte sich, wie lange die Wirkung anhalten würde.

«Was ist so lustig?», fragte der Taxifahrer mit Blick in den Rückspiegel.

«Wie?»

«Sie grinsen, seit Sie zu mir in den Wagen gestiegen sind.»

«Ach, das. Es ist nichts. Ich musste nur an etwas denken.»

«Verraten Sie es mir? Vielleicht kann ich Ihre gute Laune teilen. Gebrauchen könnte ich es schon.»

«Ich habe jemanden kennengelernt.»

«Frisch verliebt also.»

«Ja, so was in der Art.»

«War es die erste Nacht?»

Levy nickte. «Ich habe kein Auge zugemacht.»

«Dann haben wir etwas gemeinsam. Auch ich habe nicht geschlafen. Kein Wunder bei dem Sturm.»

«Welcher Sturm?»

«Na, hören Sie. Die ersten Ausläufer von Antje sind letzte Nacht über Hamburg hinweggezogen. Die Feuerwehr und die Polizei waren rund um die Uhr im Einsatz.»

«Ich habe nichts davon mitbekommen. War es schlimm?»

«Kann man wohl sagen. In Wilhelmsburg und in den elbnahen Stadtteilen verstärken sie die Deiche. Die Meteorologen rechnen mit dem Schlimmsten. Schottland soll es kräftig erwischt haben.»

«Gibt es schon Meldungen?»

«Die Nordküste ist schwer getroffen worden. Es wird mit vielen Toten gerechnet. Die Halligen wurden bereits evakuiert, und auf Stavanger in Norwegen rast eine Sturmflut zu. Dieses Mal scheint es wirklich ernst zu werden.»

Levy blickte zum Seitenfenster hinaus. Er konnte nichts erkennen. Der Wind drückte eine Wasserwelle nach der anderen über das Glas. Zuckende blaue Lichter der Einsatzfahrzeuge huschten vorbei. Eine Bö erfasste das Taxi und neigte es zur Seite. Levy hörte den Taxifahrer fluchen, als er versuchte, den Wagen in der Spur zu halten.

«Haben Sie schon mal eine Morddrohung erhalten?», fragte Levy unvermittelt.

Ein kurzer, verwirrter Blick erfasste ihn über den Rückspiegel.

«Ich meine», fuhr Levy fort, «von jemand Unbekanntem, der behauptet, Sie ständig im Auge zu haben. Er kann jederzeit zuschlagen. Und Sie wissen nicht, aus welcher Richtung der Angriff kommt und zu welcher Stunde. Was würde das in Ihnen auslösen?»

Der Mann antwortete nicht. Die halbe Sekunde, in der die Scheibenwischer für klare Sicht sorgten, erforderte seine gesamte Aufmerksamkeit.

«Also, ich würde mir normalerweise ganz schön in die Hosen machen», beantwortete Levy seine Frage. «Man weiß ja nie, welche Idioten sich da draußen rumtreiben.»

«Und, tun Sie es?»

Levy grinste. «Das ist ja das Verrückte. Nicht die Bohne.»

Dem Blick im Spiegel nach zu urteilen, wurde er dem Taxifahrer allmählich unheimlich. Er stellte keine weiteren Fragen und steuerte den Wagen stumm durch die Fluten.

Im Polizeipräsidium herrschte Hektik. Durch die offenstehenden Türen sah er übernächtigte, sorgengeplagte Gesichter, die die eintreffenden Nachrichten zu immer neuen Szenarien und Einsatzplänen verdichteten. Levy beeindruckte das nicht. Er ging ruhigen Schrittes auf die Tür des Einsatzraums der Sonderermittlungseinheit zu.

Der Raum war wie verlassen. Die Stühle waren verwaist und die Computer aus. Levy betrat die kleine Teeküche und füllte die Kaffeemaschine. Während sie vor sich hin röchelte, ging er hinüber zur großen Wand, an der die bisherigen Ermittlungsergebnisse festgehalten waren.

Unter den Obduktionsfotos zu den zwei Prügelopfern und der zerstückelten Frauenleiche standen verschiedene Informationen. Der Ermittlungsname Patrick war mittlerweile gegen Jochen Landau ausgetauscht worden. Ein Bild von ihm war daneben angebracht. Es zeigte einen blondhaarigen Dreißigjährigen, in einem nach hinten offenen Raum stehend. Im Hintergrund die Spitzen von Baukränen und Dächer. Das könnte irgendwo in der Speicherstadt gewesen sein, sagte sich Levy. Dort wurde in letzter Zeit viel saniert.

Wieso hatte Marion Landau gerade dieses Foto ausgewählt? Gab es keine privaten Aufnahmen, die ihn im Kreis seiner Familie oder beim Grillen hinter dem Haus zeigten? Das wäre der Normalfall gewesen.

Nicht hier. Der Schnappschuss zeigte Jochen Landau mit dem Bauhelm unter dem Arm und in der anderen Hand den Bauplan. Die Aufnahme musste von einem Kollegen gemacht worden und ihm als Erinnerung zugeschickt worden sein.

In der Aufregung konnte Marion Landau natürlich das Nächstliegende vom Schreibtisch genommen haben, anstatt die Alben zu wälzen. Dennoch: Hinter jedem Entschluss verbarg sich eine Intention, egal, ob bewusst oder unbewusst.

Levy nahm einen Stift zur Hand und kreiste das Foto ein. Daneben schrieb er *Hintergrund* und unterstrich es. Als Unterpunkte fügte er hinzu: arbeitsversessen, wirtschaftlich gefährdet, familiäre Spannungen, keine Freunde, keine Hobbys, keine sozialen Kontakte. Sonstige Freizeitbeschäftigungen und Interessen? Wo ist der Mensch Jochen Landau?

Ein neuer Oberpunkt bildete seine Ehefrau Marion. Loyal, kümmerte sich um Kinder, suchte Trennung …

«Was machst du schon hier?», fragte eine Stimme aus dem Hintergrund. Es war Michaelis. «Langsam mache ich mir wirklich Sorgen um dich.»

«Weil ich endlich mal pünktlich zur Arbeit erscheine?», entgegnete Levy.

Michaelis legte den nassen Regenmantel ab. «In deinem Fall, ja. Jetzt sag schon: Was ist los mir dir?»

Levy legte den Stift zur Seite. «Es ist alles in wunderbarer Ordnung. Wirklich. Magst du einen Kaffee? Frisch gebrüht.»

«Gern.»

Levy ging in die Küche und kam gleich darauf mit zwei dampfenden Tassen zurück. «Dieser Jochen Landau ist mir ein Rätsel», sagte er. «So wie ihn seine Frau beschrieben hat, gab es für ihn nichts anderes als seine Arbeit. Völlige Abschottung. Ich frage mich, wie unser Täter auf ihn gekommen ist, wenn es nicht bei der Arbeit war.»

Michaelis schlürfte den Kaffee. «Das haben wir uns auch gefragt. Naima wollte gestern Abend noch mehr über ihn in Erfahrung bringen. Ich bin auf ihren Bericht gespannt. Hast du sonst noch etwas aus den Akten herauslesen können?»

«Erste Vermutungen. Ich denke, wir haben es hier mit einer Strafaktion zu tun. Ein sexueller oder gar religiöser Hintergrund will mir nicht einleuchten.»

«Ein Kunde Landaus könnte sich an ihm gerächt haben?»

«Möglich, oder ein Mitarbeiter. Wer auch immer. Er muss auf jeden Fall auch Polykarp gekannt haben. Die Verletzungsmuster sind sich zu ähnlich, als dass sie von zwei unterschiedlichen Tätern stammen könnten. Der Vorgang der Folter spiegelt sich in beiden Opfern gleich wider, genauso wie der finale Todesstoß. Ich denke, hier ist sehr viel Wut und Hass im Spiel. Täter und Opfer müssen sich gekannt haben.»

«Können sie nicht Stellvertreter für einen bestimmten Opfertyp sein?»

«Nicht nach der augenscheinlichen Begutachtung der Körper. Landau war Akademiker – dünne Haut an den Händen, guter Haarschnitt und dergleichen mehr. Polykarp hingegen scheint mit den Händen gearbeitet zu haben, gemessen an dessen Hornhaut und dem Muskelbesatz auf Armen und Rücken. Wenn die beiden etwas miteinander zu tun gehabt haben, dann auf einer anderen Ebene.»

«Wir wissen, dass Landau Architekt war. Dann könnte Polykarp doch auf dem Bau gearbeitet haben.»

«Ja, das ist richtig. Ich nehme an, ihr habt die Baufirma, mit der Landau gearbeitet hat, bereits nach Polykarp befragt. Wenn sie sich daher kannten, muss ihn ja jemand vermissen.»

Michaelis lenkte ein. «Mach mal langsam. Die Information ist gerade ein paar Stunden alt.»

Levy lächelte. «Dann steh hier nicht so tatenlos rum. Los, an die Arbeit.»

Michaelis wunderte sich zunehmend. «Was ist nur los mit dir? Gestern noch am Boden und jetzt himmelhoch jauchzend.»

Die Tür ging auf. Es war Luansi Benguela, in seiner Gefolgschaft der Rest des Teams, das ebenfalls über die frühe Anwesenheit Levys staunte. Michaelis unterband die allgemeine Verwunderung und rief zum Meeting.

Alexej Naumov begann. «Ich habe Neuigkeiten aus der schwulen BDSM-Szene. Niemand will Landau gekannt haben. Seine Verletzungen seien völlig untypisch für die Szene, selbst bei den hartgesottenen S/M-Typen. Es würde zwar hin und wieder ein Stock zum Einsatz kommen, sofern es der Kunde wünscht, aber nicht auf diese Art und Weise.»

«Was nicht heißt, dass nicht dennoch einer der Jungs durchgedreht sein kann», hielt Falk Gudman dagegen.

«Richtig, das wollte oder konnte niemand ausschließen. Auf mich machten die aber einen recht zivilen Eindruck.»

«Was meinst du damit?», hakte Michaelis nach.

«Na ja, wenn man mal über den ganzen martialischen

Leder- und Ketten-Schnickschnack hinwegsieht, dann sind das recht freundliche und friedfertige Jungs.»

«Hat sich unser Blondschopf vielleicht in einen dieser strammen Ledermaxe verguckt?», frotzelte Gudman.

«Blödsinn», fauchte Naumov. «Die waren einfach nur nett.»

Ein Grinsen ging durch die Runde. Als Nächster berichtete Benguela von seinem Besuch bei der Weißen Lilie. «Ein seltsamer Verein», fasste er zusammen. «Ich habe nach Rücksprache mit Hortensia die Staatsanwaltschaft benachrichtigt.» Er blickte fragend zu Michaelis. Sie schüttelte den Kopf, sie hatte noch keine Antwort erhalten.

«Ich möchte gern in dieser Richtung weiterrecherchieren.»

«Was hat die Weiße Lilie mit unseren Fällen zu tun?», fragte Naima.

«Ich vermute, dass sich in ihrer Datenbank weit mehr befindet, als wir auf der Website gesehen haben.»

«Was bringt dich zu dieser Annahme?», fragte Levy.

«Wenn nur die Hälfte dessen zutrifft, wie dieser Verein funktioniert, dann verfügen die über Informationen, nach denen wir uns die Finger lecken.»

«Zum Beispiel?»

«Wir wissen viel über die Vorgeschichte und die Verurteilung überführter Straftäter. Wenn wir uns bemühen, bekommen wir auch raus, wie sie sich während der Haft verhalten haben. Was wir aber nicht wissen, ist, was sie nach der Entlassung tun.»

«Wie kommst du darauf, dass die Weiße Lilie darüber informiert ist?»

«Das habe ich mich auch gefragt. Ich hatte eine Vermutung, als ich zu dem Treffen aufgebrochen bin, und diese Harmstorf hat es mir indirekt bestätigt. Ich stelle es mir folgendermaßen vor: Jedes Opfer kennt den Namen und das Gesicht des Täters, der sich an ihm vergangen hat. Es weiß, wie lange er in Haft bleibt und wann er entlassen wird.»

«Wie kommst du darauf? Ich wäre froh, wenn ich den Typen niemals mehr zu Gesicht bekommen würde», widersprach Gudman.

Luansi bestätigte. «Das mag auf das Opfer zutreffen, richtig. Und nach all dem, was wir darüber wissen, stimmt das auch. Opfer hegen nur selten Rachegedanken. Aber was ist mit den Angehörigen, der Familie, den Freunden, den Nachbarn? Jeder, der aus dem engen sozialen Umfeld des Opfers erfahren hat, dass das Schicksal beim nächsten Mal auch ihn, seine Tochter oder seine Frau treffen kann, ist sensibilisiert. Und genau das hat die Harmstorf bestätigt. Ihr Netzwerk fußt auf dem Gedanken der Beobachtung zum Schutz der eigenen Haut. Sie sammeln Daten über Straftäter, tauschen sie aus und benachrichtigen sich gegenseitig, wenn jemand in ihre Nachbarschaft zieht. So einfach dieser Gedanke ist, so genial ist er auch. Wenn jemand weiß, wo sich unser Täter aufhält und was er tut, dann ist es dieser Verein – vorausgesetzt, er ist schon mal straffällig geworden.»

Die Erklärung zeigte Wirkung. «Sehr gut», sagte Michaelis. «Bleib an der Weißen Lilie dran.»

«So einfach ist das nicht», entgegnete Benguela. «Ich brauche Zugang zu deren Herzstück, und das ist die Datenbank, in der alle Informationen gespeichert sind. Ohne Durchsuchungsbefehl komme ich da nicht weit.»

«Ich spreche mit dem Staatsanwalt», versicherte Michaelis. «In der Zwischenzeit kannst du deine Theorie mit der Gruppengewalt verfolgen. Wir sollten diese Möglichkeit nicht aus den Augen verlieren.

Naima, hast du noch etwas zu Jochen Landau in Erfahrung bringen können?»

«Oh ja», begann sie, «und das wirft kein sonderlich gutes Licht auf ihn. Ich habe mit der Großmutter und den Nachbarn gesprochen. Sie bestätigt, dass Marion Landau in der Nacht des 13. Februar mit den zwei Kindern am Bahnhof in Essen eingetroffen ist, allerdings nicht so, wie sie es uns glaubhaft machen wollte. Nach Angaben der Großmutter sei ihre Tochter mit Gesichtsverletzungen aus dem Zug gestiegen. Sie waren so schwer, dass sie geradewegs ins Krankenhaus gefahren sind. Die Ärzte haben unter anderem eine Verletzung des linken Auges durch massive Gewalteinwirkung, das heißt Schläge, festgestellt. Sie musste einige Tage stationär behandelt werden, um eine Schädigung des Auges auszuschließen.

Dieser Krankenhausaufenthalt war nicht der erste gewesen, so die Großmutter weiter. In den letzten Monaten soll ihre Tochter mehrmals einen Arzt aufgesucht haben, um ihre Verletzungen behandeln zu lassen. Sie habe daraufhin Landau wegen Körperverletzung angezeigt. Es wurde jedoch nicht weiter ermittelt, da Marion Landau bestritt, von ihrem Mann geschlagen worden zu sein. Die üblichen Ausreden. Sie sei gestürzt, habe sich beim Sport verletzt und dergleichen mehr.

Die Nachbarn bestätigen im Großen und Ganzen die Angaben der Großmutter. Es sei immer wieder Streit aus dem Haus der Landaus zu hören gewesen. Daraufhin habe sie oder er das Haus verlassen und sei erst am nächsten Tag wieder zurückgekommen.»

«Aggressionen dieser Art, besonders wenn sie wiederkehrend sind, haben ihre eigene Historie», warf Levy ein. «Ich wette, Landau ist bereits früher aufgefallen. Wieso steht dazu nichts in seiner Akte?»

«Wenn gegen ihn ermittelt oder wenn gar ein Urteil gegen ihn erlassen worden wäre», erklärte Michaelis, «dann wird der Eintrag bei Jugendlichen nach zwei beziehungsweise vier Jahren und bei Erwachsenen nach sechs Jahren gelöscht. Danach hat er wieder eine weiße Weste, als hätte er sich nie etwas zuschulden kommen lassen. So will es das Gesetz.

Naima, überprüf Landau, ob er im Bundeszentral- beziehungsweise im Erziehungsregister einen Eintrag hat. Wenn er vorbestraft ist, werden wir es bald herausfinden.»

«Unter Umständen könnten die Polizeiinspektionen, die damals gegen Landau ermittelten, noch etwas in ihrem eigenen Datenbestand haben», gab Benguela zu bedenken.

«Das übernehme ich auch», sagte Naima. «Er war in Berlin gemeldet. Ich kenne die Kollegen dort noch gut.»

Michaelis stimmte zu. «Wir sollten nochmals mit Marion Landau sprechen. Ich bin gespannt, wieso sie ihren Mann über den Tod hinaus deckt.»

«Hast du eine Vermutung?», fragte Levy.

Sie zuckte mit den Schultern. «Nein, keine Ahnung. Ich frag mich immer wieder, wieso Frauen das tun. Es ist und bleibt mir ein Rätsel. Doch nun zu dir. Bring uns auf den Stand deiner Überlegungen.»

28

Wasch dich mal», sagte Stephan, «du bist ja nicht mehr anzusehen. Widerlich.»

Jenny kauerte in der Ecke, die Knie fest ans Gesicht gepresst, um Stephan nicht durch einen unvorsichtigen Blick zu provozieren. Ihr Körper war mit blutigen Schrammen übersät, die Haare hingen ihr verklebt am Kopf.

«Los, mach schon. Dort ist das Waschbecken. Handtuch und Seife, alles da. Nicht, dass du dich noch über den Service beschwerst. Das macht ihr doch gern, wenn ihr in euren Nobelherbergen den Großkotz raushängen lasst. Dreihundert Euro für die Übernachtung löhnen und sich dann über die Handseife im Bad beschweren.»

Jenny rührte sich nicht.

Der Stock in seiner Hand kreiste um ihren Kopf. «Hast du nicht gehört?» Der Schlag traf sie auf den nackten Rücken.

Ein Wimmern. Zitternd mühte sie sich auf die Beine.

«Geht doch. Jetzt wollen wir das so machen, wie wir es gelernt haben. Was tun wir, bevor wir uns waschen?»

Sie hielt inne, wusste keine Antwort.

«Na?»

«Ich weiß nicht.»

Der Rohrstock klatschte auf ihren Hintern. «Wir machen Pipi.»

Er öffnete den Klodeckel und befahl ihr mit dem Stock, Platz zu nehmen. Zögernd kam sie der Aufforderung nach und setzte sich.

«Stopp, so geht das nicht. Ich will sehen, wie du das tust. Stell dich über den Topf. Und wag bloß nicht, zu behaupten, du könntest nicht.»

Sie begann zu schluchzen.

«Okay, ich will mal nicht so sein. Lass dir Zeit. Denk am besten gar nicht daran. Das klappt bei uns Männern immer. Wir stellen uns was ganz anderes vor. Zum Beispiel denke ich beim Pissen immer an den Bach in Lehringen – das ist ein Kaff in Franken. Auf dem Hof meines Onkels durfte ich früher meine Sommerferien verbringen. Mal was ganz anderes als die Stadt, ehrlich. Überall Natur, dass es nur so stinkt. Weit und breit, so weit das Auge reicht. Verdammte Scheißnatur. Bäume, Wiesen und Kuhmist. Mann, hat das gestunken. Aber man gewöhnt sich dran. Nach ein paar Tagen riecht man genauso.

Für einen Zwölfjährigen war das völlig okay. Hauptsache, von den Alten weg. Meine Tante Helga hat mich immer gefragt, was ich mir wünsche, wenn ich zu Besuch komme. Am Anfang hab ich mich mit ihrem Apfelkuchen vollgestopft, bis er mir aus den Ohren quoll. Aber dann, eines Tages, habe ich meine erste wahre Leidenschaft entdeckt. Ich hatte Glück, denn normalerweise findet die Hausschlachtung erst im Herbst statt. Doch in diesem Sommer war alles anders.

In aller Herrgottsfrühe kam Wilfried, der Metzger. Er war kein richtiger Metzger, so wie du ihn kennst. Wilfried machte nur die Hausschlachtungen auf den Höfen. In seinem blau-weiß gestreiften Kittel und mit seiner Instrumententasche auf dem Gepäckträger kam er auf 'nem Mofa angefahren. Im Mundwinkel eine halbgequalmte Reval – das war sein Markenzeichen. In der Wurst konntest du später die Asche noch schmecken, die ihm beim Zubereiten reingefallen war. Aber das störte nicht. Wilfried machte die beste Hausmacher im ganzen Land, vielleicht war das sein Geheimnis. Er ist vor ein paar Jahren gestorben, eine Sau soll ihm das Bein halb abgebissen haben. Ist das nicht Ironie pur? Wilfried hat so viele Schweine gekillt, wie er Haare auf dem Kopf hatte, und zum Schluss zahlt es ihm die eine heim – stellvertretend für alle anderen.

Aber egal. Was ich sagen will, ist, an diesem Morgen hatte ich meine erste Erektion. Nicht wegen Wilfried oder der Sau, komm bloß nicht auf falsche Gedanken, nein, wegen Wilma. Sie war fast doppelt so alt wie ich und gut entwickelt. Mächtige Dinger und ein Becken für ein Dutzend kleiner Wilhelms. Sie kam vom Nachbarhof, um uns zu helfen.

Ihr Job war das Klöppern. Nicht das Klöppeln von Spitzen, sondern das Klöppern von Blut. So nannte man das dort, wenn die Sau in den Eimer ausblutete und man mit einem Löffel das Blut in einem fort rühren musste, damit es nicht gerann. Daraus haben sie dann Wurst gemacht.

Auf jeden Fall war die ganze Sache ein Heidenfez. Allein bis sie die Sau unter Kontrolle gebracht hatten, war ein Akt der Sonderklasse. Glaub mir, die Viecher spüren genau, wenn es mit ihnen zu Ende geht. Und das Erste, was man dabei lernt, ist, sich vom Maul einer wildgewordenen Sau fernzuhalten. Wilfried hat den Fehler nur einmal begangen.

Als sie schließlich das Vieh fest vertäut hatten, kam das Bolzenschussgerät zum Einsatz. Ein gemeines Ding, sage ich dir. Es wird über den Augen auf die Stirn gesetzt, und dann Peng. Der Bolzen dringt nicht tief in den Schädel ein, er soll das Schwein nur betäuben, damit Wilfried in aller Ruhe den Schnitt setzen kann. Die Klinge gleitet wie durch Butter, und schon pumpt das Herz den Saft heraus. Eine verfickte Technik, findest du nicht auch? Was wir uns alles einfallen lassen, um an die Spezialitäten zu kommen. Ehrlich, wir sind die gemeinsten Biester von allen.

Noch bevor der Schnitt gesetzt wird, muss der Eimer in Position gebracht werden. Und dann heißt es klöppern. Immerzu, nicht zu schnell, nicht zu langsam. Wilma hatte es drauf. Ich war begeistert. Hin und wieder schoss ihr ein Tropfen ins Gesicht, doch das machte nichts. Wilma war an diesem Tag meine erste Liebe geworden. Sie kniete die ganze Zeit, und ich konnte zwischen ihre feisten Schenkel schauen. Sie waren so wunderbar weiß und unberührt.

Als das Blut zu schäumen begann, lachte sie mich an. Ich wusste es und sie wusste es, dass ich ihr unter den Rock starrte, und sie ließ es geschehen.

O Wilma. Wenn du damals gewusst hättest, was für ein Gefühl du in mir ausgelöst hast, dann wärst du vielleicht umsichtiger vorgegangen. Sie nahm mich bei der Hand und führte mich zu einem Bottich voll heißem Wasser. Das Gedärm des Schweins musste gereinigt werden. Da standen wir und wrangen diese langen, fahlen Schläuche aus, in die später die Wurst abgefüllt wurde. Pah, wenn ich mir das heute vorstelle, wird mir immer noch schlecht.

Aber so war das damals, und wir hatten viel Spaß dabei.

Später in der Nacht holte ich mir einen nach dem anderen runter. Ich wollte gar nicht mehr aufhören. Das Blut in ihrem Gesicht, zwischen ihren Schenkeln, das dreckige Gedärm in unseren Fingern und die scharfen Messer Wilfrieds, die kein Hindernis fanden … Das war meine Offenbarung.»

Stephan kehrte wieder aus seiner Erinnerung zurück und sah Jenny auf der Klobrille sitzen – das Gesicht in die Hände gelegt.

Der Stock bog sich über ihren Rücken. «He, du, aufgewacht.»

29

Die nochmalige Befragung von Marion Landau musste ohne Levy stattfinden. Er hatte anderes zu tun.

Das Taxi setzte ihn in der Davidstraße unweit seiner Wohnung ab. Wo war Katie?

Es waren fünfzehn Stunden vergangen, als sie ihm das

Leben gerettet hatte. Nun war es so weit. Das Crystal verlor seinen Glanz. Unruhe trieb ihn die Straße entlang, Regen peitschte ihm ins Gesicht. Der Schnapsladen war seine erste Anlaufstation. Nahende Katastrophen erhöhten den Umsatz – so schien es, denn der Laden platzte aus allen Nähten. Er schob sich durch die Leute. Über die Lautsprecher erklang der Sound der Karibik mit deutschem Text. *So gut*. Katie war nicht da, und es wollte sie auch niemand gesehen haben, genauso wie die anderen Mädels, die sich bei dem Wetter eine Auszeit genommen hatten.

Levy zog weiter. Herbertstraße. Die fünfzig Meter waren schnell gegangen. Verdammt, wo hatte sie sich nur verkrochen?

Eine Kneipe nach der anderen. Keine Katie.

Er zitterte wie Espenlaub und konnte nicht sagen, ob es von der Kälte oder vom Downturn kam. War auch egal. Er brauchte dringend Nachschub. Seine Wohnung. Dort warteten noch zwei unberührte Sauza auf ihn. In der Not.

Los, jetzt, bevor er noch ganz runterkam.

Der Aufzug stand bereit. Der Käfig setzte sich in Bewegung, und er fragte sich, ob auch dieses Mal eine Überraschung auf ihn wartete. Neun, zehn, elf. Die Tür ging auf. Kein Rauch, kein Benzin. Er atmete erleichtert durch.

«Wo steckst du denn die ganze Zeit?», fragte Katie. Sie saß auf der Treppe zum Dach.

Levy fuhr herum. «Katie?! Verdammt, ich such dich überall.»

Sie lächelte. «Gefunden.»

«Los, komm rein.»

Levy schloss auf und zog den nassen Mantel aus. «Was machst du hier?»

«Auf Kneipe hatte ich keine Lust. Ich dachte, ich komm dich besuchen.»

«Eine sehr gute Idee. Was kann ich dir anbieten?»

«Kaffee.»

«Schon in Arbeit.»

Wo war das verdammte Pulver, wo der Filter – und hatte er überhaupt noch eine Maschine? Klar, Michaelis hatte erst vor kurzem einen gemacht. Er zitterte sich durch die Schränke.

«Du kommst runter», sagte Katie. Sie stand in der Küchentür und beobachtete ihn.

«Tja, wer hätte das gedacht.» Nicht sonderlich originell.

«Soll ich dir noch etwas geben?»

Levy hatte gehofft, das Thema nicht selbst anschneiden zu müssen. «Wenn du mich so direkt fragst. Hast du noch was?»

Katie griff in die Handtasche und holte Spritze und Pulver hervor. «Damit geht's schneller. Einverstanden?»

Sie zog das Crystal auf. Die Nadel stach sanft in Levys jungfräuliche Vene.

Der Flash flutete seinen Körper in Lichtgeschwindigkeit.

«Genau das habe ich gebraucht», sagte er erleichtert.

Katie ging ins Bad, um das Besteck zu säubern.

Neben der Kraft und der Euphorie stellte Levy noch ein weiteres Gefühl fest. Das Crystal hatte eine andere, lange vernachlässigte Seite von ihm aktiviert. Er ließ sich von ihr gefangen nehmen und folgte Katie. Sie war über das Waschbecken gebeugt und zog die Spritze mit frischem, heißem Wasser auf, als sie Hände an ihrer Hüfte spürte. Ein Blick in den Spiegel beseitigte alle Unklarheiten.

Sie drehte sich um.

Knöpfe wurden hastig geöffnet, ihre Bluse war schnell abgestreift. Levys nasse Sachen folgten der schnellen, leidenschaftlichen Aktion. Keine Fragen, keine Zweifel. Er roch nur noch ihr süßes Parfüm und schmeckte ihre salzige Zunge. Etwas in ihm hatte die Kontrolle übernommen, und es scherte sich einen Dreck um die Konsequenzen.

Frisch geduscht fuhr er den Computer hoch. Katie war nach einem rauschhaften Intermezzo wieder verschwunden. Er konnte und wollte sie nicht halten. Jeder war seines eigenen Glückes Schmied.

Die Konzentration für die anstehende Arbeit zu finden war nicht schwer. Bereits unter der Dusche hatte er seine nächsten Überlegungen vorbereitet. Jochen Landau war Naimas Bericht zufolge ein gewalttätiger Egomane, der seine Frau wiederholt krankenhausreif geschlagen hatte. Dieser Umstand rückte ihn aus dem Licht des bemitleidenswerten Opfers in ein neues, für das er noch keine entsprechende Beschreibung gefunden hatte. Er hütete sich auch davor; er hatte nicht zu verurteilen, sondern zu beurteilen.

Welche Kontakte würde so ein Mensch pflegen? Den vorliegenden Aussagen nach, dass Landau von seinem Schreibtisch nicht wegkam, wollte Levy nicht mehr glauben. Wer so viel Energie besaß, brauchte ein Ventil. Der Sünden- und Prügelbock Marion würde dafür nicht reichen. Der Dampf, der sich in diesem Menschen immer wieder zu einer Explosion aufstaute, musste ein anderes Ventil gefunden haben.

Die Antwort folgte auf dem Fuße. Alexej hatte eine E-Mail geschickt, und diese bestätigte, was er vermutete.

Jochen Landau wurde im Alter von sechzehn Jahren wegen versuchter Vergewaltigung einer Vierzehnjährigen erstmalig auffällig. Nur drei Jahre später folgte die erste Verurteilung – wieder Gewalt gegen eine Frau. Das brachte ihm ein Jahr Haft und eine Therapie ein. Mit fünfundzwanzig wurde erneut gegen ihn ermittelt. Eine Studentin im Wohnheim, das er mit ihr bewohnte, zeigte ihn wegen sexueller Belästigung und Körperverletzung an. Die Beweislage reichte für eine erneute Verurteilung nicht aus. Ein Jahr später wieder eine Anzeige wegen sexueller Nötigung und Gewaltanwendung. Die Anzeige wurde jedoch von der Frau zurückgezogen.

Landau hatte dazugelernt, ging es Levy durch den Kopf. Wer sich einmal die Finger verbrennt, geht beim nächsten Mal vorsichtiger vor. Und Landau war offensichtlich ein intelligenter Mensch, wenngleich er seine Triebe weniger im Zaum halten konnte.

Was bedeutete das für die Opferbeschreibung?

Die neuen Informationen stellten Landau zweifellos in ein anderes Licht. Sie hatten es nicht mehr mit einem unschuldigen Mann zu tun, der zufällig oder als Stellvertreter eines bestimmten Typus ins Visier des Täters gelangt war. Dieser Landau hatte eine persönlichkeitsprägende Vergangenheit, die ihn in das Umfeld von Gewalt und erzwungener Sexualität stellte.

Sofern Landau noch immer Sklave seiner ausufernden Gefühle gewesen war, und das war anzunehmen, dann musste es in den vergangenen Jahren Frauen gegeben haben, bei denen sich seine Aggressionen manifestiert hatten.

Doch Landau war überprüft worden. Es lagen keine Anzeigen gegen ihn vor. Hatte er seine Vorgehensweise optimiert?

Seine Frau musste die Antwort kennen. Er rief Michaelis an.

30

Nicht jetzt», blockte Michaelis jede Störung ab.
Sie saß mit Naima im Befragungsraum. Ihnen gegenüber Marion Landau.

«Wieso haben Sie uns nicht gesagt, dass Ihr Mann wegen sexueller Nötigung und Körperverletzung vorbestraft ist?»

«Es hat mich niemand danach gefragt», antwortete Marion Landau kühl.

«Sie kannten also die Vorgeschichte Ihres Mannes?», hakte Naima nach.

«Ja.»

«Das hat Sie nicht davon abgehalten, ihn zu heiraten?»

«Was hat das damit zu tun?»

«Nach Auskunft Ihrer Mutter, dass er Sie mehrmals krankenhausreif geschlagen hat, einiges.»

«Das war ein Ausrutscher. Er hat es nicht so gemeint.»

«Ziemlich viele Ausrutscher. Finden Sie nicht?»

Marion antwortete nicht.

«Warum decken Sie Ihren Mann», fragte Michaelis, «selbst über den Tod hinaus?»

«Ich decke ihn nicht. Wieso sollte ich? Es liegt nichts gegen ihn vor. Außerdem: Er ist das Opfer, nicht der Täter, und deswegen bin ich doch hier. Also, was wollen Sie von mir? Ich habe Ihnen alles gesagt, was ich weiß.»

«Das glaube ich Ihnen nicht.»

«Glauben Sie, was Sie wollen. Kann ich nun gehen? Meine Kinder brauchen mich.»

«Apropos, hat Ihr Mann jemals die Kinder angerührt?», fragte Naima.

Zum ersten Mal zeigte sich eine Reaktion in Marions Blick, die auf Betroffenheit schließen ließ. «Zum Teufel, nein. Was soll das? Jochen hat seine Kinder geliebt, so wie mich auch.»

Alexej Naumov kam herein, übergab Michaelis wortlos einen Zettel und ging wieder hinaus. Sie überflog die Zeilen, blieb aber bei einer Information hängen.

«Wie lautet Ihr Mädchenname?»

«Becker.»

«Dann sind Sie die Marion Becker, die Jochen Landau, ein Jahr bevor sie heirateten, wegen versuchter Vergewaltigung angezeigt hat?»

Marion war irritiert. «Ja, ich habe die Anzeige wieder zurückgezogen.»

«Wieso?»

«Mein Gott, wir waren jung, hatten zu viel getrunken, und dann kam es zu diesem Missverständnis.»

«Einer Vergewaltigung?»

«Nein. Ich habe die falschen Signale ausgesendet. Es war allein meine Schuld. Er hat mich dumm angefasst, und ich habe überreagiert.»

«Dennoch haben Sie ihn ein Jahr später geheiratet.»

«Ja.»

«Woher kam der Sinneswandel?»

«Ich habe ihn nach diesem Missverständnis erst richtig kennengelernt, und er hat sich entschuldigt.»

«Wofür?», fragte Naima. «Es kam doch laut Ihrer Aussage zu keiner Vergewaltigung.»

Marion schwieg erneut.

«Wissen Sie, Frau Landau», sagte Michaelis, «wir glauben Ihnen kein Wort. Sie belügen uns von Anfang an. Sie haben uns die Vorstrafen Ihres Mannes verschwiegen sowie den Angriff auf Sie und dass Jochen Landau auch nach Ihrer Heirat zur Gewalttätigkeit neigte. Warum schützen Sie ihn? Er kann Ihnen nichts mehr tun.»

Marion Landau war nicht mehr gewillt, die Unterhaltung fortzuführen. Sie suchte nach einem Ausweg. «Ich möchte jetzt wirklich zu meinen Kindern. Außerdem bin ich erschöpft. Der Tod Jochens macht mir doch mehr zu schaffen, als ich dachte.»

Michaelis wollte sie nicht gehen lassen, sie war kurz vor dem Ziel. Sie spielte die entscheidende Information aus. «Sie haben Politikwissenschaften in Berlin studiert. Richtig?»

«Ja, das wissen Sie doch schon längst.»

«Wie haben Sie Ihr Studium finanziert? Soweit wir erfahren haben, konnten Sie mit keiner Unterstützung seitens der Eltern rechnen.»

Hätte es eines Paukenschlags bedurft, um Marion Landau aus der Abwehr zu locken, so war es diese Frage. «Worauf wollen Sie hinaus?»

«Es gibt ein Aufnahmeprotokoll der Charité, nach dem eine Marion Becker mit lebensgefährlichen Verletzungen eingeliefert wurde. Der Arzt wollte Hieb- und Stichverletzungen an Ihnen festgestellt haben und hat daraufhin die Polizei verständigt. Ihr Begleiter in dieser Nacht war Ihr Mann. Er hat Sie ins Krankenhaus gebracht. Bei der Befragung durch die Kollegen hat er angegeben, dass Sie bei einem nächtlichen Spaziergang im Park von einem unbekannten Mann angegriffen worden seien. Seltsamerweise zeigte Ihr Begleiter und Beschützer Jochen Landau überhaupt keine Anzeichen eines Kampfes. Es schien fast so, als hätte er sich bei der Attacke vornehm zurückgehalten.

Später, als Sie wieder ansprechbar waren, wollten Sie von dem nächtlichen Überfall nichts gewusst haben. Erst als Ihr späterer Mann mit Ihnen gesprochen hatte, fiel es Ihnen wieder ein. Die Ermittlungen gegen unbekannt verliefen schließlich im Sand.

Zwischenzeitlich hatte sich aber eine Saskia Winter bei der Polizei gemeldet und nach einer ihrer freiberuflichen Mitarbeiterinnen gefragt: Marion Becker. Sie sei nicht, wie es in der Branche üblich ist, am Morgen nach der Verabredung mit einem ihrer Kunden in der Agentur erschienen.

Frau Winter hat zu jener Zeit einen Escort-Service unter dem Namen Best Date betrieben. Was sagen Sie dazu, Frau Landau?»

Marion hatte sich die Ansprache Michaelis' regungslos angehört. Nun traten Tränen in ihre Augen. Naima reichte ihr ein Taschentuch. «Frau Landau. Sagen Sie uns, was damals passiert ist. Wir wollen Ihnen helfen.»

«Meine Mutter weiß nichts davon», schluchzte sie, «und sie darf auch nie davon erfahren …»

Naima nickte ihr aufmunternd zu.

«Es stimmt, ich habe damals für Saskia gearbeitet. Es war leichtverdientes Geld, und es ging auch immer gut …»

«Bis Sie an Jochen Landau vermittelt wurden.»

«Nein, Jochen hat damit überhaupt nichts zu tun. Im Gegenteil, er hat mich gerettet.

Ich habe Jochen in der Kneipe um die Ecke kennengelernt. Ja, es stimmt, er ist in jener Nacht handgreiflich geworden. Ich hatte nein gesagt, aber er war wie von Sinnen. Er hatte versucht, mich zu vergewaltigen, aber er konnte nicht, dafür war er viel zu betrunken. In meiner Wut bin ich zur Polizei gelaufen und habe ihn angezeigt. Am nächsten Morgen stand er vor meiner Tür und wollte sich entschuldigen. Natürlich habe ich ihn stehen lassen und beschimpft. Aber er ließ nicht locker. Er hat mir Blumen vor die Tür gestellt und sich tausendmal entschuldigt. Irgendwann bin ich dann weich geworden. Wir haben uns ausgesprochen, und ich habe ihm verziehen.»

«Wie kam es zu dem Angriff? Hat er Sie …»

«Nein, nicht er. Es war einer meiner Kunden, die mir Saskia vermittelt hatte. Ein Architekt aus Hamburg, der zu einem Symposium in der Stadt war. Der Kerl war mir von Anfang an nicht geheuer, aber bis dahin war ja alles immer gutgegangen. Er hat mich ausgeführt. Wir haben viel gelacht und getrunken. Schließlich wollte er, dass ich mit auf sein Zimmer komme. Ich habe abgelehnt. Der Typ war mir einfach unangenehm.»

«Kam es oft vor, dass Ihre Kunden mehr wollten als nur einen netten Abend?»

«Ja, aber ich hatte immer das letzte Wort. Das gehörte zur Firmenpolitik, und die Kunden wussten das.»

«Wie oft sind Sie auf die Bitten eingegangen?»

«Nur zweimal in der ganzen Zeit. Es waren Männer, in die ich mich hätte verlieben können, wenn ich sie in einer anderen Situation kennengelernt hätte.»

«Aber es wurde nichts daraus.»

«Nein, natürlich nicht. Sie wussten ja, wie wir zusammengekommen waren. Sie hätten mir das nie verziehen. Ein amouröses Abenteuer, ja. Aber eine ernsthafte Beziehung?»

«Wie kam Jochen ins Spiel?»

«Er war uns an diesem Abend gefolgt. Später hat er mir erzählt, dass er schon in mich verliebt gewesen war.

Ich war mit meinem Kunden auf dem Weg vom Restaurant zurück zum Wagen. Er wollte mich noch zu Hause absetzen. Ich wollte das nicht, aber er bestand darauf. Schließlich habe ich eingewilligt. Es war mitten in der Nacht und die Gegend menschenleer. Kaum war ich eingestiegen, fiel er über mich her. Ich setzte mich zur Wehr, aber ich hatte keine Chance. Er hielt mir ein Messer an die Kehle.»

«Wie kam es zu den Verletzungen?»

«Ich konnte etwas greifen, das im Wagen lag. Ich weiß nicht, was es war, aber es hatte Gewicht, und ich habe zugeschlagen. Leider zu schwach. Er ist dann völlig durchgedreht und hat auf mich eingestochen. Wenn Jochen mich nicht aus dem Auto gezogen hätte, säße ich heute nicht hier.»

«Wieso haben Sie den Mann nicht angezeigt?»

Marion seufzte. «Wie hätte ich das meinen Eltern erklären sollen? Es wäre ja zum Prozess gekommen. Meine Mutter wäre vor Scham in den Erdboden versunken. Die Nachbarschaft, die Freunde, die Familie und die Tochter eine Hure? Niemals.

Schließlich hatte Jochen eine Idee. Er hatte das Kennzeichen und war Zeuge.»

Naima ahnte, worauf es hinauslief. «Sie haben ihn erpresst?»

Marion nickte. «Ja, und Jochen hatte einen Job in einem angesehenen Architektenbüro sicher. Wir haben wenig später geheiratet und sind nach Hamburg umgezogen.»

«Wie kam es dann dazu, dass er Sie geschlagen hat?»

«Das setzte erst viel später ein. Da waren Katja und Lara schon geboren. Der Seniorchef wurde krank, und Jochen sah seine Felle davonschwimmen. Er wurde von Tag zu Tag gereizter. Schließlich begann er mir meine Vergangenheit vorzuwerfen. Wir stritten uns wochenlang. Ich zog zu meiner Mutter, doch er holte mich wieder zurück. Er entschuldigte sich, schwor, dass es nie wieder vorkommen würde.»

«Doch das tat es.»

«Richtig schlimm wurde es, als der Seniorchef vor rund einem Jahr starb. Ab diesem Zeitpunkt war es mit Jochens Karriere vorbei. Er musste gehen und machte sich selbständig. Anfänglich lief es einigermaßen, er hatte ja Kontakte aufgebaut. Aber seine alten Kollegen machten ihm das

Leben schwer. Sie hatten ihm die Bevorzugung durch den Chef niemals verziehen. Sie wussten ja nicht, wieso …»

«Was ist am letzten Abend passiert?»

«Wir hatten Streit. Ich wollte ihn verlassen. Dieses Mal endgültig. Er hatte sich in den letzten zwei Jahren vollkommen verändert und wurde bei der geringsten Kleinigkeit aggressiv. Irgendwie spürte ich auch, dass er mich betrog.»

«Wussten Sie, mit wem?»

«Nein. Er war nur noch unterwegs. Keine Ahnung, wo. Es war auf jeden Fall eine Frau im Spiel, oder mehrere. Ich weiß nicht. Einmal habe ich sie noch an seinen Klamotten gerochen. Schminke und Parfüm.

An jenem Abend hatte ich genug. Die Koffer waren gepackt, und ich wollte gerade das Taxi rufen, als er zur Tür reinkam.»

«Er schlug Sie.»

«Ja, brutal und blindwütig. Katja und Lara hatten sich im Speicher versteckt, sonst wäre noch Schlimmeres passiert. Als er endlich fertig war, ist er zur Tür hinaus, und ich habe ihn nicht mehr wiedergesehen.»

«Wieso tat er das?»

«Er war so. Impulsiv. Im einen Moment glaubte ich, er wolle mich umbringen, im anderen tat es ihm leid, und er rannte davon. So war er sein Leben lang. Damals in Berlin hoffte ich, dass er sich bessern würde.

Ich habe ihm mein Leben zu verdanken. Ohne ihn wäre ich tot.»

Die Beichte hatte Eindruck auf Michaelis und Naima gemacht. Sie schwiegen eine Weile, bis Michaelis die Befragung beendete. «Danke. Sie können jetzt gehen.»

Marion Landau putzte sich die Nase, stand auf und verließ erhobenen Hauptes den Raum. Draußen empfingen sie ihre Kinder.

Naima atmete tief durch. «So etwas hört man nicht alle Tage. Was muss die Frau gelitten haben.»

«Unbegreiflich», stimmte Michaelis zu. «Jetzt weiß ich wieder, wieso ich nicht verheiratet bin.»

«Na, komm. Daran wird es wohl nicht liegen ...»

Luansi Benguela nutzte die Gunst der Stunde und kam mit der Antwort der Staatsanwaltschaft herein.

«Abgelehnt», sagte er trocken. «Es lägen keine ausreichenden Verdachtsmomente gegen die Weiße Lilie vor, die einen richterlichen Beschluss rechtfertigten.»

Michaelis seufzte. «Habe ich mir schon gedacht.»

Benguela stutzte. «Ist das alles, was du dazu zu sagen hast?»

«Was soll ich denn deiner Meinung nach tun?»

«Auf den Beschluss bestehen.»

«Luansi, wie lange arbeitest du jetzt schon in meiner Abteilung? Fünf Jahre, sechs? Hast du jemals erlebt, dass ich zurückziehe, wenn ich nur den Funken einer Hoffnung habe? Auch ich würde gern wissen, was sich auf diesem Computer befindet. Aber offensichtlich ist jetzt nicht der richtige Zeitpunkt dafür. Es gibt im Senat unterschiedliche Auffassungen, was den Datenschutz angeht. Die Wahlen stehen bevor und das ganze Gedöns drum herum. Eine falsche Information oder Entscheidung, und schon gehen manche Träume auf einen Posten den Bach hinunter. Das weißt du doch. Lass uns abwarten. Die Weiße Lilie wird es auch in ein paar Monaten noch geben.»

«Das überzeugt mich nicht. Diese Überprüfungen werden alle naslang gemacht, aus weitaus weniger guten Gründen. Da muss nur das Wort Terrorismus fallen, und plötzlich steht jeder im Visier des Staatsschutzes, wenn er in einem seiner E-Mails einmal das Wort Irak, Islam oder Anschlag benutzt.»

«Ja, ich weiß.»

«Also?»

Für Michaelis war die Entscheidung gefallen. «Es bleibt dabei. Wir warten ab.» Sie stand auf und verließ mit Naima den Raum.

Naumov hatte den Disput von der Tür aus mitverfolgt. «Das war's dann wohl. Schade, ich wäre gern wieder mal eingebrochen.»

In Benguela brodelte es. Er hatte eine Spur, und er war nicht gewillt, davon abzulassen. «Alexej», sagte er ruhig und berechnend, «ich bin damit nicht einverstanden. Früher, im Osten, habe ich viel zu oft den Kopf einziehen müssen, wenn einer der Herren meinte, etwas sei nicht genehm.»

«Was hast du vor?»

«Schließ die Tür und setz dich.»

Naumov tat es.

«Was hältst du von einer kleinen Expedition außerhalb der Dienstzeit und jenseits politischer Kungelei?»

«Du meinst, so wie in meiner Hackerzeit, bevor ich zu euch gekommen bin?»

«Ja, so etwas in der Art.»

«Luansi, das kann uns den Kopf kosten.»

«Na, komm. Hortensia hat dich ins Team geholt, weil du der Beste warst. Hat sich daran etwas geändert?»

«Ich kann es noch mit jedem aufnehmen, wenn du das meinst.»

«Haben wir eine Chance, die Aktion durchzuführen, ohne dass jemand Wind davon bekommt?»

Naumov ließ sich mit der Antwort Zeit.

«Ich denke, das lässt sich machen. Ein chirurgischer Eingriff wie in der guten alten Zeit. Schnell rein, schnell raus.»

31

Falk Gudman saß vor seinem Rechner und klickte sich durch die Vermisstenanzeigen, die ihm Alexej Naumov geschickt hatte. Sie waren das Ergebnis eines Vergleichs der Faxe, die die Weiße Lilie an die Polizei geschickt hatte, und der Einträge in der Vermisstendatei. Diese Personen galten laut der Weißen Lilie in anderen europäischen Ländern als vermisst. Ihre Angehörigen hatten in ihrer Verzweiflung die Suchbitten auf Deutschland ausgeweitet.

Es waren sechs junge Frauen, die im Alter von Johanna waren und seit Februar als verschwunden galten.

«Was soll ich damit anfangen?», rief Gudman über den Tisch Luansi Benguela zu.

«Überprüfen», antwortete er, «was denkst du denn?»

«Und wie soll ich an Vergleichsmaterial kommen? Die Vermissten stammen aus nicht weniger als vier verschiedenen Ländern.»

«Anfordern.»

«Luansi, das ist bodenlos und dauert Wochen, bis ich was bekomme.»

«Hast du eine bessere Idee?»

«Nein.»

«Also, dann mach dich ran. Ruf am besten die Geschäftsführerin der Weißen Lilie an. Ich wette, dass sie erfreut sein wird, alles Notwendige zu organisieren.»

«Wie kommst du darauf?»

«Ich hab sie kennengelernt.»

«Glaubst du, die hat DNA-Proben der Vermissten in ihrem Kühlschrank?»

«Zuzutrauen ist es ihr.»

Widerwillig griff Gudman zum Telefon und tippte die Nummer ein. «Verschwendete Zeit», murmelte er.

Die Tür ging auf. Herein kamen Michaelis, Naima und Levy.

«Ich hätte dir das Befragungsprotokoll ohnehin geschickt», sagte Michaelis im Gehen.

Levy zeigte sich ungeduldig. «So lange wollte ich aber nicht warten. Wenn ich eine Information brauche, dann sofort.»

Benguela, Gudman und Naima nahmen erstaunt seinen Eifer zur Kenntnis. Gudman konnte sich einen sarkastischen Kommentar nicht verkneifen. «Hast du mit den Fingern in der Steckdose geschlafen, oder bist du auf Droge? So viel Einsatz so früh am Abend.»

«Ja, ganz im Unterschied zu dir», entgegnete Levy.

Gudman setzte zur Gegenrede an, aber er hatte jetzt Greta Harmstorf in der Leitung.

«Du kannst dir die Befragung mit Marion Landau gleich hier anhören», sagte Michaelis. «Setz dich.»

Levy nahm vor der Bandmaschine Platz und setzte den Kopfhörer auf. «Ich wette, es gab ein paar interessante Details aus dem Leben ihres Mannes.»

«Mach dich auf was gefasst», pflichtete Naima ihm bei. «Bonnie und Clyde auf Deutsch.»

Levy startete das Band und konzentrierte sich auf das aufgezeichnete Gespräch.

«Was gibt es Neues?», wollte Michaelis von ihren Mitarbeitern wissen.

Luansi Benguela begann. «Ich habe mir die Fälle von Gruppengewalt gegen einzelne Personen in den letzten Jahren vorgenommen, bei denen ein Stock als Tatwaffe zum Einsatz gekommen war. Einer von ihnen sticht heraus. Es handelt sich um den Tod eines fünfzehnjährigen Schülers aus der Nähe von Schwerin, der von vier seiner Klassenkameraden über Tage hinweg gefoltert und schließlich getötet wurde. Der Fall hat deutschlandweit für Aufsehen gesorgt, weil niemand fassen konnte, dass diese Kinder zu so viel Brutalität und Hass fähig waren.»

«Ja, ich erinnere mich», sagte Michaelis. «Irgendwelche Parallelen zu unseren Fällen?»

«Wie gesagt, ein Stock kam zum Einsatz, ähnlich dem unseren. Einer der Schüler hatte ihn vom Großvater, der früher Lehrer war und ihn im Unterricht als Strafmaßnahme verwendete. Ich habe mit der Polizeiinspektion vor Ort und der Rektorin der Schule Kontakt aufgenommen. Sie wollen mir die Unterlagen schicken.»

«Versprichst du dir etwas davon?», fragte Naima. «Das ist ein paar Jahre her, und es handelte sich um Jugendliche. Ich glaube nicht, dass wir es mit dem gleichen Tätertypus zu tun haben.»

«Das habe ich mir auch gedacht, bis ich auf einen anderen Fall gestoßen bin, der sich zuvor in Bayern abgespielt hatte. Dort hatte eine Gruppe Jugendlicher einen Obdachlosen lebensgefährlich verletzt. Das Perfide an der Sache war, dass sie den Vorgang auf Handy festgehalten und das Video quer durch die Republik geschickt haben. Bei einigen sichergestellten Handys tauchte dieses Video in der Folgezeit auf. Wir haben es hier mit einem neuen Trend bei den Kids zu tun, die sich über Ländergrenzen hinweg gegenseitig zu neuen Taten anstacheln. Wieso also nicht in Hamburg?»

«Okay, das ist eine Möglichkeit», beschied Michaelis. «Doch halte dich nicht zu lange damit auf, wenn du merkst, dass du in eine Sackgasse läufst.

Alexej, woran arbeitest du?»

Ein kurzer Blick zwischen Benguela und Naumov. «Er hilft mir bei meinen Recherchen», antwortete Benguela an seiner statt.

Michaelis war davon nicht begeistert. «Wir brauchen ihn bei unseren Fällen.»

«Kein Problem», sagte Naumov, «ich bin so weit fertig und stehe dir wieder zur Verfügung.»

«Gut. Nun zu Johanna. Falk, bist du weitergekommen?»

Gudman bat um eine Sekunde Geduld. Er verabschiedete soeben Greta Harmstorf. «… dann erwarte ich die Eltern von Jette Friis heute Abend. Sie sollen an der Pforte nach Falk Gudman fragen. Der Kollege weiß Bescheid. Ja, ich danke Ihnen auch.»

Er legte auf. «Du hattest recht», sagte er zu Benguela, «diese Greta Harmstorf ist wirklich sehr aktiv.» Dann zu Michaelis: «Ich habe gerade mit der Geschäftsführerin dieser Selbsthilfeorganisation für Kriminalitätsopfer gesprochen. Es geht um sechs vermisste Frauen, die nicht in unserer Vermisstendatei auftauchen, aber im Alter von Johanna und seit Februar verschwunden sind.

Eine dieser Frauen, Jette Friis, wird seit dem 5. Februar in Dänemark vermisst. Sie war mit dem Zug zu einem Bewerbungsgespräch von Arhus nach Sonderborg, das ist eine Stadt in der Nähe der deutschen Grenze, unterwegs. Sie ist aber nie dort angekommen. Die dänischen Kollegen ermitteln bereits in der Sache.

Die Eltern dieser Jette Friis haben sich an die Weiße Lilie gewandt und halten sich zurzeit in Kiel auf. Sie wollen in zwei Stunden zu einer Blutabnahme nach Hamburg kommen. Diese können wir dann mit Johanna vergleichen.»

«Sehr gut», sagte Michaelis, «dann geht es also auch mit Johanna voran. Wo steckt eigentlich Dragan?»

Benguela beantwortete ihre Frage: «Die Kollegen haben ihn zu einem Leichenfund gerufen.»

«Wieso ihn? Die haben doch ihre eigenen Leute.»

«Irgendwas soll mit der Leiche sein.»

«So geht das nicht. Ich brauche meine Mitarbeiter hier.»

Sie griff zum Telefon und wählte die Nummer von Milanovic' Handy. «Wo steckst du?», fragte sie ungehalten.

Michaelis hörte eine Weile zu. Dann legte sie auf. «Naima, komm, es gibt Arbeit.»

Die beiden waren bereits an der Tür, als Michaelis sich umdrehte. «Levy. Komm am besten gleich mit.»

32

Silbersackstraße, keine zehn Minuten von Levys Wohnung entfernt. Ein Keller war vollgelaufen, und der Hausmeister, ein stämmiger Pole, hatte beherzt zum Pickel gegriffen, um das verstopfte Bodengitter anzuheben. Das Gitter mochte sich jedoch einfach nicht vom Boden lösen. Mit aller Kraft stemmte er sich dagegen und hatte schließlich Erfolg. Gitter, ein Stück Beton und eine menschliche Hand kamen aus der braunen Brühe zum Vorschein.

Nachdem die Feuerwehr das Wasser abgepumpt hatte, erkannte man schnell, dass hier ein menschlicher Körper in den Beton eingearbeitet worden war. Die Mischung war nicht professionell gewählt, sodass es der Feuerwehr zügig gelang, den Rest des Mannes freizulegen.

Unter Scheinwerferlicht inspizierte Dragan Milanovic den Leichnam. Er war gut erhalten und zeigte kaum Anzeichen von Verwesung, was auf den fehlenden Sauerstoff zurückzuführen war. Weit auffälliger als das erschien Milanovic das Verletzungsmuster bei diesem Mann. Aufgrund der typischen Spuren, die Stockschläge hinterlassen, hatte er unverzüglich Michaelis herbeigerufen. Sie betrachtete gemeinsam mit Naima und Levy den Leichnam.

«Ich nehme an», sagte Michaelis, «wir haben es hier mit Opfer Nummer drei zu tun.»

«Nummer eins trifft es besser», antwortete Milanovic. «Der Mann liegt hier schon länger.»

«Wie lange?», fragte Levy.

«Schwer zu sagen. Man müsste den Hausmeister fragen, wann zum letzten Mal der Boden neu gemacht wurde. Dann wüssten wir es genau.»

Naima übernahm diese Aufgabe und ging vor die Tür.

«Unser Täter ist somit weit länger aktiv, als wir dachten», sagte Michaelis. «Was meinst du, Levy?»

Er antwortete nicht. Sein Finger strich über die braun vertrocknete, pergamentartige Haut des Toten. Mehrfach ertastete er Knochenbrüche an Armen und Beinen. «Eine erschreckend große Gewaltanwendung. Noch mehr als bei den anderen Opfern.»

Milanovic stimmte ihm zu. Er schob dem Toten die Lippen beiseite. Es fehlten nahezu die kompletten vorderen Zahnreihen. «Hier hat er sich richtig ausgetobt.»

«Ist das eine Tätowierung?», fragte Levy und zeigte auf eine grauschwarze Zeichnung am Hals. Eine Königskobra, deren gespaltene Zunge an der Scham einer Frau züngelte.

«Ja», antwortete Milanovic, «und ich habe sie auch schon mal gesehen.»

«Bei wem?», fragte Michaelis überrascht.

«Ich muss in meinen Akten nachsehen. Ich bin sicher, dass ich diese Schlange schon mal unter dem Messer hatte. Es muss ein Foto davon geben.»

«Wie lange ist das her?»

«Zwei, drei Jahre.»

«Das ist nicht die Arbeit eines Profis», sagte Levy. «Sieht nach Nadel und Tinte aus. Ziemlich plump. So wie es in Banden praktiziert wird.»

«Eben, daher glaube ich ihn auch zu kennen. Und wenn mich nicht alles täuscht, dann war das eine Gang, die sich im Gefängnis gebildet hat.»

«Wenn du mir jetzt noch den Namen unseres Toten verrätst, bin ich richtig stolz auf dich», fügte Michaelis hinzu.

Naima kam mit Neuigkeiten. «Der Hausmeister sagt, dass der Zementboden älter ist als seine Anstellung. Er muss den Eigentümer fragen. Was er aber weiß, ist, dass der Keller bis vor einem Jahr an einen gewissen Holger Mandrak vermietet war. Er kann sich gut an ihn erinnern, da der Kerl, ohne die ausstehende Miete zu zahlen, mitten in der Nacht verschwunden ist. Er hat die paar Habseligkeiten, die er besaß, zurückgelassen. Der Keller steht seitdem leer.»

«Holger Mandrak», erinnerte sich Michaelis, «der Name sagt mir was.»

«Mandrak wurde Mitte der Neunziger unter anderem wegen mehrfacher Vergewaltigung und Menschenraub angeklagt», half Levy ihrem Gedächtnis auf die Sprünge. «Zu seinen insgesamt sieben Opfern gehörten auch zwei Mädchen im Alter von zwölf und dreizehn Jahren. Er war der erste überführte Täter, der seine Opfer über Tage und Wochen in den Keller einsperrte, sie misshandelte und vergewaltigte. Da er immer mit Maske auftrat, bekam er den Beinamen Bettman.»

Michaelis war verblüfft. «Woher weißt du das?»

Levy lächelte. «Ein gutes Gedächtnis. Er war Ziel forensischer Studien. Bis zu seiner Festnahme galt er als unauffälliger und rechtschaffener Bürger, dem man ohne weiteres sein Kind anvertraut hätte. Das Grauen verbarg sich hinter der Maske Mandraks als guter Nachbar.

Er saß auch nicht in Haft, sondern in der Psychiatrischen Klinik in Ochsenzoll, in die er aufgrund seiner Persönlichkeitsstörung eingeliefert worden war. Nach zwölf Jahren scheinbar erfolgreicher Therapie kam er in den offenen Vollzug. Ich bezweifle, dass der Richter und die Ärzte von dieser Zweitwohnung wussten.»

«Das heißt aber nicht, dass das hier Mandrak ist», gab Naima zu bedenken.

«Stimmt», antwortete Michaelis, «aber das werden wir schnell herausfinden. Er wird in der Sexualstraftäterdatei gespeichert sein. Außerdem gibt es ja noch seine Akte, in der diese Tätowierung aufgeführt sein muss.»

«Mandrak ist vor einem Jahr spurlos verschwunden», fügte Levy hinzu. «Die Kollegen aus der Forensik standen deswegen wochenlang unter Beschuss. Und bevor du mich wieder fragst, woher ich das weiß: Mandrak hat durch sein Verschwinden die Diskussion über die Therapierbarkeit von Sexualstraftätern erneut angefacht. Das zu wissen gehört zu meinem Job.»

«Ich sag doch gar nichts», antwortete Michaelis kleinlaut.

33

Die Kleine stieß mit aller Kraft zu. Der Fußtritt hinterließ jedoch keinen Abdruck auf dem Sandsack.

Thorsten Waan, im weißen Karateanzug, kam ihr zu Hilfe. Er korrigierte ihre Haltung und tippte auf den Fußballen, mit dem sie einen potenziellen Angreifer außer Gefecht setzen sollte. «Hiermit musst du treffen. Leg die ganze Bewegung deines Beines hinein. Dann klappt es.»

Das Mädchen ging in die Ausgangsstellung zurück. Hände in Hüfthöhe zu Fäusten geballt, linkes Bein nach vorn, fester Stand.

Auf sein Kommando hin schnellte ihr rechtes Bein vor und traf mit dem Fußballen das Ziel.

«Gut, noch einmal.»

Wieder der gleiche Bewegungsablauf.

«Sehr gut. Stell dir vor, der Mann will dir deine Puppe wegnehmen. Das darf er nicht. Niemals. Zeig ihm, dass er böse ist.»

Ein Tritt nach dem anderen traf den Sandsack.

«Bravo.»

Am Rand des Kampffeldes wurde applaudiert. Es war der Vater der Kleinen. «Weiter so, Laura. Lass dir nichts gefallen.»

Auch ihr Trainer war zufrieden. «Danke, das reicht für heute.»

Eine gegenseitige Verbeugung. Laura lief zu ihrem Vater. Er öffnete seine Brieftasche und legte einen Zwanziger auf die Sitzbank. «Nächste Woche, selbe Uhrzeit?»

Thorsten Waan nickte und schaute zur Uhr. Halb acht. Er hatte noch drei weitere Schüler an diesem Abend. Vor elf Uhr würde er auch heute nicht nach Hause kommen. Er war müde. Doch das konnte er sich nicht leisten. Sechzig Euro würde er noch verdienen können. Das wären insgesamt hundert, die er dringend benötigte. Die Miete und die Rate an die Bank standen an. Wie lange noch, fragte er sich, würde er das noch durchhalten?

Urlaub, ein paar Tage ohne Büro und Unterricht, das wünschte er sich. Irgendwo am Meer, weit weg von dem hier. Zu lange hatte er das nicht mehr gemacht. Das letzte Mal vor fünf Jahren. Damals mit Herbert, einem Kollegen, und dessen Frau und Kindern auf Juist, einer Insel im

Nirgendwo. Sie waren eingeladen, Lili und er, ansonsten hätten sie sich das gar nicht erlauben können. Der Verdienstausfall schmerzte, aber die paar Tage am Meer waren mit Geld nicht aufzuwiegen.

Lili hatte mit den Kindern gespielt, und er hatte sie die ganze Zeit beobachtet. Wie sorgenfrei und unbeschwert sie gewesen war. Fast so wie damals, als sie noch ein unschuldiges Mädchen und sie eine intakte Familie gewesen waren.

Damals, als seine Frau noch lebte, als die Welt und die Zukunft noch offen und unbelastet war. Nichts würde sie aus der Bahn werfen. Sie waren stark, eine Einheit, die nichts auseinanderbringen konnte. Hatte er gedacht.

Jetzt, zwölf Jahre später, wusste er es besser. Nichts kann so stark sein, als dass es nicht durch eine Unaufmerksamkeit zerstört werden konnte. Für eine Minute hatte er sie aus den Augen verloren. Irgendwo zwischen dem Nudelregal und den Gewürzen war sie im Supermarkt verschwunden. Das mochte sie gern, das Versteckspielen. Er musste sie dann suchen, möglichst lange. Und je älter sie wurde, desto besser wurden ihre Verstecke und desto länger dauerte die Suche. Wenn er einen schlechten Tag erwischt hatte, musste er aufgeben. Dann half nur noch die Durchsage über die Lautsprecher und das Eingeständnis der Niederlage. *... wird gebeten, ihren Papa an der Kasse abzuholen.*

Ein Schokoeis war der Einsatz gewesen. Die letzten Male hatte er die Wette stets verloren. Das hätte ihn misstrauisch machen müssen.

Wie hatte er es nur geschafft, sie aus dem Supermarkt herauszubringen?

Die Frage blieb bis heute ungeklärt.

«Hallo, Thorsten», schallte es durch die Sporthalle. «Bist du so weit?»

Frederike, seine nächste Schülerin, machte sich für die Aufwärmübungen bereit.

«Klar», antwortete er, «mal sehen, ob du mich dir heute vom Hals halten kannst.»

34

Sternenstaub schrieb: «Sehe gerade, dass du online bist. Lust, unseren Chat von gestern fortzuführen?»

Sebastian antwortete: «Habe gerade Besuch. Aber das kann warten. Bis gleich.»

Sie startete den Messenger. «Bist du da?»

«Ja. Wie geht's dir heute?»

«Habe die ganze Nacht über unser Gespräch nachgedacht. Du hast wahrscheinlich recht. Ich nehme alles viel zu ernst.»

«Gut, du wirst sehen, die meisten Probleme lösen sich von selbst.»

«Will ich hoffen ... Was machst du eigentlich so?»

«Beruflich?»

«Ja.»

«Ich löse Probleme :-)»

«Haha.»

«Im Ernst. Ich habe den besten Job der Welt. Und du?»

«Na, was denkst du denn? Schule natürlich.»

«Welche Klasse?»

«Zehnte.»

«Gymnasium oder Real?»

«Gymnasium.»

«Schon entschieden, welchen Leistungskurs du belegen willst?»

«Ich weiß noch nicht mal, ob ich morgen noch hingehe. Hängt mir alles zum Hals raus.»

«Kann ich verstehen. Mir ging's damals auch so.»

«Echt? Wie hast du dich entschieden?»

«Meine Eltern haben für mich entschieden.»

«Dass sich die Alten nie raushalten können. Hast du Kinder?»

«Nein.»

«Warum nicht?»

«Dazu fehlt mir die richtige Frau.»

«Ach, komm … Ein Mann wie du? Oder ist das Bild von dir gar nicht echt?»

«Doch … irgendwie schon.»

«Irgendwie?»

«Ich hab mich etwas älter gemacht, als ich bin.»

«Erwischt. Wie alt bist du denn?»

«Mitte dreißig.»

«Auf dem Bild schaust du aber älter aus.»

«Eben.»

«Warum willst du unbedingt älter sein, als du bist?»

«Erwischt. Da geht es mir wie dir.»

«Okay, Ausgleich … Wieso hast du keine Frau?»

«Die meisten langweilen mich.»

«Was findest du denn interessant?»

«Ein gutes Gespräch … so wie jetzt.»

«Findest du mich interessant?»

«Ja.»

«Aber ich könnte deine Tochter sein.»

«Bist du aber nicht.»

«Stimmt. Und deswegen chatten wir?»

«Nein, nicht nur … Dein Profil hat mir gefallen.»

«Was im Besonderen?»

«Deine Sehnsucht. Alles, was du geschrieben hast, ist

durchdrungen von diesem Gefühl. Das hat mir gut gefallen … und dein Bild natürlich auch. Ist es echt?»

«Ja. Das war letztes Jahr in Griechenland. Eine wunderschöne Insel. Nur ich und das Meer.»

«Ohne Freund?»

«Den Idioten hab ich in die Wüste geschickt. Er hat mir das Herz gebrochen.»

«Geschieht ihm recht. Keine Gnade mit Arschlöchern.»

«Hat mich mit meiner besten Freundin betrogen.»

«Das tut mir leid.»

«Egal, sie wird schon sehen, was sie sich mit ihm eingehandelt hat. Das ist meine Rache für Untreue.»

«Hast du noch mehr von den Griechenlandbildern?»

«Einen Kasten voll. Ich habe einen Jungen kennengelernt, der hat zehn Filmrollen verknipst.»

«Also doch wieder verliebt?»

«Nein, war nur ein harmloser Urlaubsflirt.»

«Für ihn oder für dich?»

«Er wollte mir an die Wäsche, aber ich war noch nicht bereit dafür. So kurz nach der Trennung.»

«Kann ich verstehen.»

«Was meinst du? Dass er mir an die Wäsche wollte?»

«Nein, ich meine das andere. Aber wenn ich mir das Bild so anschaue, dann …»

«Was …?»

«Du weißt schon.»

«Nein, tu ich nicht.»

«Hör mal, wir kennen uns gerade ein paar Stunden. Ich kann dich nicht gleich mit Komplimenten überschütten.»

«Schade ;-) … Findest du mich attraktiv?»

«Ja, sehr.»

«Ich bin erst sechzehn. Wie kann ein Mann wie du mich attraktiv finden?»

«Wieso nicht? Nur weil ich etwas älter bin, muss ich doch nicht blind und blöd sein.»

«Seufz. Ich wünschte, meine früheren Freunde hätten was von dir.»

«Was denn so?»

«Deine Ausstrahlung und Erfahrung. Und außerdem bist du ja auch nicht von einer hässlichen Mutter.»

«Danke. Ich fühl mich geschmeichelt.»

«Musst du nicht langsam los? Dein Besuch wartet.»

«Ist nur eine Geschäftspartnerin. Sie ist es gewohnt, wenn Gespräche länger dauern. Kein Problem.»

«Schön.»

«Was?»

«Dass du dir so viel Zeit für mich nimmst.»

«Ich genieße es, mit dir zu plaudern.»

«Hups, schon wieder ein Kompliment :-)))»

«Du bringst mich einfach dazu, meine guten Vorsätze zu brechen ;-)»

«Schlimm?»

«Nein, ich denke, du weißt, wie ich das meine.»

«Vielleicht ist es noch zu früh … sag, wenn du nicht willst … aber ich hätte Lust, dich kennenzulernen. Öffentlich, ganz unverbindlich.»

«Hoppla, das geht aber schnell.»

«War ein spontanes Gefühl. Entschuldige.»

«Schon okay. Ich habe die nächsten Tage noch sehr viel Arbeit … aber ich will sehen, ob ich da was machen kann.»

«Freu!»

«Kannst du mir bis dahin nicht noch was von dir schicken?»

«Logo. Was denn?»

«Wie wär's mit ein paar Bildern aus Griechenland?»

«Kein Problem. Was hättest du gern? Sternenstaub am Meer, Sternenstaub beim Essen, Sternenstaub beim Eselreiten?»

«Sternenstaub beim Duschen?»

«Schreck! Bist du ein Spanner? :-((((»

«War nur 'n Scherz.»

«Will ich hoffen. Ich hab schon gedacht ...»

«Was?»

«Du weißt schon. Dass du einer von diesen Netzpsychos bist, die sich am Bildschirm einen runterholen.»

«Keine Sorge. Können diese Augen lügen?»

«Wenn ich sie nur sehen könnte.»

«Sorry, ich muss Schluss machen. Mein Besuch wird unruhig.»

«Okay. Chatten wir wieder?»

«Logo. Bis bald.»

Lili loggte sich aus. Verdammt, wo sollte sie auf die Schnelle ein Bild unter der Dusche herbekommen, das Ähnlichkeit mit ihr hatte?

35

Levy klickte sich durch die Musikbibliothek. Welche Titel würden ihn durch die Nacht begleiten?

Es musste etwas Hartes sein, mit Tempo und Dynamik. So wie er. Die Festplatte seines Computers war voll mit Musik. Alles psychedelisches Zeug, das er normalerweise für die Konzentration brauchte. Doch er war bereits vollauf bei der Sache.

Eine gespannte Ungeduld ließ ihn aufstehen und vor

die Tür gehen. Er war voller Energie, und etwas Frischluft konnte nicht schaden. Er steckte die Hände in die Manteltaschen und ging ohne Plan und Ziel einfach drauflos. Die Straßen waren finster und leer, exakt das, was er brauchte. Auf diese Szenerie würde er seine Gedanken zeichnen können.

Er rekapitulierte den Tag mit immerhin zwei neuen Erkenntnissen.

Jochen Landau wies die typischen Wesensmerkmale eines cholerischen Geistes auf – leicht erregbar, unausgeglichen und jähzornig.

Das cholerische Temperament war durch die Kombination von emotionaler Instabilität mit Extraversion gekennzeichnet – also die nach außen gerichtete Handlung.

Extrovertierte Menschen waren aktiv, bestimmt, energisch, dominant, enthusiastisch und abenteuerlustig.

Hinzu kam die niedrige Reizschwelle bei Jochen Landau, die schnell zu einem Wutanfall führte. So hatte es zumindest seine Frau Marion beschrieben, wenn er aufgrund eines Reizes von außen überstürzt die Fassung verlor und zuschlug.

Die Frustrations-Aggressions-Theorie ging davon aus, dass Aggressionen grundsätzlich Reaktionen auf Frustration waren. Über die Wut brachen sich die Abreaktionen ihre Bahnen.

Marion Landau war seit Beginn ihrer Bekanntschaft das Ziel. Zuvor waren es andere gewesen, durch die Bank Frauen. Wiesen sie ihn zurück, antwortete er mit Gewalt. Dieses Verhalten musste sich bei Landau schon früh herausgebildet haben, gemessen an seiner ersten Straffälligkeit. Er begegnete unangenehm empfundenen Situationen mit Aggression, die in die Anwendung von Gewalt mündete. Das alte Lied.

Nach der Definition von Jochen Landau führte Gewalt zu Macht. Dass er bereit war, für die Macht viel aufs Spiel zu setzen, zeigte sich darin, dass er einen geliebten Menschen, Marion, für seine Zwecke einspannte. Sie war das Pfund, mit dem er den Architekten erpressen konnte. Der Eigennutz wurde höher bewertet als Zuneigung

Als ihm die Macht durch den Tod des Architekten entrissen wurde, richtete sich seine Frustration wieder gegen das alte Ziel: Marion.

Sie hatte ausgesagt, dass er sich seit rund einem Jahr nicht mehr beherrschen konnte. Sie gerieten in Streit, er schlug zu und verließ das Haus. *So war er,* hatte sie gesagt, *sein Leben lang.*

Was hat er in der Zeit gemacht, als er außer Haus war? Tagelang.

Getrunken? Dafür gab es keine Anzeichen.

Freunde getroffen? Fehlanzeige.

Sport getrieben? Auch nicht.

Abreagiert? Sicher. Doch womit?

Er soll sie betrogen haben, lautete Marions Vermutung. Nicht mit einer, sondern mit mehreren Frauen. Wer waren sie? Wie hatte er sie behandelt, wenn er sich abreagierte?

Wenn er in seinem bewährten Schema blieb, dann hatten auch sie seine Aggressionen erfahren.

Warum gab es dann keine Anzeigen gegen Jochen Landau? Hatte er sie auch erpresst, damit sie den Mund hielten?

Dazu musste es irgendwo eine Information geben. Bei seinem Charakterbild war kaum etwas anderes anzunehmen.

In der Zeit zwischen Verlust des Arbeitsplatzes und Flucht vor der Konsequenz im eigenen Haus musste Landau seinen Mörder getroffen, zumindest kennengelernt haben.

War es eine der geschlagenen Frauen oder der gehörnte Ehemann? Die These war gewagt.

Zuvor musste die Frage beantwortet werden, wie Landau Kontakte schloss. Nach seinem Charakterbild sollte es ihm nicht schwergefallen sein, auf Menschen zuzugehen. Über die altmodische Art in Kneipen, Bars und Restaurants?

Marion sagte aus, dass er oft am Computer saß und sein Büro kaum verließ. Hatte er den Weg über die Kontaktbörsen im Internet gewählt?

Alexej sollte Landaus Computer überprüfen. Irgendwo musste es Log-Dateien über seine Aktivitäten geben. Notfalls mussten die Verbindungsdaten vom Provider angefordert werden.

Jochen Landau, fasste Levy zusammen, war ein fremdaggressiver, impulsiver Typ mit dem Hang, Frauen für sein Versagen verantwortlich zu machen. Es gab keine Anzeichen, dass er sein Verhalten bis zu seinem Tod geändert hatte. Welcher Tätertyp bevorzugte diesen Opfertyp?, fragte sich Levy.

Mit dem heutigen Abend hatte sich ein weiterer Mann dieser Typologie angeschlossen. Der Serienvergewaltiger Holger Mandrak.

Der Fall war hinreichend bekannt. Mandrak galt trotz seiner geringen Schulbildung als intelligent, aber psychopathisch. Er widersprach in einigen Punkten der Klassifizierung eines Psychopathen – er kam durchaus mit seinem sozialen Umfeld und den gesellschaftlichen Normen zurecht, wenngleich nur an der Oberfläche, aber das genügte, um seine Taten minutiös zu planen und auszuführen.

Seine Selbstüberschätzung jedoch, und das machte ihn wieder zu einem klassischen Vertreter seiner Psychopathologie, wurde ihm zum Verhängnis. Während er seine Opfer vergewaltigte, trug er eine Maske und nahm die Gewaltorgien mit einer Videokamera auf. Wie er später bei den Befragungen aussagte, hatte er dies getan, um sich vor dem Fernseher immer wieder an seinen Taten zu ergötzen. Als die Kripo im Zuge einer ersten Überprüfung seine Wohnung durchsuchte, wurde sie schnell fündig und Mandrak überführt. Im Grunde war dieses Verhalten selten dämlich, doch es passte zum Überego eines Psychopathen. Er war sich einfach zu sicher, das System überlisten zu können.

In der darauffolgenden nichtöffentlichen Gerichtsverhandlung, in der die Videos zur Beweisführung ausschnittsweise gezeigt wurden, durfte er sich seine Aufzeichnungen das letzte Mal ansehen. Das bereitete ihm sichtlich Vergnügen. Die Opfer jedoch, die stark genug waren, um sich den Aufnahmen ihrer Tortur nochmals zu stellen, sahen das anders. Sie blieben als gebrochene Menschen zurück. Das Urteil gegen Mandrak – erheblich verminderte Schuldfähigkeit nach Paragraph 21 des Strafgesetzbuches wegen psychischer Nichtzurechenbarkeit zur Tatzeit, dafür Einweisung in eine psychiatrische Anstalt – hatte an dem Leid nichts mehr ändern können.

Insbesondere die beiden minderjährigen Mädchen im Alter von zwölf und dreizehn Jahren schienen für ihren weiteren Lebensweg alles verloren zu haben. Die Ältere der beiden jedoch machte nach ihrer Befreiung eine zweifelhafte, aber steile Karriere in den Medien. Was auch immer hinter ihrer Bereitwilligkeit steckte, sich den Medien zu öffnen und ihre Geschichte in allen Details auszubreiten, hinterließ einen faden Beigeschmack. Anfänglich, als die Betroffenheit und das Interesse der Bevölkerung groß waren, konnte sich das Mädchen der Anteilnahme sicher sein. Nach wenigen Wochen war ihre Geschichte jedoch zur Gänze ausgeschöpft, und sie fiel wieder in die Bedeutungslosigkeit zurück. Letzteres war aus psychologischer

Sicht das Beste, was ihr passieren konnte. Das Heer der Berater zog weiter und widmete sich einem neuen tragischen Fall von öffentlichem Interesse.

Nur einmal machte der Vater der Kleinen nochmal von sich reden, als er die Behandlung seiner Tochter nach dem Medienhype anprangerte.

Das war vor über zehn Jahren. In der Zwischenzeit hatten andere Täter und andere Opfer die Seiten der Boulevardpresse gefüllt. Bis vor einem Jahr, als Mandrak die ersten Schritte in die Resozialisierung ermöglicht wurden. *Bettman wieder auf freiem Fuß*, erinnerte sich Levy an die Meldung, die aber niemanden interessierte, bis auf die Angehörigen. Sie hatten sich gegen den offenen Vollzug mit allem zur Wehr gesetzt, was ihnen zur Verfügung stand. Vergeblich, wie sich zeigte. Mandrak war draußen, bis er einige Monate später ganz verschwand.

Jetzt war er wieder aufgetaucht. In Beton gegossen und für alle Zeit seiner Triebe beraubt.

Wenn sich bei der morgigen Obduktion bestätigte, dass Mandrak auf die gleiche Weise umgekommen war wie Landau und Polykarp, dann würde man sich einer Theorie nicht mehr erwehren können:

Hier machte jemand Jagd auf Gewaltverbrecher.

Das schloss Polykarp bislang aus, von ihm war nichts weiter bekannt, konnte aber ein neuer Ermittlungsansatz sein. Sein Foto sollte an alle Polizeiinspektionen des Landes geschickt werden. Unter Umständen fand sich ein Kollege, der Polykarp kannte. War er straffällig geworden, dann hatte die Theorie Bestand.

Bis jetzt konnte alles noch Zufall sein.

Eine Straßensperre verwehrte ihm den Durchgang. Er blickte auf. Wo war er? Die ganze Zeit hindurch hatte er nicht darauf geachtet, wohin er eigentlich ging. Nun stand er vor einem Schild mit der Warnung *Hochwasser. Durchgang verboten.* In der Dunkelheit glaubte er das hohe ehemalige Speichergebäude am Fischmarkt zu erkennen. Jetzt war es die erste Adresse einer Werbeagentur und einer Softwarefirma. Er musste zurück, hier ging es nicht weiter. Zudem war er klatschnass, was ihn nicht sonderlich kümmerte. Kälte und Nässe spürte er nur auf den Klamotten. Im Inneren brannte ein Feuer, das ihn ausreichend wärmte.

Auf dem Weg zur Wohnung nahm er eine Packung Sushi mit. Mehr aus Gewohnheit als aus Hunger. Er hatte keinen. Seltsam. Das Crystal schien für alles zu sorgen.

Nach einer ausgiebigen Dusche war er bereit, seine Arbeit fortzusetzen. Eine E-Mail war hereingekommen. Kein Absender. Er öffnete sie dennoch.

Die Nachricht enthielt keinen Text, nur einen Anhang. Er ließ den Virenscanner drüberlaufen, bevor er sie öffnete.

Der Player spielte eine Videodatei ab. Sie zeigte eine antike Stadt mit Begrenzungsmauern. Es war Nacht, und der Himmel war von einem diffusen Licht erleuchtet. Schreie und das Aufeinanderschlagen von Metall dröhnten jenseits des Walls herüber. Im Sand verliefen Fußspuren. Sie führten zum geöffneten Haupttor. Inmitten der Wehranlage tobte ein erbitterter Kampf. Arme und Beine wurden abgetrennt, Blut spritzte gegen die Steine und versickerte im Sand. Das Feuer erhellte für einen Augenblick ein Gebilde. Die Silhouette war übermenschlich groß. Schwer zu sagen, was es war. Ein langer Arm, ein fester Körper, Beine und Rollen?

Levy startete den Clip erneut. Kurz bevor er zu Ende ging, schaltete er in den Einzelbildmodus. Bild für Bild tastete er sich zu der letzten Aufnahme vor.

Da war sie. Dieser Schatten war kein Schatten, sondern ein mehrere Meter hohes Gebilde aus Holz – ein Pferd.

Das war die Schlacht um Troja.

Levy wechselte zurück ins E-Mail-Programm. Kein Absender, kein Betreff. Die Mail kam aus dem Nirgendwo.

Der Mail-Server konnte einen Aussetzer gehabt haben. Hatte zwei oder mehrere Accounts einfach durcheinandergebracht. Wahrscheinlich. Dieses Video sagte ihm nichts. Es hatte keinen Bezug, keine Aufforderung, keinen Ursprung.

Er löschte die Mail, fuhr den Rechner herunter und versuchte zu schlafen.

Das Trojanische Pferd ging ihm durch den Kopf, während er an die nackte Decke blickte. Das einfallende Straßenlicht spiegelte Wassertropfen darauf, die sich vereinten und an anderer Stelle wieder lösten.

Woher kannte er diese Bildsequenz? Sie war sehr alt und kam ihm seltsam vertraut vor.

Er erinnerte sich an Irene Papas, die die Penelope spielte, Odysseus' Ehefrau. Der Film war in Farbe gedreht worden und stammte aus den sechziger Jahren. Später lief die Serie auch im holländischen Fernsehen.

Levy hatte die aufregenden Abenteuer des Odysseus Sonntag für Sonntag verfolgt. Danach spielte er die Szenen im Garten nach. Zu Beginn war seine Identifikationsfigur eindeutig. Es konnte nur Achilles sein – der unverwundbare Heißsporn, der seine Feinde im Sturmlauf niedermachte. Mit der Einnahme Trojas war es damit vorbei. Die einzige Schwachstelle war durch den Pfeil des Paris durchbohrt worden. Die Ferse des Achill.

Was hatte sie mit ihm zu tun?

36

Während Dragan Milanovic mit dem BKA telefonierte, um das Ergebnis des DNA-Vergleichs zu erfragen, stand Levy neben dem geöffneten Leib Mandraks. In seiner Hand ein Foto mit der Tätowierung, von der Dragan gesprochen hatte. Sie stimmte mit der Mandraks überein. In beiden Fällen war sie mit Nadel und Tinte in die Haut gestochen worden. Die Aufnahme stammte von einem Freddie Holbein, der drei Jahre zuvor in der Psychiatrischen Klinik in Hamburg-Ochsenzoll Selbstmord verübt hatte.

Noch fehlte die zweifelsfreie Bestätigung durch das BKA, ob es sich bei dem Toten tatsächlich um Holger Mandrak handelte. Doch das schien nur Formsache.

Levy beugte sich über den geöffneten Leib, der von einer braunschwarzen Haut zusammengehalten wurde. Das Gewebe wirkte pergamentartig, zundrig und roch stechend muffig. Die inneren Organe waren auf die Hälfte geschrumpft, die Haare rötlich verfärbt. Stockschläge, die über den ganzen Körper verteilt waren, zeichneten sich als schwarze Streifen ab.

Wer hat dich in deinem geheimen Versteck besucht?, fragte sich Levy. Wer konnte davon wissen, und warum hat er dir das angetan?

Du musst jemanden sehr verletzt haben. So sehr, dass es für dich keine Hoffnung auf einen schnellen Tod gegeben hatte. Hass konnte dahinterstecken. Hass, der lange vor dem Besuch angefangen und der viel Zeit zum Reifen benötigt hatte. Hass, der sich in der exzessiven Gewalt widerspiegelte.

«Er ist es», sagte Milanovic. «Die DNA stimmt mit dem Profil in der Sexualstraftäterdatei des BKA überein. Dieser Mann ist Holger Mandrak.»

Levy nickte zustimmend. «Und was war die Todesursache?»

«Bruch des fünften Halswirbels.»

«Wie wurde ihm die Verletzung zugefügt?»

«Kein Sturz, kein Schlag. Es schaut alles ganz danach aus, als hätte ihm jemand das Genick mit der Hand gebrochen.»

«So wie in einem Schwitzkasten?»

«Ja, mit einer schnellen und heftigen Drehung des Kopfes zur Seite.»

«Das heißt, es muss jemand mit großer physischer Kraft gewesen sein.»

«Ja, ansonsten wäre der normale Widerstand des Opfers zu groß. Doch hier kann es sich um eine Ausnahme handeln.»

«Du meinst, Mandrak war ohnmächtig?»

«Entweder das, oder er war betäubt.»

Levy schaute auf. «Wie kommst du darauf?»

«Die Kollegen haben Flunitrazepam nachgewiesen, das unter dem Handelsnamen Rohypnol bekannt ist.»

«K.-o.-Tropfen?»

Milanovic bestätigte. «Ja, ein Benzodiazepin, das für die Kurzzeitbehandlung von Schlafstörungen und in der Anästhesie verwendet wird.»

«Das kommt doch normalerweise nur in Kliniken zum Einsatz. Wie ist unser Täter an das Zeug gekommen?»

«Entweder hat er Zugriff darauf, weil er Patient, Arzt oder Apotheker ist, oder er hat es sich über den Schwarzmarkt besorgt.

Benzodiazepine werden in der Szene verwendet, um die beruhigende Wirkung von Heroin und Methadon zu verlängern oder um Kokain abzuschwächen. In Verbindung mit Alkohol setzt es die Hemmschwelle herab und kann zu

Amnesie führen. Daher wird es auch als Vergewaltigungsdroge eingesetzt.»

«Landau und Polykarp hatten aber keine Betäubungsmittel im Körper. Es bleibt dabei, oder?»

«Ja. Trotzdem können sie welche konsumiert haben. Bei einmaligem Gebrauch ist nahezu nichts nachzuweisen, weil es der Körper schnell abbaut. Bei Mandrak hatten wir Glück. Flunitrazepam bleibt länger im Körper als zum Beispiel GHB.»

«Wie wird es verabreicht?»

«Vor zehn Jahren waren die Tabletten noch farb- und geschmacklos und konnten daher leicht Getränken beigemischt werden. Ende der Neunziger änderte der Hersteller die Zusammensetzung, sodass sie im Getränk eine bläuliche Farbe aufweisen, klumpen und einen leicht bitteren Geschmack erzeugen. In einigen Ländern sind die alten Tabletten jedoch noch erhältlich und werden außerdem von einigen Generikaherstellern immer noch in der alten Form in den Handel gebracht.»

«Wenn ich also nicht gerade Wasser trinke, merke ich nicht, dass das Zeug in meinem Glas ist.»

«Richtig.»

«Wie lange hält die Wirkung an?»

«Schwer zu sagen. Kommt auf die Dosierung an. Wer zu viel davon erwischt, wacht nicht mehr auf.»

«Wie schnell tritt die Wirkung ein?»

«Nach etwa fünfzehn bis zwanzig Minuten, und je nach Dosis hält sie vier bis sieben Stunden an.»

Levy ging die mögliche Verabreichung des Betäubungsmittels in Gedanken durch. Der Täter mischte es dem Getränk des ahnungslosen Opfers bei. Danach hatte er eine Viertelstunde Zeit, das Opfer dorthin zu bringen, wo er es haben wollte. An einen Ort, wo er mindestens vier Stunden abwarten konnte, bis es aus dem Schlaf erwachte. Eine Kneipe eignete sich dafür kaum, sofern er nicht das letzte Bier des Opfers vorausahnen konnte.

Folglich hatte er sein Opfer schon an dem gewünschten Ort, wo die sich anschließende Tortur unbemerkt blieb. Das wiederum bedeutete, dass sich Opfer und Täter kannten beziehungsweise sich vertrauten.

Das Opfer war ahnungslos gewesen und fürchtete keinen Hinterhalt. Welche Beziehung hatten sie zueinander? Alte Freunde, Familienmitglieder, Kollegen?

«Was passiert, wenn das Opfer aus der Ohnmacht erwacht?», fragte Levy. «Ist es bewegungsunfähig?»

«Nein, wenngleich nicht sofort im Vollbesitz seiner Kräfte. Aber es kann sich wehren.»

«Dann muss noch etwas im Spiel sein. Wie sonst ist es zu erklären, dass er stundenlang Prügel über sich ergehen lässt?»

«Der Täter könnte zuerst auf die Arme und Beine eingeschlagen haben, solange das Opfer noch schlief. Bei allen drei Opfern habe ich zahlreiche Brüche festgestellt.»

«Das ist eine Möglichkeit, stimmt. Wenn unser Täter aber schon Zugriff auf Flunitrazepam hat, könnte dann nicht noch eine zweite Droge zum Einsatz gekommen sein, die ihn handlungsunfähig gemacht hat?»

«So wie ein Muskelrelaxans?»

«Ja.»

«Theoretisch. Er geht dabei die Gefahr ein, dass das Opfer erstickt, da unter anderem der Atemmuskel gelähmt wird. Außer, er setzt die Dosierung exakt. Dann wäre das Atmen noch möglich, aber eine Flucht nicht mehr durchführbar. Ich habe jedoch nichts Entsprechendes feststellen können.»

«Ich nehme an, es kommt auf die Substanz an. Wenn

es sich schnell im Körper abbaut, kannst du auch nichts finden.»

Milanovic stimmte zu. «Leider ja.» Er blickte zur Uhr. «Es ist Zeit. Wir sollten uns beeilen, bevor Hortensia nach uns suchen lässt.»

Levy nickte und ging mit ihm zum Aufzug. Die Fahrt führte sie in den vierten Stock. Das Team war zur allmorgendlichen Besprechung versammelt.

Während Milanovic die Ergebnisse der Obduktion präsentierte, versuchte Levy, sie im Kopf zu ordnen.

Welche neuen Informationen hatten sie dazugewonnen, seitdem die Leiche Mandraks aufgetaucht war, und wie passten sie zu Landau und Polykarp?

Ein Betäubungsmittel war ins Spiel gekommen.

Täter und Opfer mussten sich gekannt haben, unter Umständen sogar gut.

Folglich eine Beziehungstat und keine willkürliche Auswahl des Opfers. Um welche Beziehung handelte es sich hier?

Die Droge war am Tatort verabreicht worden, und der Täter hatte das Opfer bereits dort, wo er es haben wollte.

Wie passte das zusammen? Mandrak war ein verurteilter Sexualstraftäter im offenen Vollzug, Landau ein cholerischer und zu Wutanfällen neigender Egomane, der früher wegen versuchter und getätigter Vergewaltigung auffällig geworden war.

Polykarp. Was war mit ihm? Das Verletzungsmuster passte und wies auf dieselbe Hand hin, aber seine Vergangenheit blieb noch im Dunkeln. In der Logik und der Konsequenz müsste auch er Gewaltdelikte begangen haben. Waren sie sexueller Natur?

Vielleicht sollten sie die Liste der untergetauchten Straftäter überprüfen. Polykarp könnte zu ihnen gehören.

Und schließlich: Woher kannte der Täter alle drei Opfer? Was machte ihn zu einem vermeintlichen Freund, zumindest zu einem vertrauenswürdigen Bekannten?

«Levy», rief ihn Michaelis in die Gegenwart zurück. «Lässt du uns freundlicherweise an deinen Gedanken teilhaben?»

«Sicher», antwortete er ruhig und teilte seine Überlegungen dem Team mit. Am Ende kam er auf die für ihn entscheidende Frage: «Was verbindet diese zwei respektive drei Männer mit unserem Täter?»

«Vielleicht kannten sie sich», erwiderte Luansi Benguela.

«Möglich. Woher?»

«Mandrak saß in Ochsenzoll ein», fügte Naima hinzu, «und Landau in Münster. Wenig wahrscheinlich, dass sie sich über den Weg gelaufen sind. Nach meinen Recherchen wurde Landau auch nicht psychologisch behandelt, sondern verbüßte seine Strafe in einer normalen Justizvollzugsanstalt. Und über Polykarp wissen wir gar nichts.»

«Was ist mit einem Vollzugsbeamten, den sie gemeinsam hatten?», fragte Falk.

«Würdest du den als Freund oder Bekannten haben wollen?»

«Das ist nicht auszuschließen», sagte Michaelis. «Naima, überprüf das bitte.»

«Solange wir Polykarps Identität nicht aufgedeckt haben», sagte Levy, «suchen wir nach der Nadel im Heuhaufen. Ist sein Bild an alle Polizeiinspektionen gegangen?»

«Schon erledigt», antwortete Alexej Naumov. «Bis jetzt gab es keine Rückmeldung.»

«Wenn wir annehmen, dass auch er eine kriminelle Vergangenheit hat, dann müsste ihn doch irgendjemand erkennen.»

«Kommt darauf an, wie lange das her ist», erwiderte Luansi.

«Aber er müsste doch mittlerweile vermisst werden. Familie, Freunde, Kollegen. Niemand existiert in einem beziehungslosen Raum.»

«Die Vermisstendatei gibt dazu aber nichts her», entgegnete Michaelis. «Und solange das so ist, müssen wir mit dem klarkommen, was wir haben. Kannst du uns noch etwas zu deiner Theorie sagen, dass hier jemand Jagd auf Gewaltverbrecher macht?»

«Das steht alles noch auf wackligen Füßen», sagte Levy. «Lediglich Mandrak und Landau weisen diese Verbindung auf. Das kann Zufall sein.»

«Der Blitz schlägt nicht zweimal am selben Ort ein», sagte Falk Gudman. «Ich glaube nicht an Zufälle.»

«Womit wir wieder bei Mister X wären», sagte Naima. «Woher kannte er Mandrak und Landau?»

Jeder suchte für sich nach einer Erklärung.

«Gibt es womöglich eine Verbindung zwischen den Opfern?», warf Benguela in die Diskussion.

«Welchen Opfern?», fragte Michaelis.

«Mandraks und Landaus. Vielleicht vergingen sie sich an ein und derselben Frau?»

«Sehr gut», sagte Levy. «Das ist ein interessanter Ansatz. Haben wir was dazu?»

Michaelis verneinte. «Naima, übernimm das bitte.»

«Hat die Auswertung von Landaus Computer etwas gebracht?», fragte Levy.

«Nichts Auffälliges», antwortete Naumov. «Das meiste sind berufsbezogene Dateien. Der E-Mail-Verkehr spielte sich zwischen ihm und seinen Auftraggebern ab. Die Log-Dateien seines Browsers geben auch nicht viel her.»

«Welche Seiten hat er denn besucht?»

«Suchmaschinen, seine Bank, so was in der Art.»

«Überhaupt nichts Privates?»

«Doch, da war was. Lass mich nochmal nachschauen.» Naumov rief die Auswertung auf und las vor. «Zwei Einkäufe bei einem Online-Kaufhaus. Eine Taschenlampe Marke MagLite und einen Satz DVD-Rohlinge. Dann eine Seite eines Statikbüros, Baustoffe und dergleichen mehr. Und schließlich YouTube und Spaceweb.»

«Was ist das?», fragte Benguela.

«Das eine ist 'ne Datenbank für selbstproduzierte Videos und das andere eine Online-Community.»

«Hatte er bei Spaceweb ein Profil?», hakte Levy nach.

«Ich habe keine Zugangsdaten gefunden. Er kann die Website nur besucht haben.»

«Was ist Spaceweb?», fragte Michaelis.

«Eine Datenbank, die persönliche Profile ihrer User enthält», erklärte Alexej. «Eines der größten Netzwerke im Internet mittlerweile. Man kann dort Gleichgesinnte finden, neue Bekanntschaften knüpfen oder die Verwandtschaft grüßen.»

«Und das ist dir nicht aufgefallen?», warf Levy ihm vor.

«Was soll daran ungewöhnlich sein? Irgendein Pop-up oder ein Link von einer x-beliebigen Website führt dich dorthin, ob du das willst oder nicht.»

In Levy brodelte es. «Landau war auf Spaceweb, verdammt. Dort lernen sich Leute kennen.»

Michaelis schritt ein. «Beruhige dich. Alexej hat alle Hände voll zu tun. Kann sein, dass er etwas übersehen hat.»

«Aber nicht das. Daher können sich Mandrak, Landau und der Täter kennen. Das liegt doch auf der Hand.»

Was war plötzlich in ihn gefahren?, fragte sich Levy. Er spürte Wut. Woher kam dieses Gefühl so plötzlich? Sein

Verstand sagte ihm, mäßige dich, aber sein Blut kochte. Er spürte Hitze in sich aufsteigen.

«Geht es dir nicht gut?», fragte Michaelis.

«Doch», wehrte er ab, ohne die Worte an sich heranzulassen. «So gut, wie es nur gehen kann.»

Er stand auf und verließ den Raum. Draußen auf dem Gang atmete er tief ein und versuchte seinen Kreislauf wieder in den Griff zu bekommen. Es half nichts. Sein Herz schien ihm davonzugaloppieren.

Was war los?, hallte es durch seinen Kopf. Er hatte noch nicht mal die Zeit, die Frage zu beantworten. Die Gedanken überschlugen sich, schossen quer und liefen zerhackt wie in einem Musikvideo ab.

Verdammt, das Crystal machte mit ihm, was es wollte.

37

Levy klatschte sich eine Handvoll Wasser ins Gesicht. Die Neonbeleuchtung auf der Toilette tauchte ihn in ein fahles Licht. Seine Augen hatten jeden Glanz verloren, und er fühlte sich leer und verbraucht. Die Hitze, die ihn zuvor überfallen hatte, war der Kälte gewichen. Die Wassertropfen stachen wie Nadeln auf der Haut. Er wischte sie mit einem Papierhandtuch weg, wie ein Eiskratzer auf gefrorenem Glas.

Wie lange hatte er nicht mehr geschlafen?

Die Frage rauschte, einer Flipperkugel gleich, durch seinen Schädel. Kling. Tock. Kling. Nirgends fand sie Ruhe. Von einer Bande zur nächsten getrieben, schien sie lauter statt leiser zu werden. Das Zählwerk schnatterte die Punkte nach oben.

Er stützte sich mit beiden Händen auf das Waschbecken. Sein Herzschlag hatte sich beruhigt. Nun glaubte er ihn gar nicht mehr zu spüren. Die Augenlider wurden schwer. Er könnte auf der Stelle ins Bett fallen, ohne den Aufprall zu spüren. Die Systeme schalteten auf Notbetrieb.

«Alles okay?», fragte Alexej Naumov. Er schaute zur Tür herein.

Levy blickte zur Seite und nickte. «Bin gleich wieder so weit.»

«Was ist los mit dir?»

«Nichts, ich brauch nur noch 'ne Minute.»

«Du bist auf Droge, nicht wahr?»

«Wie kommst du darauf?»

«Ich bin nicht blind und keinesfalls unschuldig. Ich tippe mal auf Speed.»

Levy lächelte ihn müde an. «Du bist ein schlaues Kerlchen.»

«'ne Kippe?»

Alexej hielt ihm eine Schachtel hin.

«Nein, danke.»

«Nimm schon. Das hilft, glaub mir.»

Levy zog eine. Das Knistern der Flamme an der Zigarettenspitze vermittelte ihm eine Illusion von Wärme und Entspannung. «Wissen die anderen davon?»

«Ich denke nicht. Sie glauben, du hast wieder zu viel gesoffen.»

Ein zähes Grinsen mühte sich über Levys Lippen. «So leicht kann man sich täuschen. Aber dir scheine ich nichts vormachen zu können.» Er nahm einen Zug. «Tut mir leid wegen vorhin. Ich habe es nicht so gemeint.»

«Du musst dich nicht entschuldigen. Ich weiß, wie du dich fühlst.»

Levy blickte auf. «Tust du das?»

«Wenn es um die Droge geht, ja. Ansonsten weiß ich nicht, welcher Teufel dich reitet.»

«Das wüsste ich auch gern. Verdammt, ich fühl mich wie ausgekotzt.»

«Ein paar Wochen Schlaf könnten helfen.»

«So viel Zeit habe ich nicht.»

«Die Entscheidung triffst nicht du. Wenn du so lange wach bist, wie ich vermute, dann kommt der Hammer bald. Ist das Zeug, das du dir reinziehst, wenigstens sauber?»

«Ich hoffe es.»

«Wenn du auf Nummer sicher gehen willst, dann frag das nächste Mal mich. Meine Quelle hat ’nen akademischen Grad von der Uni in Sankt Petersburg. Feinste russische Qualität. Versprochen?»

Levy nickte und schnippte die Kippe in die Toilette. «Lass uns gehen, bevor die anderen auch noch ’ne Bestellung aufgeben.»

Als sie in den Einsatzraum kamen, gab er ihnen keine Chance, dumme Fragen zu stellen. Er sammelte alle Kraft und legte gleich los. «Ich schlage vor, dass wir Spaceweb auf ein Konto hin überprüfen, das Landau angelegt haben könnte.»

«Was versprichst du dir davon?», fragte Michaelis.

«Mit wem er in Kontakt stand, ob er bestimmte Vorlieben geäußert hat oder einfach nur, um zu sehen, ob die Spur was bringt.»

Michaelis wandte sich an Alexej. «Kriegen wir das hin?»

«Freiwillig werden sie keine Informationen herausrücken. Da brauchen wir einen richterlichen Beschluss. Davon abgesehen: Die Dateien von Spaceweb liegen nicht auf einem deutschen Server, sondern in Amerika.»

«Gut, dann stell ich einen Antrag bei der Staatsanwaltschaft, und die soll es dann an die Kollegen in Amerika weiterleiten.»

Benguela winkte ab. «Das führt doch zu nichts. Wir müssen uns langsam mal überlegen, ob wir an unserer Ermittlungsarbeit etwas ändern. Wenn du jedes Mal einen Staatsanwalt und Richter fragen willst, bevor du eine Information überprüfst, dann wachsen uns Bärte. Wir hinken nicht nur der Zeit, sondern auch der Technik hinterher.»

«Was ist eigentlich in dich gefahren?», konterte Michaelis. «Du kannst doch nicht alle Vorschriften und Gesetze über den Haufen werfen, um einem unbestätigten Verdacht nachzugehen.»

«Ich will ja auch nicht gleich das Grundgesetz aus den Angeln heben.»

«Das tust du aber. Es gibt ein Recht auf Schutz der Privatsphäre. Oder möchtest du, dass ein Kollege mir nichts, dir nichts in deinem Briefkasten herumschnüffelt?»

«Also», ging Gudman dazwischen, «was machen wir?»

«Es geht alles seinen korrekten Weg», sagte Michaelis.

«Schieb gleich die Überprüfung Polykarps hinterher», fügte Levy hinzu. «Anhand seiner biometrischen Daten können wir einen Abgleich mit den eingespeicherten Bildern der Nutzer machen.» Er blickte zu Naumov. «Das geht doch?»

Naumov bestätigte. «Ja, wenn das Gesicht von vorn aufgenommen ist, dann sollte das kein Problem sein. Außerdem gibt es da noch einen anderen Weg.»

«Lass hören.»

«Es gab da mal einen Fall in den USA, bei dem ein ehemaliger Hacker das Gleiche gemacht hat. Er hatte ein kleines Programm geschrieben, mit dem es möglich war, alle Profile auf MySpace zu scannen. Als Ergebnis hat er nahezu die komplette Datenbank rübergezogen.»

«War das legal?», fragte Michaelis.

«Damals schon, da er mit dem FBI zusammengearbeitet hat. In unserem Fall muss ja niemand davon wissen. Wir können das direkt hier am Rechner machen, ohne irgendwo einzubrechen oder einen Richter um Erlaubnis zu bitten. Dabei werden die Datensätze einfach vom Bildschirm gelesen und in einer neuen Datenbank abgelegt.»

«Ich weiß nicht …»

«Ich kann das nach Feierabend machen. Kein Problem. Weder für dich noch für uns.»

Michaelis wog das Risiko ab. «Was du in deiner Freizeit machst, liegt außerhalb meiner Befugnisse. Aber nicht hier, von deinem Rechner aus.»

Die Erleichterung war Benguela anzusehen. «Na also.»

Das Telefon klingelte. Falk nahm das Gespräch entgegen. Er hörte stumm die erhoffte Nachricht. Dann legte er auf.

«Wir haben Johanna identifiziert. Sie heißt Jette Friis und stammt aus Dänemark.»

38

Das habe ich nicht verdient. So zu sterben. Ich war dabei, ein Haus zu bauen.»

«Ums Verdienen geht es hier nicht.»

Dann schoss er ihm den Kopf weg.

Stephan drückte die Pausetaste auf der Fernbedienung. «Das ist mein Lieblingszitat», sagte er, spulte zurück und startete die Sequenz erneut.

«Ums Verdienen geht es hier nicht», wiederholte er synchron mit Clint Eastwood in *Erbarmungslos*. «Hey, was meinst du?»

Jenny saß auf der anderen Seite der Couch – nackt, geschunden und erschöpft.

«Gib mir was zu essen», sagte sie. «Bitte ...»

«Ums Verdienen geht es hier nicht. Ich habe lange nachgedacht, wieso Clint das sagt, genau das sagen muss. Es gibt keine andere Antwort als diese. Verstehst du? Little Bill hat es nicht einfach nur verdient zu sterben, er musste sterben. Am Ende seiner selbstgerechten Überheblichkeit stand der Tod. Zwangsläufig. Das ist weit mehr als nur Vergeltung oder Gerechtigkeit, es ist ... logisch.

Und dass ihn nur Clint killen kann, killen muss, ist genauso logisch. Er, der ehemalige Revolverheld und Auftragskiller, der sein Leben auf den Tod gebaut hat und glaubt, dass die Liebe zu seiner Frau und seinen Kindern ihn retten kann, scheitert. Muss scheitern, weil er erkennt, dass das Töten seiner Natur entspricht. Es ist das Einzige, was er wirklich kann. Den Tod schenken.

Es geht dabei um Gewalt – wie sie funktioniert, welche Dinge sie auslöst, wer sie beherrscht.

Leute sterben, wenn Gewalt ins Spiel kommt. Die einen haben es verdient, die anderen nicht. Egal, das ist nicht der entscheidende Punkt. Der, der den Finger am Abzug hat, entscheidet. Er hat die Macht in diesem Moment. Und er wendet sie an. Erbarmungslos. Das ist Wahrheit. Das ist Logik.»

Jenny konnte den Ausführungen nicht mehr folgen. Sie kippte zur Seite, auf Stephans Schoß. «Ich habe Hunger.»

Er stieß sie zurück. «Ich hatte mal eine Bekannte, Dimitra, eine ziemlich verrückte Nudel war das. Ich habe sie auf Kreta kennengelernt, als ich mal kurzfristig verschwinden musste. Sie sagte, es gäbe ein griechisches Sprichwort, das folgendermaßen lautet: Die Zunge hat keine Knochen, aber sie kann Knochen brechen.

Das stimmt. Wieder so ein Naturgesetz.

Hohn ist Gewalt in ihrer vollendeten Form. Und ihr Fotzen beherrscht das meisterhaft. Wenn ich nur daran denke ...»

Ohne einen Blick zu verschwenden, schlug er mit der Faust zu. Jenny fiel zu Boden. Er kümmerte sich nicht darum, sondern stand auf und nahm die DVD aus dem Laufwerk.

Dann startete er den Browser und loggte sich bei Spaceweb ein. Im Chat wurde er seinen Frust los.

Er schrieb: «Mir ist so langweilig. Oder bin ich nur enttäuscht? Ich spüre, dass ich keinen Gefallen mehr an meiner Freundin finde. Sie ist wie alle anderen zuvor. Wer weiß einen Ausweg?»

Scooter antwortete: «Vielleicht hast du dich weiterentwickelt?»

«Ein interessanter Gedanke.»

Lola antwortete: «Jedem Anfang wohnt ein Zauber inne. Orientiere dich neu.»

«Orientierung, ja. In welche Richtung?»

Lola antwortete: «Wenn nicht nach vorn, dann schau doch mal zurück. Wer weiß, woher er kommt, weiß, wohin er gehen muss. Mit wem warst du richtig glücklich?»

«Nadine. Das ist lange her.»

«Ruf sie an und sprich mit ihr. Finde heraus, was sie hatte und die anderen nicht.»

«Sie ist mit sechzehn gestorben ... Trotzdem eine gute Idee. Ich werde darüber nachdenken.»

39

In die Mailbox der Dienststelle Sexualstraftaten beim LKA Hamburg lief eine neue Nachricht ein. Sie stammte von einer besorgten Bürgerin, die auf einer Internetseite kinderpornographische Inhalte entdeckt haben wollte.

Kriminalkommissar Werner Droste öffnete den übersandten Link mit einem Klick. Der Browser brachte ihn zu einer Website für Kinderbekleidung. Allerdings gab es auf der Seite nichts zu kaufen, sondern nur anzuschauen. Unterschiedliche Stoffe, Farben und Kleidungsstücke konnten Kindern mit einem Klick an-, aber auch ausgezogen werden. Während des Kleiderwechsels standen die Kinder fast nackt auf dem Bildschirm. Auffällig war zudem, dass man sich als Kunde registrieren lassen musste, bevor man an die Unterwäsche für die Kleinen kam.

Droste rief über den Schreibtisch seinen Kollegen herbei. «Thorsten, komm mal. Das könnte interessant sein.»

Thorsten Waan stand von seinem Arbeitsplatz auf. Er ließ sich den Vorgang zeigen. «Wer ist der Anbieter?»

Droste musste ihn enttäuschen. «Kein Impressum. Die Site liegt auf einem Server im Pazifik.»

«Was gibt die Whois-Abfrage preis?»

«Eine Shelly Wilbur. Wohnhaft in Saint Helier auf Jersey, einer der Inseln im Ärmelkanal.»

«Jersey untersteht, soweit ich weiß, nicht dem englischen Parlament und gehört somit auch nicht zur EU. Oh, Mann, das ist aussichtslos. Schick den Link weiter ans BKA. Mal sehen, ob die damit etwas anfangen können.»

Thorsten Waan setzte sich wieder an seinen Computer. Vor ihm auf dem Bildschirm hatte er eine Gefahr, die weit näher war als ein Server für Kinderpornographie im Pazifik, so schlimm das auch sein mochte.

Der Mann hieß Sievert und wohnte in Hohenfelde, einem Stadtteil Hamburgs. Er war kürzlich aus Dortmund zugezogen. Gegen ihn war in den vergangenen zwei Jahren ermittelt worden. Der Vorwurf lautete auf Verdacht der sexuellen Nötigung. Die Ermittlungen waren vor einem Monat eingestellt worden, da ihm nichts nachzuweisen war. Kurz darauf hatte er den Wohnort gewechselt.

Thorsten kopierte die Daten auf den USB-Stick, zog ihn ab und ließ ihn in der Jackentasche verschwinden.

«Hier ist wieder eine Mail von dieser Familie Lüppertz», rief sein Kollege herüber. Thorsten erschrak für einen Moment, glaubte sich ertappt.

«Ja, was ist damit?»

«Sie wollen wissen, was aus ihrem Hinweis geworden ist.»

«Worum ging es da nochmal?»

«Die verschwundene Tochter. Der Fall Jannicke.»

Thorsten erinnerte sich. Jannicke, ein achtjähriges Mädchen, war vor vier Wochen im türkischen Antalya verschwunden, während die Eltern durch die Altstadt bummelten. Sie hatten sie, ihrer Aussage nach, für einen Moment aus den Augen gelassen, als sie mit einem Händler über den Preis eines Teppichs feilschten. Die umgehend eingeleitete Suchaktion war ergebnislos verlaufen. Im Zuge der Ermittlungen kam ein Kinderhändlerring ins Spiel, der sich auf Kinder von Touristen spezialisiert hatte. Die Kleine jemals wiederzufinden erschien den Behörden aussichtslos. In letzter Zeit hatte sich die Nachfrage bei kinderlosen Paaren und in der Kinderpornographiebranche erhöht. Doch das konnte man den Eltern nicht sagen. Noch nicht.

Vier Wochen war eine lange Zeit, dachte Thorsten. Vier Wochen waren achtundzwanzig Tage oder sechshundertzweiundsiebzig Stunden oder vierzigtausenddreihundertzwanzig Minuten der Ohnmacht, der Selbstvorwürfe, der Verzweiflung.

Er kannte diese Gefühle gut. In seinem Fall waren es zweieinhalb Millionen Sekunden, insgesamt neun Wochen, in denen seine Tochter verschwunden war. Von einer Sekunde auf die andere hatten sein altes Leben und das seiner Familie aufgehört zu existieren. Das neue begann mit derselben Dramaturgie wie bei den Lüppertz. Die aus dem Nichts hereinbrechende Ohnmacht machte ihn sprach- und handlungslos. Bevor er überhaupt begriffen hatte, was geschehen war, überfielen ihn Schuldgefühle und Wut, die aus ihm herausdrängte. Zuerst auf den Täter, dann auf sich selbst, weil er versagt hatte.

Blindwütig verfolgte er jede noch so abenteuerliche Spur. Egal, was ihm seine Kollegen rieten, nichts konnte ihn besänftigten. Er musste sie wiederfinden. Nicht die Kollegen, denn sie hatten damit nichts zu tun. Es war allein seine Aufgabe, seine ureigene Schuld. Sie trieb ihn in die Erschöpfung, die er sich nicht leisten konnte. Und wenn er doch eine Minute schlief, dann brachte ihn die Vorstellung, was in diesem und jedem weiteren Moment mit seiner Tochter passieren konnte, um den Verstand. Er hörte sie weinen und nach ihm rufen. Ihr Schreien drang ihm bis ins Mark und machte ihn schier wahnsinnig.

Seine Tochter rief nach ihm in jeder einzelnen dieser verdammten zweieinhalb Millionen Sekunden. Und er war zur Tatenlosigkeit verurteilt. Sofern es eine Hölle gab, dann war es diese. Einen Teufel fürchtete er seitdem nicht mehr.

An dem Tag, als er sie wieder in die Arme schließen konnte, fragte er nicht, was sie erlebt hatte. Er war einfach nur glücklich und erlöst, dass sie lebte.

Erst viel später fand er heraus, welche Hölle sie durchlitten hatte. Und wusste, dass er zu einem Mord fähig war.

40

Verdammt, wo steckte Katie nur?

Levy hatte sich durch die Straße gefragt. Eines der Mädels meinte, sie habe einen Tag freigenommen, ein anderes wollte sie ein paar Meter weiter in der Kneipe gesehen haben.

Es ging ihm nicht gut. Das Crystal hatte seine Wirkung eingebüßt, und der fehlende Schlaf der letzten Tage forderte seinen Tribut. Er war erschöpft und hätte auf der Stelle umfallen können. Wenn nur nicht diese Unruhe in ihm gewesen wäre. Sie hielt ihn davon ab, die Augen zu schließen, um sich dem Schlaf hinzugeben. Ein paradoxes Gefühl, todmüde zu sein, aber nicht schlafen zu können.

Alexej war nicht zu erreichen. Sein Angebot, für Nachschub zu sorgen, war die letzte Hoffnung gewesen. Er musste sich irgendwo zwischen Büro und Wohnung aufhalten. Levy würde es gleich noch einmal bei ihm versuchen. Er blickte sich um. Hatte er noch etwas zu Hause, was ihm Erleichterung verschaffte?

Der Kühlschrank. Eine Flasche Sauza müsste noch da sein.

Mit der geöffneten Flasche legte er sich ins Bett. Sie war bereits halb leer, als er die besänftigende Wirkung des Alkohols auf seine Unruhe spürte. Wie ein schwarzes, nasses Tuch würde der Tequila die Flammen unter sich ersticken. Er atmete erleichtert auf.

Doch nur für einen Moment. Im Dunkel der Wohnung meinte er ein Knarren der Tür zu hören. Er fuhr hoch, versuchte blinzelnd, etwas zu erkennen. Stand da jemand?

«Katie», rief er, «bist du das?»

Keine Antwort.

«Lass die Spielchen, Katie. Komm her.»

Niemand kam.

Er stand auf, nahm die Tequilaflasche als Schlaginstrument in die Hand und näherte sich vorsichtig der Tür.

«Bleib stehen, damit ich dich sehen kann.»

Seine Hand tastete sich an der Wand entlang zum Lichtschalter. Die Lampe gehorchte und antwortete mit einhundert Watt. Jetzt sah er noch weniger. Er schloss die Augen und schaltete die Lampe wieder aus.

«Wo bist du?», fragte er.

Langsam rückten die Umrisse der Wohnung wieder in seine Wahrnehmung. Er ging weiter, rüber zur Küche. Hier war niemand.

Dann das Badezimmer. Die kleine Leuchte über dem Waschbecken fiel ihm ein. Deren schummriges Licht konnte er riskieren und knipste sie an. Wie konnten vierzig Watt nur so hell sein? Ein kurzer Blick rundum musste genügen. Nichts.

Zurück im Wohnzimmer, sah er auf dem Computerbildschirm ein unbekanntes Bild. Es zeigte einen blutüberströmten Körper im Sand. Zahlreiche Hiebe hatten sein Fleisch freigelegt, seine Ferse war mit einem Pfeil durchbohrt.

Woher stammte die Aufnahme?

Er hatte sie noch nie gesehen, geschweige denn, dass er sie auf den Rechner gespielt hatte. Ein Rechtsklick auf den Desktop führte ihn zum Speicherort des Bildes. Die Datei hieß *Der tote Achill.*

Jemand musste in seiner Wohnung, am Computer gewesen sein, als er nicht da war.

Außer ihm, Michaelis und dem Hauswart hatte niemand einen Schlüssel. Michaelis konnte es nicht gewesen sein, sie hatte mit ihm bis vor einer Stunde noch zusammengesessen. Der Hauswart. Was hätte er hier gewollt?

Er baute eine Leitung nach draußen auf. Nach dem zweiten Klingeln ging der Hauswart ran.

Nein, er war nicht in der Wohnung gewesen, antwortete er. Und seiner Kenntnis nach auch sonst niemand.

Levy beendete das Gespräch und machte sich auf die Suche nach einem virtuellen Eindringling.

Nach einem Virencheck und einer Überprüfung der Firewall auf Funktionstüchtigkeit musste er erkennen, dass der Rechner unberührt schien.

Wie kam dann der tote Achill auf seinen Desktop?

Doch weit mehr als diese Frage begann ihn das Motiv zu beschäftigen. Der tote Achill, niedergestreckt vom Pfeil des Paris bei der Schlacht um Troja. Er hatte in dieser und in allen vorhergehenden Kämpfen gewütet, als wäre er der Raserei verfallen. Einzig seine Ferse, an der ihn seine Mutter in den Styx gehalten hatte, wodurch er unverwundbar geworden war, war die Schwachstelle an diesem perfekten Krieger gewesen. Nein, es gab noch eine zweite: die Liebe zur Sklavin Briseis. Sie hatte ihn schwach und verletzbar gemacht.

In einer anderen Version trug sie den Namen Polyxena, die jüngste Tochter des Königs Priamos von Troja.

Die Griechen hatten die Mauern der Stadt nur durch die List des Odysseus überwinden können, mit dem Trojanischen Pferd.

Wieder kehrten die Fernsehbilder, die er als Kind mit seinem Bruder Frank gesehen hatte, in sein Bewusstsein zurück. Er war damals der Achill im nachgestellten Spiel gewesen und Frank der verschlagene Odysseus.

Für das Trojanische Pferd hatten sie ein ausgedientes Schaukelpferd umfunktioniert. Und die Rolle der Briseis oder Polyxena blieb unbesetzt, Mädchen hatten in diesem Spiel nichts verloren.

Hatte sich daran bis heute etwas geändert? War er noch immer in der Rolle gefangen, die ihm sein Bruder zugedacht hatte?

Wenn ja, dann würde er bald einen hinterlistigen Tod sterben. Und sein Odysseus hieß Frank.

Wie tausendmal zuvor griff er nach der Flasche. Sie war leer. Beim Waffengang hatte er alles verschüttet.

Die Unruhe in ihm gewann wieder Oberhand. Er musste etwas dagegen unternehmen. Zuerst Alexej. Es klingelte. Die Mailbox meldete sich, sagte, dass Alexej zurückrufe, wenn eine Nachricht hinterlassen würde. Levy verzichtete darauf. Dafür hatte er keine Zeit. Er klopfte die Taschen nach Geld ab. Einen Zehner hatte er noch. Das sollte reichen, und er machte sich auf den Weg.

41

Falk Gudman studierte die Akte von Jette Friis, die ihm die dänischen Kollegen zur Verfügung gestellt hatten.

Jette war eine hübsche junge Frau gewesen. Blonde, schulterlange Haare, offene Augen, helle Bluse unter einem gestreiften, dunklen Blazer. Etwas zu businessmäßig für Falks Geschmack. Sie war zweiundzwanzig Jahre alt geworden, hatte das Studium der Betriebswirtschaftslehre absolviert und war auf der Suche nach einer Anstellung.

Der Termin im grenznahen Sonderborg war laut den Eltern vielversprechend gewesen. Sie hatte sich auf die Stelle einer Assistentin der Geschäftsleitung beworben. Bereits zwei Tage vor dem eigentlichen Termin hatte sie sich auf die Reise gemacht. Ihr Ziel war eine Freundin in Kiel gewesen, mit der sie studiert hatte. Sie wollten das Bewerbungsgespräch durchspielen, was die Freundin bestätigte. Am Tag des Termins in Sonderborg hatte sie sie zum Bahnhof gebracht und Jette im Zug davonfahren sehen. Danach verlor sich ihre Spur. Weder ein Schaffner noch ein Fahrgast wollten sich an Jette erinnern.

Das Handy, das sie mit auf die Reise genommen hatte, konnte bis heute nicht geortet werden. Laut Telefongesellschaft war die letzte Nachricht kurz vor der deutschen Grenze eingegangen. Sie stammte von einem Festnetzanschluss in Flensburg. Der Inhaber war der Wirt eines Cafés, der Apparat ein frei zugänglicher Münzfernsprecher im Gang zu den Toiletten. Das Gespräch hatte rund eine Minute gedauert. Wenig später verabschiedete sich das Handy aus dem deutschen Netz, ohne sich beim Grenzübertritt ins dänische einzuwählen. Entweder hatte sie es abgeschaltet, oder es war zu Bruch gegangen.

Dass die Suche dennoch jenseits der Grenze fortgeführt wurde, lag unter anderem daran, dass die Videokameras auf den Bahnhöfen entlang der Strecke Kiel–Flensburg keine Bilder von Jette eingefangen hatten. Sie hatte demnach den Zug nicht verlassen.

Falk blätterte weiter. Wie beschrieben die Eltern ihre Tochter? Er fand Worte wie strebsam, zuverlässig und aufgeschlossen. Von ihrem letzten Freund – einem Doktoranden an der Uni in Kiel – hatte sie sich zwei Jahre zuvor getrennt. Er war überprüft worden, sagte aus, dass er zu Jette seitdem keinen Kontakt mehr gehabt hatte.

Die befreundete Studienkollegin in Kiel charakterisierte sie als *committed* – Neudeutsch für karriereorientiert. Jette hatte neben ihrem guten Abschluss vor allem die Fähigkeit, sich auf die eine Sache – ihren beruflichen Werdegang – zu konzentrieren, während die anderen Kommilitonen auch mal eine Auszeit nahmen oder auf Partys gingen. Jette hingegen suchte Kontakt zu ihren Büchern oder, wie im Falle ihres Ex-Freundes, Menschen, die sie weiterbrachten. An etwas anderes war bei ihr nicht zu denken. Daher sei es für sie auch nicht nachvollziehbar, wieso Jette das Bewerbungsgespräch in Sonderborg habe platzen lassen. Es musste etwas passiert sein.

Falk Gudman wechselte zu den Aussagen der wenigen Bekannten, der Professoren und der Familienangehörigen. Sie wiederholten das bereits Bekannte. Er hatte es hier mit einer Streberin zu tun, die auf dem Sprung war, ihre Vorstellung von Karriere zu erfüllen – jung, dynamisch und bereit, dafür Opfer zu bringen.

Das machte sie sicherlich zum Ziel von Neid und Missgunst unter ihren Kommilitonen. Doch reichte das für einen Mord? Die dänischen Kollegen hatten keinen Verdächtigen dafür gefunden.

Und ihr Handy? Wieso war die Verbindung an der Grenze so plötzlich abgebrochen? Wollte sie sich auf das wichtige Vorstellungsgespräch vorbereiten, ohne gestört zu werden?

Der Anruf aus dem Flensburger Café. Die Kollegen konnten eine Vielzahl unterschiedlicher Fingerspuren feststellen. Doch was besagten sie? Nichts.

Der Inhalt des Telefonats. Hatte ihr Mörder sie dazu bewegt, das so wichtige Gespräch in Sonderborg abzusagen?

Kaum vorstellbar bei ihrem Charakterbild.

Gudman rieb sich die Stirn. Wie kam deine Leiche dann in den Hamburger Hafen?

Das war eine Entfernung von gut zweihundert Kilometern.

Was hat dich kurz vor deinem Ziel veranlasst, die Reise abzubrechen und nach Hamburg zurückzukehren? Oder bist du in Dänemark gestorben, und dein Mörder hat dich nach Hamburg gebracht? Wieso sollte er das tun?

Um deine Spuren zu verwischen, gab es eine Vielzahl anderer Möglichkeiten, die weit weniger aufwendig waren.

«Falk», hörte er seinen Namen. Er blickte auf. Ein Kollege wies ihn auf die neuen Vermisstenanzeigen hin, um die Luansi Benguela gebeten hatte.

Er nickte und rief die Dateien auf. Es waren insgesamt vier Personen, die in den letzten vierundzwanzig Stunden in und um Hamburg als vermisst gemeldet wurden.

Den Anfang machte ein Mann, Ende sechzig, geistig verwirrt. Es folgten eine Dreizehnjährige, die nicht von der Schule zurückgekehrt war, und ein weiterer Mann, dessen Ehefrau ihn das letzte Mal vor einer Woche gesehen hatte. Schließlich eine Frau, Anfang zwanzig, die nicht zur Arbeit erschienen war. Es war der dritte Tag. Die Familie wusste nicht, wo sich ihre Tochter aufhalten könnte.

Falk klickte die Datei an.

Das Bild zeigte das Bewerbungsfoto von Jennifer Warneke. Sie war neu in Hamburg und arbeitete als Product-Managerin bei einem Hamburger Unternehmen.

Je mehr er las, desto vertrauter kam ihm die Beschreibung vor. Jung, dynamisch, committed.

42

Luansi Benguela hatte sich immer gefragt, wie die Höhle eines Hackers wohl aussehen mochte. Er stellte sich zig Monitore vor, ebenso viele Rechner, Keyboards und Mäuse ineinander verknäult, Fast Food über den Boden verstreut und dergleichen mehr.

Er wurde nicht enttäuscht. Alexejs Folterkammer traf seine Vorstellung bis auf die leeren McDonald's-Schachteln recht genau. Stattdessen benötigte er eine Unmenge an Süßigkeiten und eine selbstgebaute Tüte mit Schwarzem Afghan, um die notwendige Konzentration herzustellen.

Das Licht war bis aufs Minimum gedimmt. Zum Einsatz kamen zwei Rechner, die die anstehende Arbeit erledigen sollten. Nummer eins durchsuchte die deutsche Subdomain von Spaceweb nach den gewünschten Profilen, Nummer zwei sollte die gewonnenen Bilder mit der Aufnahme Polykarps vergleichen. Dragan hatte ihnen alles Notwendige zur Verfügung gestellt.

«Ich bin so weit», sagte Naumov, nachdem er die Spaceweb-Seite im Browser aufgerufen hatte.

«Du bist sicher, dass das funktioniert?», fragte Benguela.

«Ich sehe keinen Grund, wieso nicht. Alles nur Bits und Bytes.»

«Na gut. Dann lass uns loslegen. Welche Informationen brauchst du?»

«Zurzeit sind mehrere Tausend User bei Spaceweb mit einem Profil angemeldet. Alle zu durchsuchen würde nicht nur dauern, sondern wäre auch ziemlich unsinnig. Um den Vorgang abzukürzen, werden wir unsere Suche nach Polykarp auf die bekannten Fakten beschränken.»

Er rief die erweiterte Suchfunktion auf. Auf dem Monitor erschien eine Eingabemaske, die verschiedene soziodemographische Auswahlmöglichkeiten bot.

«Beginnen wir mit dem Geschlecht. Wir suchen einen Mann. Deaktivieren wir also *Frau* und *Beides*.

Als Nächstes das *Alter*. Dragan schätzt Polykarp auf zirka dreißig. Richtig?»

Benguela vergewisserte sich in der Akte. «Ja.»

«Erweitern wir das auf fünfundzwanzig bis fünfunddreißig.»

«Wenn du meinst.»

Naumov ließ die Mörderdröhnung knistern und inhalierte tief. «Auch mal?»

Benguela lehnte dankend ab. «Weiß Hortensia, dass du Drogen nimmst?»

«So wie ihr Alkohol, Koffein, Tabak und was sonst noch an Muntermachern einwerft, um fit zu bleiben?»

«Okay, lass uns weitermachen.»

Naumov konzentrierte sich wieder auf die Eingabemaske. «Ob Polykarp Single oder verheiratet und weswegen er bei Spaceweb unterwegs war, lassen wir erst mal frei. Kommen wir zum Ort. Ich schlage vor, wir suchen nur nach Männern aus Deutschland, die ihr Profil mit einem Foto ausgestattet haben.

Und jetzt kommen wir zu einer interessanten Filterfunktion für unsere Zwecke. Wir können anhand einer Postleitzahl den maximalen Radius eingeben, in dem sich der Gesuchte befinden soll. Also für den Auffindeort der Leiche in Hamburg, beginnend mit der Postleitzahl 20095, soll Polykarp nicht weiter als hundert Kilometer entfernt gewohnt haben. Wenn der Filter zu eng gesetzt ist, können wir ihn später wieder erweitern.

Bleiben jetzt noch die persönlichen Informationen wie Ethnie, Figur und Größe. Laut Obduktionsprotokoll handelt es sich bei Polykarp um einen schlanken Europäer mit einer Körpergröße von …?»

«Eins zweiundachtzig.»

Naumov vervollständigte die Eingabe. «So, und wenn Polykarp jetzt ein ehrlicher Mensch war, sollten wir gute Chancen haben, ihn zu finden. Sofern er ein Profil und ein passendes Foto eingestellt hat.»

«Was meinst du mit *ehrlicher Mensch*?»

«Er könnte sich anders beschrieben haben, als er in Wirklichkeit war. Du kennst das doch aus den Bekanntschaftsanzeigen. Auf dem Papier ein Prinz, in der Realität ein Frosch.»

Naumov bestätigte die Suchanfrage mit einem Klick. Nach drei Sekunden erschien das Ergebnis. Vierzehn Treffer. Alle mit Foto, allerdings in unterschiedlicher Güte und Perspektive.

«Erkennst du ihn schon?», fragte Naumov.

Benguela studierte und verglich jedes einzelne Bild mit dem in der Akte. Zwei Fotos waren dabei, die eine Comic-Figur zeigten. Die restlichen waren brauchbar.

«Schwierig.»

«Dafür haben wir unsere Vergleichs-Software, frisch aus den Entwicklerstudios.»

«Wie bist du da rangekommen?»

«Frag nicht. Zuvor muss ich die Profile sichern. Dafür kommt dieses kleine Programm zum Einsatz.»

«Was macht es?»

«Es ruft jedes gefundene Profil auf und speichert es mit Bild und persönlichen Daten in einer Datenbank ab. Einfach und effektiv.»

Naumov drückte die Return-Taste, und los ging's. Profil um Profil wurde aufgerufen, eingelesen und abgespeichert. Der Vorgang dauerte keine Minute. Dann wandte er sich dem zweiten Computer zu, auf den er die biometrische Vergleichs-Software aufgespielt hatte. Eine Gesichtsaufnahme des toten Polykarp erschien auf einem der Monitore, kurz darauf legte sich ein rotes Gitternetz über die Aufnahme.

«Nahezu jedes Gesicht ist einzigartig», führte Naumov aus, «ähnlich den Fingerabdrücken. Es gibt verschiedene

Verfahren in der Gesichtserkennung. Ich fang mit dem elastischen Graphen an.»

«Ich hab schon mal davon gehört. Erklär's mir nochmal.»

«Mittels einer graphischen Analyse werden markante Stellen im Gesicht gesucht. Das sind unter anderem Nasen- und Kinnspitze, Augen, Mundwinkel, Haaransatz, Schläfen et cetera. Danach werden sie über Linien zu einem Gittermodell verbunden.

Die Software vergleicht dann das Gittermodell von Polykarp mit den Gittern der Bilder aus den Profilen. Was zum Schluss übrig bleibt, ist ein Maß für die Ähnlichkeit zweier oder mehrerer Gesichter. Alles klar?»

«Klar.»

«Gut, dann kann's losgehen.»

Naumov gab der Tüte den Rest und begann die Bilder in der Datenbank mit dem Bild Polykarps abzugleichen. Gitter um Gitter wurde erzeugt und legte sich wie von Geisterhand gesteuert auf das von Polykarp.

Wider Erwarten gestaltete sich das Unterfangen langwieriger, als Naumov gedacht hatte. Die erzeugten Gitter wollten einfach nicht passen. Er probierte ein anderes Vergleichsverfahren aus. Auch dieses brachte keine Übereinstimmung. Es folgte das nächste.

«Dann war das ein Schuss in den Ofen», sagte Benguela, der sich mittlerweile über die bereitstehenden Süßigkeiten hergemacht hatte. «Polykarp hat kein Profil bei Spaceweb. Schade.»

«Noch sind wir nicht so weit.» Naumov ging zurück zur Suchmaske und veränderte die Kriterien. Die Trefferanzahl erhöhte sich beträchtlich. Wieder begann er mit dem Verfahren der Gesichtserkennung. Das würde ein langer Abend werden.

Benguela machte es sich derweil in einem alten Ledersessel bequem. Auf einem Beistelltisch lag ein Kopfhörer. «Kann man damit Musik hören?»

Naumov nickte. «Was Bestimmtes?»

«Klassik oder etwas aus meiner Heimat.»

«Auf dem Bildschirm vor dir hast du eine Auswahl von fünftausend Internetradios von Spitzbergen bis zum Kap der guten Hoffnung. Such dir was aus.»

Benguela setzte den Kopfhörer auf und nahm das kabellose Keyboard zur Hand. Binnen kurzem wurde er fündig.

43

Das erste Mal in seinem Leben ließ Levy anschreiben. Der Ladenbesitzer hinter dem Tresen hatte genüsslich eine Art Machtpoker gespielt, bis er endlich für einen Zehner Einsatz zwei Flaschen Wodka rausrückte. Levy schwor sich, dass er die Schuld niemals begleichen würde. Sollte der Penner sehen, wie er zu seinem Geld kam.

Auf dem Weg in die Wohnung zurück ließ sich Levy nicht anquatschen. Im Treppenhaus holte er den Aufzug herunter. Als die Tür aufging, stand ihm Katie gegenüber.

«Wo bist du denn gewesen?», fragte er. «Ich such dich seit Stunden.»

Katie schien betrübt. «Ich habe Probleme.»

«Komm mit hoch und lass uns drüber reden.»

«Nein, du kannst mir nicht helfen. Es ist so ’ne Familiengeschichte, in die ich reingeraten bin. Ich bin gekommen, um mich für ein paar Tage zu verabschieden.»

«Musst du zurück nach England?»

«Vielleicht, ich weiß noch nicht.»

Eine Weile standen sie da. Keiner wusste, wie er mit dieser Situation umgehen sollte.

Katie zwang sich zu einem Geständnis. «Levy, es tut mir leid, dass ich dir das Crystal gegeben habe. Es ist nicht gut für dich.»

«Was redest du da? Das Zeug ist hervorragend. Ich kann endlich wieder klar denken und brauch keinen Alkohol mehr.»

Katie blickte auf die Flaschen in seiner Hand.

Levy kam ihr zuvor. «Das ist nur, weil ich nichts mehr bekommen habe. Der Schnaps soll nur die Zeit überbrücken.»

«Die Droge macht dich wahnsinnig. Glaub mir.»

«Ich komm damit klar. Ehrlich. Ich bin schließlich Psychologe. Ich weiß, was geht und was nicht.»

«Du verlierst deinen Verstand. Am Anfang katapultiert dich das Crystal in die Höhe, aber dann verlangt es seinen Tribut. Es ist stärker als du.»

Levy nahm sie in die Arme. «Mach dir keine Sorgen. Ich habe alles unter Kontrolle. Hast du was dabei?»

Sie stieß ihn zurück. «Siehst du? Du denkst nur noch ans Crystal. Es ist ja noch schlimmer, als ich dachte.»

«Ist es nicht. Du machst dir unnötig Sorgen. Ich brauch nur noch einen Trip, um die Sache abzuschließen, an der ich gerade arbeite. Dann ist Schluss. Versprochen.»

Aus Katies Augen traten Tränen. «Du hast keine Ahnung.»

Sie griff in die Handtasche und holte eine kleine silberne Dose hervor. «Bring dich um, wenn du unbedingt willst. Aber ohne mich.»

Das Schatzkästlein flog in eine Ecke, und das Pulver verstreute sich über den Fußboden. Levy ging auf die Knie und versuchte, das Crystal mit den Händen zusammenzukehren. «Was machst du da?»

Von oben hörte er ihre Stimme, bevor sich die Tür öffnete und sie in die Dunkelheit verschwand. «Mach's gut.»

«Warte», rief er ihr nach.

Anstatt sie aufzuhalten, beförderte er den Engelsstaub Häufchen für Häufchen wieder zurück in die silberne Dose.

Eine halbe Stunde später fand er sich entspannt und hochkonzentriert an seinem Arbeitsplatz wieder. Crystal und Schnaps waren nicht die besten Freunde, das wusste er, doch das kümmerte ihn nicht weiter.

Noch immer hatte sich Alexej auf seine Anrufe nicht gemeldet. Verdammt, wo trieb sich der Junge nur herum? Er verdrängte den Gedanken, er war ja versorgt.

Als Erstes würde er das Bild des toten Achill von seinem Desktop löschen. Die Aufnahme irritierte ihn zunehmend, ohne dass er sagen konnte, warum. Es hatte irgendetwas in seinem Unterbewusstsein in Gang gesetzt. Er spürte eine undefinierbare Furcht, die das Crystal jedoch in den Griff bekam, je weiter es sich in seinem Körper ausbreitete.

Wo war er mit seiner Arbeit stehengeblieben?, fragte er sich. Die Antwort kam postwendend. Alexej sollte die Spaceweb-Profile nach Landau und Polykarp überprüfen. Hatte er inzwischen etwas herausgefunden? Solange sich Alexej nicht meldete, blieb die Frage unbeantwortet.

Was konnte er in der Zwischenzeit tun?

Er ging in Gedanken die neuen Erkenntnisse des Tages durch. Da war die Obduktion Holger Mandraks mit dem Ergebnis, dass er das gleiche Verletzungsmuster wie Landau und Polykarp aufwies und darüber hinaus eine Droge namens Flunitrazepam im Körper hatte. Es wurde als Beruhigungsmittel, aber auch als Vergewaltigungsdroge eingesetzt. Mandrak starb durch ein gebrochenes Genick, offensichtlich mittels Körperkraft beigebracht. Wenn der zeitliche Ablauf stimmte, geschah dies am Ende der Flagellation. Mandrak musste zu diesem Zeitpunkt völlig handlungsunfähig, aber bei Bewusstsein gewesen sein. Dennoch gab es im Hals- und Schulterbereich genügend Muskulatur, um sich gegen einen Genickbruch zu wehren. Diese natürliche Blockade zu überwinden erforderte Kraft und/oder Technik. In der Nahkampfausbildung wurde diese zweifelhafte Fertigkeit vermittelt.

Apropos zeitlicher Ablauf. Wenn Landau das letzte Opfer war, Polykarp das zweite und Mandrak das erste, dann sollte er in die Vergangenheit zurückgehen und sich nochmals die damaligen Umstände von Mandraks Freigang anschauen. Er hatte den gutdokumentierten Fall auf der Festplatte.

Mandrak, Holger, 1969 in Siegburg geboren, Beruf: Raumausstatter, vor seiner Ergreifung in Norderstedt tätig, wurde am 28. Oktober 1994 auf Anweisung des OLG Hamburg in die Psychiatrische Klinik in Hamburg-Ochsenzoll eingewiesen. Es wurde ihm mehrfache Vergewaltigung und Menschenraub in sieben Fällen zur Last gelegt. Besonders schwer wog die Anschuldigung, sich an zwei Mädchen im Alter von zwölf und dreizehn Jahren vergangen zu haben. Er hatte sie über Tage und Wochen in seinem Keller mehrfach missbraucht und misshandelt.

Der Gutachter hatte ihm bei der Verhandlung eine kombinierte Persönlichkeitsstörung attestiert, wobei die narzisstische Devianz im Vordergrund stand. Er sei zum Zeitpunkt seiner Taten vermindert schuldfähig gewesen.

Mandrak hatte zur Prozesseröffnung eine traurige Berühmtheit erlangt, da er aufgrund seiner Maskierung während der Vergewaltigungen in den Medien als Bettman apostrophiert wurde. Sein Licht flackerte nach zwölf

Jahren erneut auf, als er vom geschlossenen Vollzug in den offenen überführt wurde. Ein TV-Magazin hatte sich seines Falls angenommen und im Vorfeld für eine gnädige Stimmung in der Öffentlichkeit gesorgt. Diese änderte sich schlagartig, als Mandrak vom Freigang nicht mehr nach Ochsenzoll zurückkehrte und seitdem verschwunden blieb. Man vermutete ihn im Ausland. Ein Mitinsasse hatte von entsprechenden Plänen Mandraks berichtet.

Gegen die Resozialisierungsmaßnahme des Freigangs hatten sich die Angehörigen der Opfer zur Wehr gesetzt. Sie sammelten Unterschriften, führten Infoveranstaltungen über rückfällige Sexualstraftäter durch und meldeten sich in den Medien zu Wort. Vergebens, wie sich zeigte. Mandrak durfte tagsüber die Anstalt verlassen, um einer Tätigkeit in einer Schreinerei nachzugehen.

Ziel seiner Attacken waren junge Frauen zwischen siebzehn und einundzwanzig Jahren gewesen. Er hatte ihnen in einem Park aufgelauert, sie in eine vorbereitete Kiste eines Lieferwagens gezwängt und sie in seine Wohnung verschleppt. Über eine versteckte Bodentür in der angrenzenden Werkstatt gelangte man in einen Raum, der früher als Lager benutzt wurde. Dort konnte Mandrak nach Belieben und ungestört seine perfiden Phantasien ausleben.

Strafmildernd wurde ihm angerechnet, dass er den Frauen zwar mit dem Tod gedroht hatte, wenn sie ihn anzeigen würden, es letztlich aber doch nicht in die Tat umgesetzt hatte. Im Vergleich zu anderen Straftätern dieser Kategorie war das tatsächlich die Ausnahme. Er wollte nur seinen Spaß, wie er versicherte, und früher oder später hätten die Frauen es ja auch gewollt.

Als er ihrer überdrüssig wurde, schaffte er sie auf dem gleichen Weg nach draußen und entließ sie gefesselt auf einem Parkplatz nahe der A7.

Warum sich Mandrak schließlich von seinem favorisierten Opfertyp, Frauen um die zwanzig Jahre, abwendete und sich Mädchen suchte, blieb bis zum Schluss sein Geheimnis. In der Therapie hatte er sich nur einmal kurz dazu geäußert. Er habe sich weiterentwickelt, sagte er, auf der Suche nach Unschuld. Später widerrief er dies und schwor glaubhaft der Anwendung von Gewalt ab. Er sei durch die Gespräche mit den Psychologen einsichtig geworden und bereue seine Taten zutiefst. Er wünschte, er könnte alles ungeschehen machen und das Leid, das er über die Opfer und Familien gebracht habe, tilgen.

Das war ein interessanter Kurswechsel, sagte sich Levy. Wieso hatte sich Mandrak Mädchen zugewandt?

Hatten die Mädchen unter Umständen Merkmale erwachsener Frauen? Hatten sie vermeintliche Signale ausgesendet, die er missdeutet hatte? Befand er sich womöglich in einer Regressionsphase – einem unbewussten Rückzug auf eine frühere Entwicklungsstufe des Ichs, in der ein bestimmtes Verhalten noch funktionierte –, die er dann auf seine Opfer projizierte?

Levy wechselte hinüber zu den Aufnahmen der beiden Mädchen. Er musste wissen, wie die beiden aussahen.

Die zwölfjährige Silke J. war ein normal entwickeltes Mädchen mit blonden, glatten Haaren bis zu den Schultern. Am Tag ihrer Entführung trug sie ein knielanges Röckchen mit Paillettenbesatz, ein rosafarbenes T-Shirt ohne Aufdruck und weiße Sandaletten. Sie war mit dem Fahrrad in den späten Nachmittagsstunden zu einer Freundin unterwegs, als ihr Mandrak in einer Seitenstraße auflauerte. Er beschrieb die Auswahl des Opfers als zufällig, nicht geplant. Ein Impuls hatte sich gemeldet, dem er blind gehorchte. Auch später in der Therapie wollte er keine genaueren Angaben machen, außer dass die Kleine ihn angelacht habe. Das sei ein unmissverständliches Signal für ihn gewesen.

Bei der dreizehnjährigen Lilith W. wollte sich Mandrak das erste Mal sicher gewesen sein, dass er eine neue Ebene seiner Wunschvorstellung erreicht habe. Die Kleine trug lange, rotgewellte Haare, die mit ihrer auffallend hellen Haut eine unbeschreiblich attraktive Verbindung eingegangen waren. Er habe sie mehrfach beobachtet, bevor er zugriff. Sie schien für ihn wie ein Wesen aus einer anderen Welt zu sein – unnahbar, verführerisch, sündig.

Als er sie dann in seinem Keller nackt sah, soll er von ihrer Schönheit überwältigt gewesen sein. Sie habe er daher auch nicht nach wenigen Tagen gehen lassen, mit ihr wollte er bis zum Schluss zusammenbleiben.

Was er unter Schluss verstand, konnte er nicht beantworten.

Liliths Martyrium hatte neun Wochen gedauert, bis ihr die Flucht gelang. Mandrak hatte übersehen, dass die kleine Lilith mit einem Stück Tesafilm den Schließmechanismus des Türschlosses manipuliert hatte. Sie brauchte nur abzuwarten, bis Mandrak am Morgen zur Arbeit fuhr, um die Tür aufzustoßen und in die Freiheit zu gelangen.

Bei der Aufnahme im Krankenhaus machten die Ärzte eine bestürzende Entdeckung. Mandrak hatte sein Opfer nicht nur missbraucht, sondern ausgiebig misshandelt. Auf ihrer weißen Haut fanden sich Striemen und Blutergüsse.

Welcher Art waren die Verletzungen?, fragte sich Levy. Er durchsuchte den Bericht nach genaueren Angaben, fand aber keine.

Später hatte sie ausgesagt, dass Mandrak auf sie eifersüchtig gewesen sei und sie deshalb oft verprügelte. Danach tat es ihm leid, und er wollte Versöhnung. Sie musste ausdrücklich wiederholen, dass sie ihm verzeihe, und als

Zeichen ihres guten Willens sollte sie ihm gefügig sein. Ein schwacher Mensch sei er gewesen, sagte sie. Irgendwie bemitleidenswert schwach.

Levy merkte auf. Wie hatte sie ihn beschrieben? *Bemitleidenswert schwach*?

Er musste mehr über diese Dreizehnjährige erfahren. Wo waren die psychologischen Gutachten? Nicht hier, nicht in diesem Bericht. Dieser Fall war bestimmt in den forensischen Fachzeitschriften dokumentiert. Dort wollte er suchen. Vor über einem Jahrzehnt, im Jahr 1994 und folgende.

44

Ich habe mir die Daten zu diesem Sievert besorgt», sagte Thorsten Waan ins Telefon. «Was können Sie mir zu ihm sagen?»

Am anderen Ende der Leitung hatte er ein besorgtes Vereinsmitglied aus Dortmund, das ihn auf den Fall Sievert aufmerksam gemacht hatte.

«Wir haben ihn seit zwei Jahren unter Beobachtung», antwortete die Frau, «und er zeigt alle Anzeichen, dass er sich für alleinstehende Frauen interessiert, die er in VHS-Kursen trifft.»

«Das ist nicht außergewöhnlich und vor allem nicht strafbar.»

«Haben wir zuerst auch gedacht, bis wir besorgte Anrufe dieser Frauen bekommen haben. Sie berichteten, dass sich Sievert nachts vor ihrer Wohnung herumgetrieben habe. Als sie ihn darauf ansprachen, habe er es entweder abgestritten oder es als Zufall hingestellt. Er sei spazieren gewesen.»

«Sie können sich geirrt haben, oder es war wirklich Zufall.»

«Zwei Frauen behaupten, er sei in ihre Wohnung eingedrungen, während sie bei der Arbeit waren.»

«Beweise?»

«Durchwühlte Garderoben, fehlende Unterwäsche, offenstehende Türen.»

«Das sind keine Beweise. Was haben die Kollegen vor Ort in Erfahrung gebracht?»

«Sie haben mit ihm gesprochen. Aber er hat alles abgestritten.»

«Sind die verschwundenen Wäschesachen wieder aufgetaucht, ich meine, in seiner Wohnung?»

«Nein, so unvorsichtig ist er nicht. Er muss ein Versteck haben. Wir konnten es bislang nicht ausfindig machen.»

Thorsten dachte nach. Das war nicht viel. «Was hat es mit der sexuellen Nötigung auf sich? Deswegen wurde doch gegen ihn ermittelt.»

«Eine verworrene Sache. Die Frau hatte sich kurz vorher von ihrem Mann getrennt und war nach Dortmund gezogen. Sie arbeitete in einem Friseursalon, wo sie ihn das erste Mal traf. Er kam als Kunde rein und ließ sich von ihr die Haare schneiden. Sie kamen ins Gespräch, sie erzählte von ihrem Umzug und dass sie neu in der Stadt war. Er machte auf verständnisvoll, ging aber nicht weiter darauf ein.

In der Folgezeit fühlte sie sich beobachtet, konnte aber den Verdacht nicht präzisieren, bis sie eines Samstagnachts aus der Kneipe nach Hause kam. Er passte sie am Eingang ab und zog sie ins angrenzende Waldstück. Sie wollte schreien, aber er hielt ihr den Mund zu und drohte sie umzubringen, wenn sie nicht stillhielt. Zum Glück befand sich eine Frau auf dem Balkon, die dort rauchte. Sie rief ihren Mann zu Hilfe. Als er an der Stelle eintraf, hatte Sievert aber schon das Weite gesucht. Die Frau kam mit dem Schrecken davon.»

«Wie kam sie darauf, dass es sich um Sievert handelte? Hat sie ihn erkannt?»

«Nein, dafür war es zu dunkel. Aber seine Stimme. An die will sie sich erinnern. Zudem glaubt sie, dass er in dieser Nacht in derselben Kneipe war.»

«Zeugen?»

«Nein.»

«Und die Polizei? Was konnte sie ermitteln?»

«Zwei Stunden nach dem Vorfall standen sie vor seiner Tür. Er will den ganzen Abend zu Hause am Fernseher verbracht haben und sei dann ins Bett gegangen.»

«Gab es Spuren an seiner Kleidung?»

«Nicht an der, die sie vorgefunden haben.»

«Sie meinen, er hat sich umgezogen und die alten Kleidungsstücke entsorgt?»

«Ja, die Frau will sich an einen Wollpullover erinnern, den er zur Tatzeit getragen haben soll. Den haben sie in seiner Wohnung jedoch nicht gefunden. Auch die Hose und die Schuhe nicht.»

«Hatte er eine Möglichkeit, sie schnell loszuwerden?»

«In seinem Mietshaus gibt es noch eine alte Heizölanlage. Das hat die Polizei aber erst später festgestellt. Da war es zu spät.»

«Und am Tatort? Fußabdrücke, Haare, Speichel?»

«Nichts. Der Boden war durch die Sonne der letzten Wochen ausgedörrt und hart. An der Kleidung der Frau konnte man auch nichts finden. Es war wie verhext.»

«Also, außer der Aussage der Frau, dass sie seine Stimme erkannt haben will, gibt es nichts, was auf Sievert hinweist?»

«Nein, bis letzte Woche eine Frau zu uns kam und von

einem Guckloch in ihrem Badezimmer berichtete, das sie beim Putzen entdeckt hatte. Der Luftschacht liegt hinter einem Gitter, und sie hat dort eine Vorrichtung mit einem kleinen Spiegel gefunden. Denselben Schacht teilen sich vier Wohnungen, und eine davon ist die von Sievert. Sie hat sich an die Ermittlungen gegen ihn erinnert und die Polizei informiert. Aber die konnten an der Vorrichtung nichts nachweisen. Außerdem ist die Wohnung kurz nach seinem Wegzug neu vermietet worden.»

Thorsten Waan ließ sich die Informationen durch den Kopf gehen. Daran war nichts konkret, alles fußte auf Vermutungen, zweideutigen Hinweisen, nichts, woran er ansetzen konnte. Dennoch, er versprach, Sievert im Auge zu behalten, und beendete das Gespräch.

Er schaute auf den Computerbildschirm vor ihm. Welche Schritte waren notwendig? Zuerst suchte er nach einem Mitglied in der Nähe von Sieverts neuer Wohnung in Hohenfelde. Ja, da gab es jemanden, der nur eine Straße weiter wohnte. Seine Tochter war nach einem Diskobesuch nicht mehr nach Hause gekommen und wurde seitdem vermisst. Er schickte ihm Bild, Name, Adresse und die Vorgeschichte Sieverts. Die Wohnung musste überwacht werden. Eine Webcam mit Transmitter war vorrätig.

Als Nächstes benötigte er Zugang zu seinem Telefon. In Sieverts Bezirk war Hendrik für die Telekommunikation zuständig. Niemandem würde der zusätzliche Draht innerhalb der Verteilerbox im Keller auffallen. Hendrik – der liebenswerte Kerl, der seit der schweren Körperverletzung die Sehkraft auf einem Auge eingebüßt hatte. Die einzige Verfehlung, der er sich jemals schuldig gemacht hatte, war, homosexuell zu sein.

Schließlich brauchte er einen Lockvogel. Mal sehen, ob Sievert wirklich der war, der er den Vorwürfen nach zu sein schien. Laut Beschreibung suchte er alleinstehende Frauen, die er zuvor beobachten konnte. Thorsten startete eine Suchanfrage in der Datenbank der Weißen Lilie.

Schnell hatte er sie gefunden. Michaela. Sie wohnte nur ein paar Blocks entfernt in Borgfelde. Am besten sollte sie ihm beim Einkaufen über den Weg laufen und der Kassiererin ein paar oberflächliche, aber für Sievert vielversprechende Informationen mitteilen. Michaela hatte ihren Mann im letzten gemeinsamen Urlaub in Miami verloren. Sie wussten nicht, dass sie in jenem Stadtteil auf gar keinen Fall einen Abendspaziergang unternehmen durften. Der Mörder war keine sechzehn Jahre alt gewesen und glaubte einen schnellen Dollar für seinen Crack-Nachschub machen zu können. Michaela hatte Glück gehabt. Die Kugel verfehlte die Hauptschlagader nur knapp.

Von hinten spürte Thorsten eine Hand auf der Schulter. «Es ist spät», sagte Greta Harmstorf, «geh nach Hause. Lili wartet bestimmt auf dich.»

«Ich will das nur schnell fertig machen.»

«Wer ist der Kerl?»

«Ein neues Raubtier.»

45

Sebastian schrieb: «Das sind tolle Fotos. Bist du das wirklich im Bikini am Strand? Kein Fake?»

Sternenstaub antwortete: «Danke, so sehe ich tatsächlich aus. Nur du bekommst die zu sehen. Okay?»

«Versprochen. Wobei, man müsste die wirklich an den *Playboy* schicken. Die Posen sind echt professionell.»

«Untersteh dich. Wenn die mein Vater sieht ...»

«Liest er so ’nen Schmuddelkram?»

«Keine Ahnung. Seine Freunde vielleicht. Wieso wolltest du eigentlich die Fotos?»

«Nur so, damit ich mir ein besseres Bild von dir machen kann.»

«In meinem Profil habe ich mich doch ausreichend beschrieben.»

«Mich interessiert, worüber du nicht schreibst.»

«Als da wäre?»

«Deine Geheimnisse, deine Phantasien, die verbotenen Wünsche.»

«Und die siehst du auf den Fotos?»

«Ja.»

«Quatschkopp.»

«Echt. Ich erkenne da noch jemand anders als die, die sich Sternenstaub nennt. Wie lautet dein Real Name?»

«Nicht so schnell. Zuvor will ich hören, was du in den Bildern über mich siehst.»

«Ein Mädchen, das auf dem Sprung zur Frau ist. Sie hat schon einiges erlebt. Ich behaupte, dass da etwas ist, das dich von anderen Frauen grundsätzlich unterscheidet. Eine ganz bestimmte Erfahrung. Keine gute.»

«Nicht schlecht. Applaus.»

«Also: Was ist dein Geheimnis?»

«Wenn ich dir das verrate, macht das keinen Spaß mehr. Das musst du schon selbst herausfinden.»

«Wie?»

«Lass dir was einfallen.»

«Hm, schwierig. Wie wär’s mit einem Date?»

«Hoppla.»

«War nur ein Vorschlag. Wir können aber auch die nächsten Monate nur chatten, wenn dir das lieber ist.»

«Irgendwie schon und irgendwie … ich weiß nicht.»

«Du traust mir nicht. Stimmt's?»

«Jein.»

«Hör mal, ich könnte dein Vater sein.»

«Eben.»

«Was, *eben*?»

«Na ja, es ist schon etwas ungewöhnlich, dass sich ein Mann Mitte dreißig mit einer Sechzehnjährigen über solche Sachen unterhält. Dann wolltest du auch noch Nacktfotos. Schon etwas seltsam. Findest du nicht?»

«Ich bin sexuell völlig normal und ausgeglichen, wenn du das meinst. Außerdem waren das keine richtigen Nacktfotos. Du hattest ja noch alles an. Am Strand oder in der Sauna sehe ich mehr.»

«Was interessiert dich dann an mir?»

«Der Mensch, der hinter Sternenstaub steht.»

«Da steckt nicht viel dahinter. Du wirst enttäuscht sein.»

«Untertreib nicht. Wenn ich mir die anderen Profile anschaue, dann ragst du wie ein Komet heraus.»

«Kometen verblassen schnell.»

«Nicht alle. Einige kommen immer wieder aus den Tiefen des Alls. Sie waren nie weg, sondern sind immer da. Sie ziehen ihre Bahnen nur in anderen Galaxien. Du bist so einer. Hell leuchtend durch die Nächte des grenzenlosen Raums.»

«Ein Poet, schwärm. Du weißt, wie man Frauen bequatscht.»

«Ich bin nur ehrlich.»

«Hm … okay. Wie wär's mit morgen?»

«Gern. Irgendwo an einem öffentlichen Ort, wenn es dich beruhigt.»

«Abgemacht. Wie erkenne ich dich?»

«Keine Sorge. Ich finde dich.»

46

Luansi Benguela döste im Sessel, auf den Ohren den Kopfhörer, aus dem noch immer das Programm von Radio Africa erklang.

«Wach auf», sagte Alexej Naumov und schüttelte ihn an der Schulter. «Ich hab ihn.»

Benguela öffnete langsam die Augen. «Ich schlafe nicht, ich meditiere. Wen hast du?»

«Polykarp natürlich.»

«Lass sehen.» Er stand auf und ging zum Computer.

Naumov deutete auf den Monitor. Das Bild eines bärtigen Mannes mit ungekämmten Haaren war zu sehen, das nur wenig über sein Alter aussagte. Benguela verglich es mit der Aufnahme aus der Gerichtsmedizin. Über dem Bild stand der User-Name *Gipfelstürmer*. «Wie kommst du darauf, dass das Polykarp ist? Ich kann keine Ähnlichkeit erkennen.»

«Aber das Programm. Die Vergleichswerte stimmen bis auf einundneunzig Prozent überein. Abstand der Nasenspitze zu den Augen, Position der Augen und so weiter. Passt alles.»

«Aber da steht *Gipfelstürmer*. Wie heißt er denn nun richtig?»

«Keine Ahnung. Er verwendet einen Alias.»

Benguela war wenig begeistert. «Nun gut, dann wissen wir zumindest, wo wir ihn zu suchen haben. Wird der Anbieter seinen wirklichen Namen preisgeben?»

«Wahrscheinlich nicht, und wenn, dann nur nach monatelangen Streitigkeiten. Aber vielleicht gibt es einen anderen Weg.»

«Ich liebe es, wenn du das sagst.»

Naumov scrollte das Profil Polykarps am Monitor nach

unten. Seine sogenannten Friends – andere Spaceweb-Mitglieder, die ihm freundschaftlich verbunden waren – tauchten auf. Sie erschienen mit Bild und Kommentar.

«Diese Leute könnten ihn aber kennen», sagte er. «Wenn du die Kommentare liest, dann wird klar, dass ihn ein paar Leute getroffen haben müssen. Besonders die zwei.» Er rief deren Profile auf den Schirm. «*Achttausender* und *K2* nennen sie sich.»

«Auch wieder nur Aliase.»

«Ja, aber sie leben noch und haben eine E-Mail-Adresse angegeben. Das heißt, wir können sie anschreiben und sie bitten, sich mit uns in Verbindung zu setzen.»

«Sehr gut.»

«Das ist aber noch nicht alles.»

«Ich bin gespannt.»

«Du fragst dich sicherlich, wie ich Polykarp gefunden habe.»

«Eigentlich nicht. Hauptsache, du hast ihn aus diesem Sammelsurium herausgefischt, sofern er es wirklich ist.»

«Ich war ziemlich genervt, als die ersten Vergleiche nichts gebracht haben. Daher habe ich mich mit unserem zweiten Mann, Jochen Landau, beschäftigt.»

«Stimmt, den hatte ich völlig vergessen. Hat er auch ein Profil?»

«Genau, und er war nicht schwer zu finden. Sein bestes Sonntagsfoto hat er reingestellt. Und jetzt rate mal, wer zu seinen Friends gehört?»

«Polykarp.»

«Exakt. Er hatte sich in Landaus Profil mit einem anderen Foto verewigt. Ich bin dem nachgegangen und habe in dessen Profil weitere nichtöffentliche Fotos gefunden, die den Vergleich erst ermöglichten.»

«Wie bist du an sie rangekommen?»

«Ich musste mich als Mitglied anmelden, dann hatte ich Zugriff.»

«Das heißt, Landau und Polykarp kannten sich.»

«Ja, und sie haben sich sogar als Freunde bezeichnet. Wenn das kein Zufall ist.»

«Hatten sie Kontakt über diese Website hinaus?»

«Anzunehmen. Doch dafür müsste ich mich in das System einhacken.»

Benguela dachte nach. «Ich fürchte, es bleibt uns gar nichts anderes übrig. Bereite alles vor. Ich werde nochmal mit Hortensia sprechen.»

47

Er hatte in ein Wespennest gestochen.

Levy holte aus den Nachrichtenarchiven die Berichterstattung zum Fall Holger Mandrak hervor. Sie bezog sich in der Mehrheit auf die Wochen und Monate nach der Verhaftung Mandraks und die Informationen zu den Opfern, die im Zuge der Ermittlungen bekannt wurden.

Schon damals, Mitte der Neunziger, hatte die mediale Opferschau einen festen Bestandteil der Meldungen ausgemacht, wenngleich nicht in dem Maße, wie sie heute üblich war. Opfer begannen damals aus dem Schatten der bemitleidenswerten Menschen herauszutreten und in eine fragwürdige Märtyrerrolle zu wechseln. Das Verständnis für ihr erlebtes Leid ging mit einem Voyeurismus einher, der wochenlang die Seiten füllte.

Zu Beginn konzentrierte sich das öffentliche Interesse noch auf den Täter, seine Taten und seine unfassbare Pathologie. Doch als das Thema nicht mehr viel hergab, wurden peu à peu Details über die Opfer bekannt. In den Vordergrund schob sich das Schicksal der dreizehnjährigen Lilith Waan, die sich am längsten in Mandraks Gefangenschaft befunden hatte. Sie zeigte für die mediale Zurschaustellung die besten Voraussetzungen.

Sie war jung, hübsch und vor allem gesprächig. Ihr zur Seite stand eine Mannschaft aus Psychologe, Berater und Anwalt – ein jeder um das Wohl der kleinen Lilith besorgt.

Wer im Laufe der Anklage auf der Strecke blieb, war Lilith. Anfänglich ließ man sie noch starke Sätze sprechen, wie: *Er tut mir leid* oder *Ich war stärker*.

Diese Position war neben vielem anderen ein neues Phänomen in der Selbstdarstellung der Opfer. Der Begriff *Acting out* wurde geschaffen – Ablenkungsmanöver, mit denen das Trauma nach außen verlagert wurde und somit kurzfristig eine Erleichterung eintrat.

Der Presserummel und die dadurch gewonnene Aufmerksamkeit bestärkten Lilith in der falschen Annahme, dass sie durch die Opferrolle aus der Masse herausstach. Sie hatte eine neue Identität gewonnen, war in den Mittelpunkt des Interesses getreten und fühlte sich offenbar angenommen.

Dass dem nicht so war, zeigte sich in dem Maß, wie ihre Präsenz in den Medien verblasste. Die Geschichte ihrer Gefangenschaft war erzählt, ihre Träume und Hoffnungen auf die Zukunft waren gehört worden. Was blieb, waren Einsamkeit und die Erinnerung.

Eine Meldung nach der Verurteilung Mandraks verlieh ihr letztmalig eine Stimme. *Ich hege keine Rachegedanken.*

Danach wurde es still um sie. Eine Randnotiz wollte wissen, dass sie sich zu einer langfristigen Therapie in die

Schweiz begeben habe. *Ich habe keine Angst mehr, denn ich weiß, dass er mir nie wieder etwas zuleide tun kann.*

Was für ein Donnerschlag musste es dann für Lilith gewesen sein, als Mandrak vor einem Jahr in den Freigang überführt wurde?

Und was war in der Zwischenzeit mit ihr passiert? Es lagen rund zwölf Jahre zwischen diesen beiden Wendepunkten ihres noch jungen Lebens. Hatte die Therapie Erfolg gehabt? Hatte sie das Trauma so gut verarbeitet, dass sie mit ihm leben konnte?

Levy startete eine neue Suchanfrage in den Archiven: Mandrak, Sexualstraftäter, offener Vollzug, Lilith, Opfer.

Die Trefferliste hielt sich in Grenzen. Keiner der großen Nachrichtenkanäle war vertreten. Bürgerradios, Stadtteilzeitungen und offene Kanäle hatten sich des Vorgangs angenommen. In der neuen, multimedialen Zeit waren dies in erster Linie Video- und Audiodateien.

Levy klickte eine an. Das Video zeigte eine Gruppe Menschen, die sich gegen den richterlichen Beschluss laut skandierend hinter einem Spruchband versammelt hatte. *Keine Freiheit für Raubtiere* war darauf zu lesen. Daneben das Logo der Organisation, die den Protest bündelte: eine weiße Lilie.

War das der gleiche Verein, den Luansi aufgesucht hatte?

Levy hörte das Interview mit Greta Harmstorf, der Geschäftsführerin. Sie sprach von einer Fehlentscheidung des Gerichts und der Gutachter. Serienstraftäter wie Mandrak seien nicht zu therapieren, die Allgemeinheit müsse vor ihnen geschützt werden, wenn nötig, bis zu ihrem Lebensende.

Sie untermauerte ihre Thesen mit einem Gutachten, das sie in Auftrag gegeben hatte. Auf Basis der Zeugenaussagen, der Gerichtsprotokolle und was sie sonst noch aus der Therapie Mandraks zusammentragen konnte, war die Rückfallwahrscheinlichkeit hoch. Es sei unverantwortlich, was hier geschehe. Die Weiße Lilie würde sich nicht damit zufriedengeben und jeden Schritt Mandraks überwachen. Schließlich rief sie die Zuschauer auf, sie bei ihrem Bemühen zu unterstützen.

Bevor der Clip zu Ende ging, schwenkte die Kamera zu den Menschen hinter dem Spruchband. Da war sie. Levy stoppte und fror das Bild ein.

Lange, gewellte rote Haare, Sommersprossen über den Wangen, älter als damals, gewiss, aber nicht persönlichkeitsfremd. Sie war eine zierliche Person geblieben und stand neben einem kräftigen Mann, der sie weit überragte. In seinen Augen konnte man Entschlossenheit erkennen. So auch in den Gesichtern der Umstehenden. Waren das die anderen Opfer Mandraks? Erwachsene Frauen, die mit ihren Ehemännern und Kindern zum Protest angetreten waren?

Und dann öffnete sich das Tor der Psychiatrischen Klinik in Hamburg-Ochsenzoll. Ein Auto kam heraus, die Demonstranten bewegten sich eilig in seine Richtung. Holger Mandrak wurde von Polizisten vor der Menschenmenge abgeschirmt und zu seiner neuen Arbeitsstelle gebracht. Der Wagen beschleunigte. Auf dem Rücksitz konnte man kurz ein Gesicht erahnen. Es schien zu lächeln, die ihm entgegengebrachte Aufmerksamkeit genießend.

Levy klickte sich durch die anderen Dateien. Sie wiederholten grob das eben Gesehene.

Was war da geschehen?, fragte er sich.

Da gab es die kurze, aber steile Medienkarriere einer mehrfach vergewaltigten Dreizehnjährigen und ihr Abtauchen in die öffentliche Bedeutungslosigkeit – das Beste, was ihr wahrscheinlich nach dem Erlebten widerfahren konnte. Darauf folgte eine Therapie, sofern die kurze Notiz der Wahrheit entsprach. Lilith hatte sie im Ausland durchgeführt, eine finanziell aufwendige Aktion. Wo hatte sie das Geld dafür her? Gab es Zuwendungen aus den Tagen ihrer Medienpräsenz? Schwere Traumatisierungen waren nicht in einer Wochenendsitzung zu bewältigen, so etwas erstreckte sich über Jahre.

Was war danach mit ihr passiert? Sie war älter geworden, hatte die Pubertät zu überstehen, immer im Widerstreit mit dem Erlebten und dem, was ihre neuen Freunde irgendwann von ihr wollten: Sex.

Unter normalen Umständen war es schon ein großer Sprung, sich vom Mädchen zur Frau zu entwickeln mit allen damit einhergehenden Änderungen. Wie hatte Lilith diese Phase gemeistert?

Sie war ein hübsches Mädchen gewesen, und der Videoaufnahme vor einem Jahr nach zu urteilen, hatte sich nicht viel daran geändert. Auffällig war vielleicht ihre körperliche Erscheinung. Eine Entwicklungs- und Reifeverzögerung nach massiver Traumatisierung konnte dafür verantwortlich sein, oder sie war einfach genetisch vorprogrammiert. Das konnte er an dieser Stelle nicht klären.

Was war ihre wahrscheinlichste Diagnose, fragte sich Levy, nach neun Wochen Vergewaltigung, Schlägen, Freiheitsentzug, Todesangst, Trennung von den Eltern?

Eine posttraumatische Belastungsstörung war anzunehmen. Sie würde von den Erinnerungen an die Folter, die Schmerzen, die Angst heimgesucht werden. Nicht bloße Erinnerungen, sondern massive und als lebensbedrohlich eingestufte Flashbacks, so, als würde sie in diesen Momenten erneut vergewaltigt, geschlagen, gedemütigt, ohne die Hoffnung, lebend aus dieser Hölle zu entkommen. Sie wird nach ihrem Vater, der Mutter geschrien haben, gefleht, sie zu retten, sie gegen den körperlich überlegenen und rohen Mann zu beschützen, doch am Ende würde sie einsehen müssen, dass niemand kommen würde, dass sie diesem Mann bis zu ihrem Lebensende hilflos ausgeliefert war. Eine grauenhafte Vorstellung. Und das bei der kindlichen Psyche einer Dreizehnjährigen.

Ein Teil ihrer Persönlichkeit hatte sich vermutlich abgespalten, und das während dieser neun Wochen. Wie sonst hätte sie diese endlos scheinende Zeit überstehen können?

Die Konfrontation mit dem Ereignis holte sie immer wieder ein, ließ sie in Panik geraten, bis sie alle Kräfte verloren hatte. Eine Gefühlslähmung hatte sich angeschlossen, dann die Ausklammerung des Bedrohlichen.

Sie könnte sich zu einer Borderlinerin entwickelt haben, ging es Levy durch den Kopf, sofern die Therapie dem nicht frühzeitig entgegenwirkte.

Wenn nicht, dann war sie in tiefe Depressionen gefallen, die früher oder später den aufkommenden Aggressionen den Weg bereitet hatten. In welche Richtung zielten sie? Gegen sich oder gegen andere?

Meistens war die Resignation – das Erlebte nicht verhindern zu können, gepaart mit dem Immer-wieder der Flashbacks – zu groß, weshalb solche Patienten oft Suizid begingen.

«Grauenhaft», sagte Levy.

Er griff zur Flasche und nahm einen Schluck. Der Wodka lief wie Wasser durch seine Kehle und vermochte ihn kaum zu wärmen.

Ein Schauer ganz anderer Art nahm ihn in den Griff. Bilder seiner Vergangenheit kamen hoch und vermischten sich mit denen Liliths. Er sah sich wieder in den Dünen der kleinen ostfriesischen Insel vor dem brennenden Haus, in dem seine Eltern gegen den Tod anschrien.

Die Flammen fraßen sich, durch den Wind angefacht, schnell durch das billige Holz der Hütte. Der Geruch brennenden Fleisches zog die Nase hoch, gefolgt von umhertaumelnden menschlichen Fackeln, die um Hilfe schrien. Sie fielen vor ihm in den Sand, streckten die verkohlte Hand nach ihm aus – nicht, um Halt zu suchen, sondern, um ihn mit in den Tod zu reißen. Er wich zurück, doch da packte ihn eine andere.

Ein glühendes Gesicht, das seiner Mutter, drohte ihm: *Du bist an allem schuld.*

Sein Bruder Frank stand oben an der Düne mit ausgestrecktem Arm und Zeigefinger.

Levy riss sich aus den Gedanken los, die unversehens über ihn gekommen waren. Was war das? Ein Moment der Klarheit, dann der nächste Schub. Er sprang auf, lief zum Fenster und riss es auf. Frischluft. Der Wind peitschte Regen in sein Gesicht.

Er drehte sich um und blickte in die Tiefe des Raums hinter sich. Die Konturen verschwammen. Der Schatten des Computermonitors an der Wand veränderte sich. Aus dem viereckigen Gebilde formte sich ein langer Hals und dann ein Kopf. Aus dem Bauch sprangen Krieger mit Schwertern und Schilden zu Boden. Sie verschwanden im Nichts, um Sekunden später in den Flammen der brennenden Stadt wieder zu erscheinen. Ihre Hiebe töteten Männer, Frauen und Kinder. Geschrei erhob sich, um gleich darauf in Flammen und Blut zu ersticken.

Levy hielt sich die Ohren zu und suchte Schutz vor den beängstigenden Szenen. Er stieg den Fenstersims hoch, unter ihm elf Stockwerke, die geradewegs in den Tod führten.

Verdammt, was tat er da? Das war nicht real. Das war eine Illusion. Konzentrier dich, beschwor er sich. Dein Verstand gaukelt dir nur etwas vor. Geh vom Fenster weg. Tu es, jetzt.

Vorsichtig setzte Levy den Fuß auf den Boden.

Das Surren eines Pfeiles erfüllte den Raum. Er blickte auf. Ein Schatten ging verletzt zu Boden. Über ihn hagelten Hiebe auf ihn herab.

Schau nicht hin, rief ihn seine innere Stimme zurück.

Der zweite Fuß brachte ihn in den festen Stand. Jetzt mach einen Schritt nach vorn, vom Fenster weg. Noch einen. Bis zu deinem Bett. Leg dich hin und beruhige dich. Es ist nur eine Illusion. Der Schnaps und das Crystal erzeugen die Bilder und die Stimmen. Gleich wird es vorbei sein.

Levy folgte seiner eigenen Aufforderung und schloss die Augen.

Dann erfasste ihn ein Zittern, als verschwände alle Kraft aus seinem Körper.

Eine Stimme erhob sich: *Wer lange in den Abgrund blickt, sollte aufpassen, dass der Abgrund nicht einmal in ihn hineinblickt.*

Das war Nietzsche. Drehte er jetzt völlig durch?

48

Die Nadel fuhr mühelos in die pulsierende Vene.

«Gleich wird es Ihnen bessergehen», sagte Dr. Behnke. «Aber was haben Sie sich nur dabei gedacht? Sie wissen doch, welche Auswirkungen diese Droge hat.»

Levy spürte das Beruhigungsmittel in seinen Körper gleiten. Er antwortete nicht auf die Frage, sondern wartete, bis das Mittel das Chaos in seinem Kopf wieder einigermaßen ordnete. Es dauerte nicht lange, dann stand er auf.

«Danke.»

«Sie haben Glück», sagte Dr. Behnke und griff zum Telefon, «gestern ist ein Platz frei geworden. Ich melde Sie gleich an.»

«Was wollen Sie tun?»

«Sie zur Entgiftung anmelden. Anschließend gehen Sie in Therapie.»

«Vergessen Sie's.» Levy war auf dem Weg nach draußen. «Ich habe noch etwas zu erledigen. Danach können Sie über mich verfügen.»

«Herr Levy …»

Er schloss die Tür hinter sich.

«Rufen Sie mir bitte ein Taxi», sagte er zur Sprechstundenhilfe und eilte die Treppen hinunter auf die Straße.

Der Wind war abermals stärker geworden. Der Regen, den er mitführte, fühlte sich an wie kleine Messerstiche, wenn er auf die Haut traf. Er trat unter das Dach des Eingangs zurück.

Heute war der große Tag, hieß es in den Nachrichten. Antje hatte sich nach einer kurzen Verschnaufpause nun doch entschieden, der Stadt die größte Sturmflut zu bringen, die sie seit den Siebzigern gesehen hatte. Der Katastrophenschutz hatte alles getan, was möglich war. Nun hieß es abwarten und bangen.

Levy zog den Kragen hoch. Wo blieb das verdammte Taxi?

So etwas wie letzte Nacht durfte ihm nicht mehr passieren, sagte er sich. Er war drauf und dran gewesen, aus dem elften Stock zu springen. Katie hatte recht behalten. Das Crystal trieb ihn in den Wahnsinn. Zukünftig würde er die

Finger davon lassen. So wie auch vom Alkohol. Er hatte eine Grenze erreicht, sie sogar überschritten. Was danach kam, war das Delirium oder der Tod. Auf keines von beiden verspürte er Lust. Er musste dringend seinen Kopf wieder klar bekommen. Morgen sollte das Urteil gegen Frank verkündet werden. Das war ein guter Anfang.

Das Taxi schlitterte Levy auf dem nassen Asphalt entgegen.

«Zum Polizeipräsidium», sagte er, «und zwar schnell.»

Der Taxifahrer ließ sich nicht zweimal bitten und drückte aufs Gas. Im Radio verkündeten die Meteorologen den momentanen Aufenthaltsort Antjes. Westerland stand unter Wasser. Das war nur der Ausläufer. Das Zentrum hielt auf Helgoland zu. Wie ein Quirl machten die Flanken dabei alles zunichte, was sich ihnen in den Weg stellte. Die Flutwelle, die sie vor sich herschoben, sollte in der Nacht die Elbmündung erreichen. Dann wurde es ernst.

Niemand sagte ein Wort, während der gesamten Fahrt nicht. Das Wissen, dass in weniger als zwanzig Stunden ein zerstörerisches Unwetter die Stadt heimsuchen würde, ließ jede noch so gutgemeinte Unterhaltung im Keim ersticken.

Levy stieg am Bruno-Georges-Platz aus und hastete die Stufen zum Eingang hoch.

Wie erwartet, herrschte in den Gängen Hochbetrieb. Er schob sich an den Beamten vorbei und erreichte schließlich die Einsatzzentrale. Das Team war bereits versammelt. Falk Gudman berichtete. «… kam gestern Abend die Vermisstenanzeige einer Jennifer Warneke herein. Sie gilt seit mittlerweile vier Tagen als verschwunden. Ihr Chef und seine Mitarbeiter machen sich Sorgen, da ein unentschuldigtes Fernbleiben nicht ihre Art sei, zumal sie gestern eine wichtige Präsentation hatte, zu der sie nicht erschienen ist.

Weder die Eltern noch der Hausmeister oder die Nachbarn wollen wissen, wo sie sich aufhält.»

«Vielleicht ist sie vor dem Sturm geflüchtet», gab Naima Hassiri zu bedenken.

Gudman ließ sich ungern unterbrechen. «Kaum. Sie wohnt im vierten Stock in Harvestehude. Aber darauf will ich gar nicht hinaus. Bemerkenswert wird diese Jennifer, nachdem ich die Akte von Jette Friis gelesen habe. Beide sind Anfang zwanzig, gut aussehend, solo und hatten Jobs im Management. Sie werden von Freunden und Arbeitskollegen als dynamisch und ehrgeizig beschrieben. Zwei nahezu identische Fälle.»

«Worauf willst du hinaus?», fragte Michaelis.

«Dass wir uns darauf gefasst machen müssen, bald eine zweite Leiche zu finden. Und wenn mich nicht alles täuscht, haben wir es auch mit demselben Täter zu tun.»

«Bete keine Leiche herbei, wo keine ist. Hamburg befindet sich im Ausnahmezustand. Diese Jennifer kann ganz schnell wieder auftauchen, wenn alles vorbei ist. Solange wir keine Leiche haben, bleibt es bei der einen. Und bei einem Mörder.» Sie wandte sich an Naima. «Hast du was zur vermuteten Verbindung der Opfer Mandraks und Landaus herausgefunden?»

«Laut Aktenlage decken sich Mandraks Opfer nicht mit denen Landaus. Ich habe mit einigen Frauen telefoniert, und sie haben es mir bestätigt.»

«Einen Versuch war es wert.» Dann wandte sie sich Luansi Benguela zu: «Was gibt es bei dir Neues? Und überhaupt, wo steckt Alexej?»

«Alexej ist zu Hause, auf meine Anweisung hin.» Benguela berichtete von den Ergebnissen ihrer Recherche der letzten Nacht. «Um herauszufinden, wie sie Kontakt miteinander hatten, benötigen wir Zugriff auf ihre Profile.»

«Wie stellst du dir das vor?», fragte Michaelis. «Ich ruf mal schnell in den USA an, und schon schicken die uns die Informationen?»

«Nein, wir hacken uns in ihr System. Alexej wartet nur auf den Startschuss.»

«Das will ich nicht gehört haben. Die Aktion von letzter Nacht ist schon knapp an der Legalität vorbeigeschrammt.»

«Was schlägst du dann vor?»

«Wir stellen einen Antrag auf Amtshilfe.»

«Das dauert Wochen.»

«Luansi, jetzt hör auf damit. Steigt dir das Wetter zu Kopf, oder brauchst du Urlaub? Wir können uns nicht einfach in andere Computer einhacken. Was sind denn das für Methoden?»

«Die gleichen, die das LKA, das BKA, der Staatsschutz, das Innenministerium, die Geheimdienste und noch zig andere Abteilungen anwenden.»

«Dann musst du dich versetzen lassen.»

Das Telefon verhinderte eine weitere Eskalation. Michaelis nahm das Gespräch entgegen. Sie hörte kurz zu, dann legte sie das Gespräch auf den Lautsprecher. Es war Alexej Naumov.

«Einer der Friends von Polykarp aus Berlin hat sich auf meine Mail hin gemeldet. Er sagt, dass er Polykarp gut kennt. Sie hatten sich vor vier Wochen für eine Tour nach Nepal verabredet, aber er sei am vereinbarten Treffpunkt nicht aufgetaucht.»

«Wie lautet sein richtiger Name?», fragte Michaelis.

«Klaus Termühlen, wohnhaft in Hamburg. Die Gruppe ist vor einer Woche aus Nepal zurückgekehrt. Seitdem versuchen sie ihn zu erreichen. Bisher erfolglos, logischerweise. Ich habe mich mit seinem Arbeitgeber in Verbindung gesetzt. Dort wird er nicht vermisst, da er offiziell noch im Urlaub ist.»

«Hast du diesen Freund zu Termühlen befragt?», schaltete sich Levy ein. «Was für ein Typ er ist und ob er sich erklären kann, wieso Termühlen an der geplanten Reise nicht teilgenommen hat?»

«Er beschreibt ihn als Bergsteigerfreak, so 'ne Art Messner junior. Sie hatten den Trip seit Monaten geplant. Daher ist es ihm auch schleierhaft, wieso Termühlen nicht wie verabredet in Nepal aufgekreuzt ist.»

«Hat er Familie oder Freundin in Hamburg», sagte Naima, «die wir befragen können?»

«Nein, er lebt allein und denkt nur an die Bergsteigerei. Darüber haben sie sich auch bei Spaceweb kennengelernt. Dieser Freund sagt, dass sie sich gegenseitig besucht haben und auch schon zusammen im Urlaub waren. Irgendwo in den Schweizer Bergen. Ansonsten soll er ein ziemlich komischer Kauz sein.»

Levy stutzte. «In welcher Hinsicht?»

«Bei seinem Besuch hat er in Termühlens Wohnung übernachtet. Die Bude sei ein einziger Pornoschuppen gewesen. Er stand wohl auf diese Master-and-Servant-Spielchen, so mit Käfig, Peitsche und Fesseln.»

«Welche Rolle hat Termühlen dabei eingenommen?»

«Wusste er nicht. Es habe ihn einfach nur angewidert. Ansonsten sei er ein guter und verlässlicher Bergsteiger gewesen. Das habe für ihn letztlich gezählt.»

«Hast du die Adresse, unter der Termühlen gemeldet ist?», fragte Naima. «Ich schau mir das gleich mal an.»

Naumov teilte sie ihr mit.

«Wie habt ihr euch in der Spaceweb-Sache entschieden?», fragte er. «Kann ich loslegen?»

«Untersteh dich», fauchte Michaelis.

«Schade.»

«Kannst du von deinem Rechner aus rausfinden, ob gegen Termühlen etwas vorliegt?», fragte Levy.

«Ich muss mich nur ins Netzwerk einloggen.»

«Wieso?», wollte Michaelis wissen.

«Nur so 'ne Idee. Mandrak war ein verurteilter Sexualstraftäter, Landau auch. Wenn jetzt noch Termühlen die gleiche Vergangenheit aufweist, dann haben wir ein mögliches Motiv, und meine Theorie wäre kaum noch von der Hand zu weisen.»

«Dass jemand Jagd auf Sexualstraftäter macht?»

Levy nickte.

«Aber wie soll er davon gewusst haben?», zweifelte Michaelis. «Bis vor kurzem waren uns Landaus Eskapaden noch völlig unbekannt.»

«Das ist die entscheidende Frage», stimmte Levy zu. «Wer konnte davon wissen? Nach so vielen Jahren.»

Benguela, der sich zurückgehalten hatte, spürte Rückenwind. «Umso wichtiger ist es, dass wir die Kommunikation zwischen Termühlen und Landau offenlegen. Wenn beide die gleiche Leidenschaft teilten – die Verbindung von Sex und Gewalt –, dann haben sie darüber auch gesprochen.»

«Ist anzunehmen», sagte Levy. «Vielleicht sogar mehr.»

«Was meinst du damit?», fragte Michaelis überrascht.

«Marion Landau hat ausgesagt, dass sie ihren Mann in den letzten Monaten nur noch selten zu Gesicht bekommen hat, und wenn, dann gab es Streit. Ich habe mich die ganze Zeit gefragt, wie Landau seine Aggressionen abgebaut hat. Wenn nicht zu Hause, wo dann und vor allem wie?

Weiterhin hat sie vermutet, dass er Kontakt zu anderen Frauen gehabt hatte. Nach seinem Charakterbild dürfte das wenig harmonisch abgelaufen sein. Hierzu fehlen uns aber Anzeigen der betroffenen Frauen. Wieso? Hat Landau über Nacht seine Triebe und seine Neigung zu Gewalt in den Griff bekommen? Wohl kaum. Folglich hat er sie anders ausgelebt.

Nun auf einmal erfahren wir, dass er Kontakt zu Termühlen hatte, einem Einzelgänger und Bergsteiger, der einen besonderen Kick brauchte, um sexuelle Erfüllung zu erfahren. Es würde mich nicht überraschen, wenn Naima in seiner Wohnung auf etwas stößt, worin die beiden kooperiert haben.»

«Landau der Master und Termühlen der Servant oder umgekehrt?», fragte Benguela.

«Möglich, aber nicht anzunehmen. Wir haben bei Landau keinen Hinweis auf homosexuelle Neigungen gefunden. Ich denke dabei an etwas anderes.»

«Jetzt mach es nicht so spannend», wollte Michaelis abkürzen. «Woran denkst du?»

«Das weibliche Element. Sie haben sich eine Frau gesucht, an der sie ihre Triebe ausleben konnten.»

«Aber wir haben keine Anzeigen misshandelter Frauen vorliegen», widersprach Michaelis.

«Eben.»

Es dauerte einen Moment, bis die Lösung klar wurde.

«Das würde bedeuten», schlussfolgerte Michaelis, «dass sie eine Frau in ihre Gewalt gebracht haben. Oder …»

Ihr Blick ging zu Gudman.

«Was schaust du mich so an?», fragte er irritiert.

«Denk doch mal nach.»

Schließlich machte es auch bei ihm Klick. «Ihr meint Jette Friis?»

«Eine gewagte These», gab Benguela zu bedenken. «Dennoch, sie hat was.»

Michaelis seufzte. «Ich weiß nicht, Levy. Sehr wacklig, und außerdem haben wir überhaupt keine Beweise.»

«Dafür seid ihr zuständig, mein Job ist es, euch auf neue Ermittlungsansätze hinzuweisen. Hier habt ihr einen. Die Verstümmelungen an Jette Friis' Körper weisen auf einen sexuellen Hintergrund hin. Der oder die Täter haben versucht, die Spuren zu beseitigen. Wieso haben sie das getan? Sie hätten den kompletten Körper genauso im Wasser entsorgen können. Aber nein, sie fürchteten eine mögliche Spur zu ihnen. Und da sind Landau und Termühlen das Beste, was ich zurzeit anzubieten habe.»

«Bleibt nur die Frage, wer hat die beiden getötet?», hakte Luansi nach.

«Sehr gut. Wie ich vorhin schon anmerkte: Wer wusste von der Vergangenheit und der Neigung der beiden?

Doch zuvor würde ich gern eine andere Frage beantwortet haben: Wenn sich die Beschreibungen von Jette Friis und dieser Vermissten, von der Falk berichtet hat, wirklich so ähnlich sind, was ist mit *ihr* geschehen?»

«Oh, nein», platzte es aus Michaelis heraus, aber sie fasste sich schnell. «Landau und Termühlen waren schon lange tot, als diese Frau verschwand. Die können es nicht gewesen sein.»

«Richtig. Haben wir es dann mit einer dritten Person zu tun?»

«Die in Verbindung zu den beiden stand?»

«Ja, und somit komme ich auf die erste Frage zurück: Wer wusste davon?»

«Diese ominöse dritte Person», mutmaßte Benguela, «hat Landau und Termühlen aus dem Weg geräumt. Nicht zu vergessen Mandrak. Er ist vermutlich von der gleichen Hand getötet worden.»

«Das wäre eine Möglichkeit. Eine andere, es gibt noch jemanden. Eine vierte Person.»

«Jetzt hör aber auf», widersprach Michaelis.

«Bisher glaubten wir, dass wir zwei getrennte Fälle haben. Hier die Prügelopfer, dort die zerstückelte Frauenleiche. Auf den ersten Blick keine Überschneidung, keine Berührungspunkte. Doch wenn wir alle Informationen, die wir bisher gesammelt haben, zusammennehmen, dann hat alles vor einem Jahr mit dem Tod von Holger Mandrak begonnen.

Auf der einen Seite haben wir einen Mann oder eine Gruppe von Männern, die Frauen tötet, und auf der anderen Seite jemanden, der wiederum diese Männer tötet.

Wer könnte dieser Jemand sein, und vor allem: Wie kommt er an die Informationen?»

Benguela hatte schnell eine Antwort parat: «Über die Spaceweb-Profile.»

«Möglich. Aber vielleicht gibt es noch einen anderen Weg.»

«Und der wäre?»

«Ich habe mir letzte Nacht nochmals den Fall Mandrak vorgenommen. Dabei bin ich auf eine sehr interessante Gruppe gestoßen, die wir bereits kennen. Die Weiße Lilie.»

«Stimmt», sagte Benguela. «Die behaupten von sich, Informationen über alle verurteilten Gewaltverbrecher zu haben.»

Michaelis war nicht überzeugt. «Landau war aber aus unseren Verzeichnissen gelöscht.»

«Bis auf eines, das Zentralregister. Wer hat Zugriff darauf oder kann es abfragen, ohne Misstrauen zu erregen?»

«Richter, Staatsanwälte ... oder einer von uns.»

«Jetzt wird die Sache richtig heiß», sagte Benguela.

«Wenn wir diesen begrenzten Personenkreis mit der Weißen Lilie zusammenbringen, dann haben wir einen neuen Ansatz: die vierte Person.»

Michaelis wurde mulmig zumute. «Levy, das reicht. Zum

Schluss willst du mir noch einreden, dass der Mörder einer von uns ist.»

«Ich glaube, ein Blick in die Datenbank der Weißen Lilie würde uns weiter bringen als die Spaceweb-Profile. Wenn wir wüssten, wer zu ihren Mitgliedern zählt ...»

«Stopp. Schluss damit. Jetzt fängst du auch noch damit an.»

«Hast du Angst vor dem Ergebnis?»

«Nein, aber ...»

«Die Sache hätte einen Vorteil: Du könntest dir die Anfrage auf Durchsuchung beim Staatsanwalt oder dem Richter sparen. Wenn einer der beiden oder nur die Sekretärin zur Weißen Lilie gehört, dann kriegst du die Erlaubnis nie. Außerdem sind sie dann vorgewarnt. Es ist deine Entscheidung.»

Alle Blicke wandten sich Michaelis zu. Zum ersten Mal seit langem zog sie diese Möglichkeit tatsächlich in Betracht.

«Wer von euch bearbeitet die verstümmelte Frauenleiche?», fragte ein Kollege in die Stille hinein.

«Ich», antwortete Falk Gudman. «Was gibt's?»

Er reichte ihm einen Zettel. «Ich habe gerade von den schleswig-holsteinischen Kollegen einen Anruf erhalten. Ein Mann behauptet, dass Leichenteile in seinem Garten schwimmen würden.»

49

Das Haus lag weit draußen, zwischen Lauenburg und Geesthacht, inmitten einer Seenlandschaft, die die Regenfälle der letzten Wochen geschaffen hatten.

Falk steuerte den Wagen über die schmale Landstraße. Der Wald zu beiden Seiten sah wie ein Sumpfgebiet aus. Schilder wiesen auf die Gefahren hin.

«Die Nächste rechts», bemerkte Dragan Milanovic mit der Straßenkarte in der Hand.

«Es ist mir ein Rätsel», sagte Falk Gudman, «wieso die Leute das Gebiet noch immer nicht verlassen haben. Wenn heute Nacht der Sturm kommt, ist es zu spät.»

«Eigentum verpflichtet. Manche nehmen das wörtlich.»

«Bis sie daran ersaufen.»

Falk lenkte den Wagen in die Seitenstraße. An den tieferen Stellen war der Asphalt unter dem Wasser verschwunden.

«Da vorn müsste es jetzt kommen», sagte Milanovic und schaute, ob er das alleinstehende Gehöft durch die Windschutzscheibe erkennen konnte. Die Wischer gaben ihr Bestes.

Ein Mann trug schwere Koffer zu einem Kombi, der vor dem Haus stand. Falk hielt daneben an. «Sind Sie Herr Claaßen?»

«Ja, was wollen Sie?»

«Kripo Hamburg. Sie haben angerufen.»

Claaßen ließ sich in seiner Arbeit nicht aufhalten und packte die Koffer auf den Rücksitz. Vorn saß eine Frau. «Dort hinten, neben dem Garten, liegen sie.»

Milanovic ging zu der bezeichneten Stelle, Falk blieb beim Wagen. «Wann haben Sie sie entdeckt?»

«Gleich nach dem Aufstehen. Ich habe zum Küchenfenster rausgeschaut, um zu sehen, wie hoch das Wasser steht.»

«Können Sie sich erklären, woher die Teile kommen?»

Claaßen schloss die Heckklappe und öffnete die Fahrertür. «Nein. In der Gegend gibt es keinen Friedhof.

Aber vielleicht wurden sie vom Hinrichsen-Hof rübergeschwemmt.»

«Wie kommen Sie darauf?»

Claaßen setzte sich ans Steuer. «Woher sollen sie denn sonst kommen? Hier draußen ist sonst nichts.»

«Sind die Hinrichsens noch im Haus?»

«Nein, der Hof ist verlassen, seit die alte Hinrichsen ins Altersheim gegangen ist. Das war vor zwei Jahren. Sie glaubt immer noch, dass sie zurückkommt, die verrückte Alte.»

«Haben Sie in der letzten Zeit gesehen, ob jemand auf dem Hof war?»

«Nein, er ist unbewohnt. War's das jetzt? Wir wollen hier weg, solange es noch geht.»

Seine Frau widersprach. «Einmal im Monat kommt jemand und schaut nach dem Rechten. Das letzte Mal war er vor ein paar Tagen da.»

«Kennen Sie ihn? Jemand aus der Verwandtschaft?»

«Nein, Frieda ist die Letzte der Familie. Aber er kommt regelmäßig, meistens gegen Abend. Er hat einen Schlüssel.»

Claaßen startete den Wagen.

«Wo kann ich Frau Hinrichsen erreichen?», rief Gudman gegen das Seitenfenster an.

«Die lebt jetzt in Lütjensee.»

Dann fuhr der Wagen an.

Gudman ging um das Haus herum, dort, wo der Garten gewesen sein musste. Er fand Milanovic bis zu den Knien im Wasser stehend. Er hielt etwas in der Hand.

«Hast du etwas gefunden?»

Milanovic bejahte. «Einen Unterarm. Dort drüben schwimmt ein Stück Bein und …»

«Woher kommt das nur?» Er blickte sich um. Der Hinrichsen-Hof lag rund hundert Meter entfernt. Eine fast geschlossene Wasserdecke bedeckte das Gebiet.

«Die Teile sind unterschiedlich alt», sagte Dragan. «Das hier schätze ich auf ein bis zwei Monate. Die anderen sind bereits skelettiert. Wir brauchen dringend Verstärkung, bevor der Sturm kommt.»

«Kümmer du dich drum. Ich will da mal rübergehen.»

«Bist du verrückt? Ein Graben oder ein Draht am Boden, und du ersäufst jämmerlich.»

Doch Gudman war schon unterwegs. Er schnappte sich eine vorbeitreibende Zaunlatte und stocherte damit vor jedem Schritt im Wasser.

Schließlich erreichte er die Hofauffahrt und stapfte zur Eingangstür. Sie war verschlossen. Er klopfte und schaute durchs Fenster hinein. Die Stühle und der Tisch im Wohnzimmer standen im Wasser. Das Fenster ließ sich leicht öffnen. Mit einem Satz war er drin.

Der Korridor führte ihn in den letzten Raum, die Küche. Eine Tür stand zur Hälfte offen. Die Kellertreppe war bis zur letzten Stufe überschwemmt. In einer Ecke raschelte etwas.

Er erkannte eine durchnässte Ratte, die an einem Stück verwesten Fleischs nagte.

50

Wenn wir Glück haben, können wir es auf den Sturm schieben», sagte Michaelis. «Die Stromversorgung war unterbrochen, und dann kam es zu dieser Fehlfunktion.» Sie tippte mit dem Kugelschreiber nervös auf die Tischplatte.

«So etwas kann doch passieren, oder?»

«Was?», fragte Levy, der ihr gegenübersaß.

«Dass ein Server Aussetzer produziert, wenn er nicht genügend Saft bekommt.»

«Sicher.»

«Diese ganze Technik ist sehr anfällig für Störungen, habe ich mal gelesen. Je leistungsfähiger sie wird, desto eher schleichen sich Fehler ein.»

«Kommt vor, ja.»

Michaelis seufzte über die Coolness, die Levy an den Tag legte. «Verdammt, das kann uns den Kopf kosten. Ich blas die Sache ab. Noch ist es nicht zu spät.» Sie griff zum Telefon.

«Lass es sein», widersprach Levy. «Alexej macht das nicht zum ersten Mal.»

«Aber irgendwann werden sie alle erwischt. Und ich habe keine Lust, dass es jetzt ist.»

«Da draußen geht die Welt unter. Niemand macht sich gerade Sorgen wegen der Sicherheit irgendwelcher Computer.»

Sie legte auf. «Aber wieso hören wir denn nichts von ihm?»

«Luansi hat versprochen, dass sie sich sofort melden, wenn sie drin sind. Hab Geduld.»

Michaelis zwang sich zur Ruhe. Erfolglos. «Wo bleibt Naima so lange?»

«Vielleicht hat sie was in Termühlens Wohnung gefunden.»

«Dann kann sie doch anrufen.»

Levy schüttelte verständnislos den Kopf. «Und ich dachte immer, du seist abgebrüht.»

«Bin ich auch, solange ich die Kontrolle habe.»

«Alexej weiß, worum es geht. Ich vertraue ihm.»

«Du hast leicht reden. Dich kostet es auch nicht den Kopf, wenn die Sache schiefgeht.»

«Alexej ist schon in das Netzwerk einer russischen Ölfirma eingedrungen, vorbei an zig Firewalls. Ein privater deutscher Server dürfte kein großes Problem für ihn sein. Bevor die überhaupt was merken, ist er schon längst wieder draußen.»

«Er könnte Spuren hinterlassen.»

«Er weiß, wie er sie verwischt. Wenn nicht, dann schmeiß ihn raus.»

Sie lächelte gequält. «Und dich gleich mit. Du hast die Aktion erst ins Rollen gebracht.»

«Dann hast du ja deinen Sündenbock. Gratuliere.»

Levy stand auf und streckte sich. Er müsste sich wieder mehr bewegen. Das ständige Sitzen tat seiner Wirbelsäule alles andere als gut.

«Wie geht es dir eigentlich?», fragte Michaelis in die Stille.

«Gut. Wieso fragst du?»

«Nur so.»

«Jetzt sag schon.»

«Nichts, ich mache mir nur Gedanken.»

«Über mich?»

«Ja, auch.»

Levy setzte sich wieder. «Also, ich höre.»

«Frank», sagte Michaelis trocken. «Denkst du noch an ihn?»

Daher wehte der Wind. Er reagierte mit einer Gegenfrage. «Und du? Kannst du das einfach so wegstecken, was er dir angetan hat?»

Michaelis seufzte. «Nein. Ich denke öfters daran, als du dir vorstellen magst. Es vergeht kein Tag ohne ihn. Ich fürchte ihn in jedem Blick, der länger als üblich dauert.

An der Kasse im Supermarkt ist es mir unangenehm, wenn jemand hinter mir steht, und einsame Abendspaziergänge sind passé. Ist es das, was du meinst?»

«So was in der Art, ja.»

«Nun zu dir.»

Levy blockte ab. Er würde ihr nicht das Erlebnis von letzter Nacht beichten. Das wäre sein Freifahrtschein in die Psychiatrie. «Es geht besser mit jedem Tag, an dem das Urteil näher rückt», log er. «Ich bin erst ganz zufrieden, wenn sich alle Türen hinter ihm geschlossen haben und der Wärter den Schlüssel weggeworfen hat.»

Sie schmunzelte. «Ja, das wäre eine gute Idee.»

Die Tür ging auf, und Naima kam herein.

«Na, endlich», seufzte Michaelis.

Sie legte die nassen Sachen ab und schenkte sich eine Tasse Kaffee ein. «Dieses Loch ist unbeschreiblich», sagte sie. «Der Kerl war wirklich ein Freak. Nur Bergsteigerfotos und Sadomaso-Zeug. Eklig. Wie tief ein Mensch nur sinken kann.»

«Hast du einen Hinweis auf Jette Friis gefunden?»

«Nein, nichts Offensichtliches. Ich habe aber seinen Computer mitgenommen. Vielleicht ist da was drauf. Wo stecken die anderen?»

Levy schmunzelte. «Sind alle im Einsatz.»

«Was ist daran so lustig?»

«Frag nicht. Je weniger du weißt, desto gnädiger wird der Richter mit dir umspringen.»

«Muss ich das jetzt verstehen?»

«Nein», ging Michaelis dazwischen. «Hast du die Nachbarn Termühlens befragt, ob sie was über sein Verschwinden wissen?»

«Der Hausmeister sagte, dass er keinen Kontakt zu ihm hatte. Kein Wunder bei so 'nem Freak. Er will sich aber erinnern, dass in der letzten Zeit öfter jemand vorbeigekommen sei, der ihn mit dem Auto abgeholt habe.»

«Landau», riet Levy.

«Er kannte ihn nicht, aber er konnte das Auto beschreiben. Ein metallicgrüner 5er-BMW. Landau fuhr so einen.»

«Dann scheidet Termühlens Wohnung also aus», sagte Levy nachdenklich.

«Wofür?», fragte Michaelis.

Levy stand auf und ging zur Wand, an der die Fotos und Informationen zu den Ermittlungen hingen. «Irgendwo müssen sie sich doch mit den Frauen getroffen haben.»

«Vielleicht ganz normal in einer Kneipe?»

«Anfänglich schon. Aber danach?»

«Sofern deine Hypothese überhaupt zutrifft.»

«Richtig.»

Levy begutachtete das Bild, das Marion Landau ihnen zur Verfügung gestellt hatte. Es zeigte ihn auf einer Baustelle. «Sagte sie, wie alt die Aufnahme ist?»

Naima zuckte mit den Schultern. «Nein, aber ich hatte sie gebeten, mir ein möglichst aktuelles Bild zu geben.»

«Wo könnte das sein?»

Naima trat näher. «Eine braune Fassade ... alte Bausubstanz ... irgendwo im Zentrum.»

«Alexej hat doch Landaus Computer ausgewertet, oder?»

«Ja.»

«Schaust du bitte mal nach, woran er zum Schluss gearbeitet hat?»

Naima setzte sich an den Rechner. «Da ist was in der Hafencity und ... in der Speicherstadt.»

«Das ist es. Da stehen doch inzwischen zahlreiche Lagerräume leer, weil viele Unternehmen in die neuen Gewerbeparks umziehen. Hatte er dort einen Auftraggeber?»

Naima suchte in der Computerdatei. «Tatsächlich. Hansen ist der Name.»

«Ruf ihn an und frag, ob Landau die Schlüssel zu den Räumen hat.»

Michaelis beobachtete ihn. Levy glaubte ein Lächeln zu erkennen. «Was ist?»

«Du bist wieder voll drin. Schön.»

«Deswegen hast du mich doch engagiert, oder?»

Ihr Telefon klingelte. «Michaelis.»

Sie hörte kurz zu, dann legte sie erleichtert auf. «Lief alles wie geschmiert. Luansi und Alexej sind mit den Daten bereits auf dem Weg hierher.»

«Na also.»

Naima beendete ihr Gespräch. «Dieser Hansen sagt, dass die Arbeiten an der Lagerhalle ruhen, solange sich die Erbengemeinschaft nicht über die Finanzierung einig ist. Landau hat aber die Schlüssel erhalten, um die Räume auszumessen und einen Plan zu erarbeiten.»

«Hast du die Adresse?», fragte Levy.

«Bin schon auf dem Weg.» Sie stand auf und schnappte sich ihren Mantel.

Michaelis schenkte sich und Levy einen Kaffee ein. «Läuft doch alles wie geschmiert. Dass du immer so 'ne Panik schieben musst.»

51

Falk Gudman fand Oma Hinrichsen im Fernsehzimmer der Seniorenresidenz. Gebannt verfolgten die Alten eine Talkshow, in der es wortgewaltig zuging. Er setzte sich zu ihr an den Tisch. «Mein Name ist Falk Gudman, Kripo

Hamburg. Ich würde Ihnen gern ein paar Fragen zu Ihrem Hof stellen.»

Sie antwortete nicht. Ihr Blick war auf die Mattscheibe fixiert. Das, was Falk zu bieten hatte, kam an das Wortduell im Fernsehen nicht heran. «Entschuldigen Sie, Frau Hinrichsen, ich möchte ...»

Ein alter Mann zu seiner Rechten kam ihm zu Hilfe. «Warten Sie noch 'ne Minute, dann ist Werbepause. Vorher kriegen Sie sie nicht.»

Gudman bedankte sich für den Hinweis. Um Geduld bemüht, schaute auch er auf die Flimmerkiste in der oberen Ecke. Eine zahnlose Frau, nicht halb so alt wie die Zuschauer in dem Raum, beschimpfte gerade einen Mann, dem ebenfalls zumindest die Schneidezähne fehlten. Zudem schien er Probleme mit der deutschen Sprache zu haben. Irgendwie stand er auf Kriegsfuß mit der Grammatik, sodass man seinem erregten Redefluss kaum folgen konnte. Die Zahnlose hingegen verstand jedes Wort, gemessen an ihrer Reaktion. Sie sprang auf und ohrfeigte ihn, zur großen Freude der Zuschauer vor und hinter der Mattscheibe. Dann endlich die erhoffte Werbepause. Die Alten klatschten zufrieden.

Ein neuer Versuch. «Mein Name ist Falk Gudman von der Kripo Hamburg ...»

Oma Hinrichsen schaute ihn erwartungsvoll an. «Haben Sie was zu rauchen dabei?»

«Wie bitte?»

«Eine Zigarette?»

«Nein, ich rauche nicht.»

Falsche Antwort. Oma Hinrichsen wandte sich der Werbesendung zu.

«Ich würde gern mit Ihnen über Ihren Hof sprechen», nahm Gudman einen erneuten Anlauf.

Der hilfreiche Mann wusste abermals Rat. «Schenken Sie ihr etwas. Das mag sie gern.»

Gudman kramte in seinen Taschen. Er fand einen Kaugummi. Das war wahrscheinlich das Unpassendste, was er ihr hätte anbieten können. Aber da waren doch noch die Drops in seiner Jackentasche. Er öffnete die Dose und hielt sie ihr hin. Die Alte griff zu. Drei erwischte sie und steckte sie in den Mund.

«Bah!», spie sie aus und die Drops gleich hinterher. «Sauer.»

«Süß muss es sein, vor allem süß», riet der gute Mann.

«Aber ich habe nichts Süßes dabei», sagte Falk.

«Dann nehmen Sie eines von mir.» Er reichte ihm eine Tüte mit Bonbons.

«Danke.»

Oma Hinrichsen war von dem neuen Angebot weit mehr angetan, und Falk wiederholte seine Bitte.

«Ich verkaufe nicht», schnalzte sie mit Blick auf den Fernseher.

«Ich will nichts kaufen, Frau Hinrichsen. Ich möchte wissen, wer der Mann ist, der die Schlüssel zu Ihrem Hof hat.»

«Niemals.»

«Wie bitte?»

«Der Hof gehört mir. Keine Chance, niemals.»

«Hören Sie, ich will nur wissen, wer …»

Die beiden Zahnlosen kamen wieder ins Bild. Ende der Audienz. Oma Hinrichsen klatschte zur Begrüßung der Streithähne in die Hände.

«Es ist ein junger Mann», antwortete der hilfreiche Alte.

«Kennen Sie ihn?»

«Nein, ich habe ihn nur ein paarmal gesehen. Das ist allerdings schon eine gute Zeit her.»

«Was wollte er?»

«Kann ich nicht sagen. Er hat sich mit Frieda immer gleich in die Besucherecke zurückgezogen. Es ging wahrscheinlich um Geld.»

«Aber sie will doch nicht verkaufen.»

«Er wollte *ihr* etwas verkaufen. Deswegen kam er her. Am Anfang. Irgendetwas mit Versicherungen. Doch später ging's um etwas anderes.»

«Die Schlüssel.»

Der Alte nickte.

«Können Sie ihn beschreiben?»

«Er war jung, vielleicht dreißig oder jünger. Sehr gepflegt. Anzug und guter Haarschnitt. Ich habe ein Auge dafür. Habe lange in der Gastronomie gearbeitet. Da lernt man, darauf zu achten. Verstehen Sie?»

Gudman nickte. «Einen Namen haben Sie nicht aufgeschnappt?»

«Erkan, glaube ich. Nein, es war ein deutscher Name. Hermann? Ich weiß nicht mehr. Er war sehr zuvorkommend und freundlich.»

«Wie kam er an die Schlüssel? Bei ihrem Zustand musste sie sie doch bestimmt abgeben.»

«Ich denke, er wird sie von der Hausleitung erhalten haben.»

Dann musste er etwas unterschrieben haben, sagte sich Gudman. Er bedankte sich und überließ die Alten den Freuden nachmittäglicher Fernsehkultur.

Im ersten Stock fand er das Zimmer der Hausleiterin. «Entschuldigen Sie, wenn ich störe …»

Er stellte sich vor und fragte nach dem dubiosen Mann, der Oma Hinrichsen besucht hatte.

«Ja», sagte sie, «ich habe ihm die Schlüssel ausgehändigt. Er versprach, sich um den Hinrichsen-Hof zu kümmern, solange die weitere Verwendung nicht geklärt ist. Stimmt denn was nicht?»

«Hat sich der Mann ausgewiesen?»

«Sicher, sonst hätte ich die Schlüssel ja niemals herausgegeben.»

«Könnten Sie bitte nachschauen? Es ist wichtig.»

Die Frau zog einen Aktenordner aus der Regalwand und blätterte ihn durch. «Hier muss es irgendwo sein. Einen Moment.»

Gudman wartete. Vergebens, wie sich zeigte.

«Ich kann mir das nicht erklären», sagte die Frau betroffen. «Ich habe die Kopie seines Ausweises doch hier abgeheftet.»

«War der Mann nochmals zu Besuch, nachdem Sie die Schlüssel herausgegeben hatten?»

Die Frau dachte nach. «Mein Gott, das ist so lange her …» Schließlich: «Ja, genau. Ich war im Urlaub, und er soll hier gewesen sein. Er ließ einen Strauß Blumen für mich zurück.»

«Können Sie sich noch an seinen Namen erinnern?»

«Nein, beim besten Willen nicht.»

«Erkan? Hermann?»

«Tut mir leid.»

«Wenn Ihnen noch etwas einfallen sollte, dann rufen Sie mich bitte an.» Er reichte ihr seine Visitenkarte und ging vor die Tür.

«Stephan», hörte er sie rufen. «So wie mein Neffe.»

52

Alexej Naumov warf die Ergebnisse seines Hacks auf den großen Monitor. «Du hattest recht», sagte er zu Levy, «den Spaceweb-Server zu knacken wäre reine Zeitverschwendung gewesen.»

«Wie kommst du darauf?», fragte Michaelis.

Ein Tastendruck brachte die Antwort. Kolonnen von Nutzerprofilen huschten über den Bildschirm.

«Weil wir hier scheinbar den gesamten Datenbestand von Spaceweb haben.»

«Ich wollte es zu Anfang auch nicht glauben», fügte Luansi Benguela hinzu, «bis wir die Daten mit denen auf dem Spaceweb-Server verglichen haben. Und das Verrückte ist: Diese Daten sind tagesaktuell.»

«Wie kommt die Weiße Lilie an die Datenbank?», fragte Levy.

«Zuerst habe ich gedacht», erklärte Naumov, «dass sie die Profile genauso runtergezogen haben, wie ich es getan habe – selbst für einen halbwegs fitten Informatikstudenten ist das kein Problem. Aber hier sind alle Administrationsdateien und vor allem -rechte vorhanden.»

«Das bedeutet», führte Luansi weiter, «entweder hacken sie fortlaufend den Spaceweb-Server, ohne dass es der Administrator mitbekommt …»

«… oder sie haben den Admin auf ihrer Seite», ergänzte Alexej.

«Worauf tippst du?», fragte Levy.

«Letzteres. Das kann auf Dauer niemand übersehen. Doch dazu später. Zuvor will ich euch das Filetstück des Servers zeigen – die Informationszentrale der Weißen Lilie.»

Auf dem Monitor erschienen Reihen und Spalten, fein

säuberlich in alphabetischer Reihenfolge. Die Tabelle war mit der Überschrift *Predators* – Raubtiere – versehen.

«Voilà», sagte Naumov, «hier findet ihr jeden verurteilten und beschuldigten Gewaltverbrecher der letzten zwanzig Jahre.»

Michaelis stand auf und ging zum Monitor. Sie konnte nicht glauben, was sie da sah. «Brische, David. Den habe ich vor fünf Jahren überführt. Und da: Fetzer, Dieter. Der hat acht Jahre wegen schwerer Körperverletzung bekommen …»

«Egal wen du suchst, hier findest du ihn», sagte Benguela. «Aber das wirklich Spannende ist, welche Informationen zu den einzelnen Datensätzen vorhanden sind.»

Naumov öffnete einen. Neben dem Bild, dem Namen, dem Wohnort und allen bekannten weiteren Daten, die sie aus ihrem eigenen System kannten, tauchten Überwachungsprotokolle auf. Sie waren mit Namen des Mitarbeiters, Ort und Datum versehen. Alexej rief eines dieser Protokolle auf, es stammte von einer gewissen Sabrina.

«7.45 Uhr. K. verlässt das Haus, fährt mit dem Bus zur Arbeit. Er verhält sich unauffällig, ist freundlich und hilfsbereit. Habe mit einer seiner Kolleginnen gesprochen. Gab vor, ihn zu mögen, und täuschte Interesse an einem Kennenlernen vor. Sie riet mir davon ab. K. gilt als unberechenbar, nachtragend und sexuell unkontrolliert …»

«Das sind Stasi-Methoden», empörte sich Michaelis.

«Kann man so sehen», bestätigte Benguela. «Das geht seitenweise so weiter. Ich kenne das noch aus meiner alten Vopo-Zeit. Ein Spitzelsystem.»

«Wer ist diese Sabrina?»

«Die Frau heißt Sabrina Volkerts. Sie ist Hausfrau und Mutter von zwei Kindern, wohnhaft in Hamburg. Eine ganz normale Frau auf den ersten Blick. Doch wenn man in ihre Datei schaut» – Alexej wechselte dorthin –, «erfährt man, dass ihre Tochter Maja, heute zwölf Jahre alt, im Jahr 2002 Opfer einer Vergewaltigung wurde. Es wurde damals gegen unbekannt ermittelt. Der Täter wurde bis heute nicht gefasst.»

«Gibt es noch mehr von diesen *Mitarbeitern*?»

Eine neue Tabelle erschien auf dem Monitor. «Hunderte», sagte Alexej. «Sie sind über ganz Deutschland verteilt. In einer anderen Tabelle findest du die Informanten, die im Ausland tätig sind. Sie arbeiten wie Korrespondenten eines Nachrichtenkanals. Grenzüberschreitend.»

«Was ist ihre Motivation?», fragte Levy. «Werden sie bezahlt?»

«Nicht mit Geld», antwortete Benguela. «Ein jeder dieser Informanten scheint seine eigene Erfahrung mit Gewalt und Tätern gemacht zu haben. Sie bringen ihre lokale Kompetenz ein, dafür erhalten sie von anderen Mitgliedern Hilfe und Unterstützung bei ihren Problemen. Es ist ein Netzwerk, das auf Gegenseitigkeit beruht. Von der Idee her genial.»

«Wie weit reicht das Netzwerk?»

«Sieh selbst», sagte Naumov und ließ die Namen der Mitglieder über den Bildschirm laufen.

Gebannt verfolgten Michaelis und Levy die Namensliste.

«Stopp», rief Michaelis. «Heiner Baldham. Ist das der Bürgerschaftsabgeordnete?»

Naumov öffnete die Datei. Ja, er war es. Der Sohn seines Bruders hatte bei einem Unfall mit Fahrerflucht ein Bein verloren.

Die Liste lief weiter. «George Faraday», sagte Levy.

Die Datei ging auf. «Ich kenne ihn. Er ist Forensiker in Birmingham. Was hat er in dieser Liste verloren?»

Er war Opfer einer schweren Körperverletzung im Jahr 1991.

«Er hat mir nie etwas davon erzählt.»

Wieder setzte sich die Liste in Bewegung. Weitere prominente Namen tauchten auf, aus unterschiedlichen Teilen des Landes, jeweils mit bemerkenswerter Historie; aber auch viele, deren Schicksal niemand kannte, außer sie selbst.

Seit letzter Nacht war ein anderer Name aus der Dunkelheit getreten. Dieser schob sich soeben über den Monitor.

«Stopp», sagte Levy. «Thorsten Waan. Öffne die Datei, bitte.»

«Wer ist das?», fragte Michaelis.

Levy berichtete von seinen Recherchen zu Lilith Waan – der von Mandrak vergewaltigten und entführten Dreizehnjährigen.

Dann las er den Eintrag. Thorsten Waan stellte der Weißen Lilie seine Kenntnisse in der Verwaltung des Netzwerkes zur Verfügung und war bei der Recherche nach Straftätern behilflich. Er arbeitete zum Erstaunen der Anwesenden beim LKA, Abteilung Sexualstraftaten im Internet.

«Das ist unser Mann», sagte Levy.

53

Speicherstadt, Brooksfleet. Noble Adressen waren hier zu Hause, aber auch Zeichen des Aufbruchs, der Verwahrlosung waren unübersehbar.

Naima ging hoch in den dritten Stock. Mit dem Schlüssel, den sie vom Eigentümer Hansen bekommen hatte, schloss sie die Tür auf. Ein kalter Wind pfiff ihr entgegen. Er kam durch ein scheibenloses Fenster herein. Hansen hatte sie gewarnt. Das Lager stand seit Monaten leer. Sie sollte aufpassen, dass sie sich nicht die Knochen brach, wenn sie über die Hinterlassenschaften des Vormieters stieg. Kisten standen im Weg, und rostige Nägel stachen aus heruntergerissenen Brettern hervor.

Inmitten des Raums war eine Stütze angebracht. Sie klebte fest zwischen Decke und Boden. Am Fuß war nachträglich eine Kette angebracht worden. Die Glieder waren verchromt und passten nicht zur verrosteten Stütze. Schmutz klebte daran. Kein Zement oder sonstiger Baustoff. Etwas anderes, das Naima schon oft gesehen hatte. Es war dieser besondere Farbton, der vertrocknetem Blut eigen war. Noch ließ sie einen Moment des Zweifels zu, doch ein Haar, zwischen zwei Gliedern eingeklemmt, beseitigte ihn. Sie nahm eine Plastiktüte für die Spurensicherung zur Hand und verstaute es darin. Das Haar war etwa fünfzig Zentimeter lang, gewellt und schwarz.

Rund um die Stütze hatte sich eine Blutschicht ausgebreitet. Sie kratzte ein Stück vom Boden ab und sicherte es. Alles Weitere überließ sie den Kollegen von der Spurensicherung.

Wieder wehte der Wind scharf durch das Fenster herein. Sie ging hinüber. Das Glas war herausgebrochen. Unten konnte Naima das Fleet erkennen. Einen Körper über diesen Weg zu entsorgen sollte keine Schwierigkeit darstellen. Niemand würde es mitbekommen, schon gar nicht nachts, wenn die Speicherstadt nahezu ausgestorben war. Der Körper würde nach dem Aufschlagen auf die Wasseroberfläche sinken und erst Tage später an anderer Stelle zum Vorschein kommen. Eine fast perfekte Entsorgung.

Aber das Haar. Es war lang, zu lang für Landau und Termühlen. Sie hatten beide kurze Haare getragen. Hier war jemand anders gestorben.

Die Antwort musste warten. Zuerst sollten die Spuren ausgewertet werden. Sie war auf dem Weg zurück zur Tür, als sie auf dem Boden etwas erkannte. Schleifspuren. Sie führten nicht zur Stütze, sondern in eine Ecke am hinteren Ende des Raums.

Was war das?

Naima ging in die Hocke. Eine große Fläche vertrockneten Bluts breitete sich vor ihr aus. Und darin steckte noch etwas fest. Sie nahm eine Plastiktüte und tat es hinein.

Ein Zahn. Zweifellos. Abgebrochen. Herausgeschlagen.

54

Falk Gudman betrat den Einsatzraum, in Gedanken vertieft. Ein junger Mann, gepflegt, Stephan, Versicherung. Wer sollte das sein? Wen könnte er darüber befragen? Hatte Dragan erste Informationen zu den Leichenteilen?

Er setzte sich an seinen Platz und schenkte den Gesprächen um die Datenbank der Weißen Lilie keine Aufmerksamkeit.

«Es ist nicht eine Frage der Zeit», sagte Alexej Naumov. «Du kannst einen Server innerhalb von sechzig Sekunden knacken oder erst nach Jahren. Die entscheidende Frage lautet: Wo befindet sich die Schwachstelle im System?»

«Und, wo lag sie?», fragte Michaelis.

«Im Forum. Der Quellcode war nicht dicht. Das ist gestern bekannt geworden. Der Administrator war nicht auf dem Laufenden. Er hätte das Leck sofort stopfen müssen. So war eine Lücke offen, und ich bin rein.»

«Kann das zurückverfolgt werden?»

«Nein, ich bin über Server im Ausland gegangen.»

«Sehr gut, Alexej. Ich bin stolz auf dich.»

Michaelis drehte sich um und bemerkte Gudman. «Hey, da bist du ja. Was gibt's Neues?»

«Noch mehr Leichenteile und einen Mann namens Stephan.»

Er berichtete über seine Ermittlungen. «Dieser Stephan muss noch einmal im Altersheim gewesen sein, um seine Spuren zu verwischen. Zu dumm. Dann hätten wir jetzt Name und Anschrift.»

«Hast du die Heimleiterin zur Erstellung eines Phantombildes geladen?»

«Ja, sie und den alten Mann. Sie sind unten bei den Kollegen. Ist Dragan schon zurück?»

«Er ist auf dem Weg.»

«Haben sie noch mehr gefunden?»

«Leider ja, und die Suche ist noch nicht zu Ende. Sie mussten wegen der Dunkelheit abbrechen. Morgen geht's weiter.»

«Wenn der Sturm noch etwas übrig lässt.»

«Hoffen wir's.»

Michaelis ging zu ihrem Schreibtisch. «Können wir dann anfangen, bevor Luansi mit unserem Verdächtigen zurückkommt? Und wo steckt Levy schon wieder?»

Er kam gerade zur Tür herein. «Bin schon da.» In seiner Begleitung Naima.

«Gut, setzt euch. Machen wir's kurz. Falk, Naima: Wir haben für die Prügelopfer einen Verdächtigen und für Jette Friis wenigstens einen Vornamen, falls ihr das noch nicht mitbekommen habt. Der Verdächtige heißt Thorsten Waan, ist Systemadministrator der Weißen Lilie und Kriminaloberkommissar beim LKA.»

«Was macht ihn verdächtig?», fragte Naima.

«Er bringt alles mit», antwortete Levy, «was es zur Begehung der Morde bedurfte. Das Wissen, die Kraft und das Motiv.»

«Welches Motiv?»

«Seine Tochter Lilith war eines der Opfer von Holger Mandrak.»

«Stimmt, ich erinnere mich. Was hat er mit Landau und Termühlen zu tun?»

«Das werden wir noch herausfinden», sagte Michaelis. «Luansi bringt ihn gerade in den Befragungsraum. Bevor wir runtergehen: Hast du was in der Speicherstadt gefunden?»

«Allerdings.» Sie hielt die Plastiktüten hoch, die mit Spuren gefüllt waren.

«Was ist das?», wollte Levy wissen.

«Blut, ein Haar und ein ausgeschlagener Zahn. Habe ich alles an zwei Stellen in einem Raum gefunden. So wie es ausschaut, sind das zwei separate Tatorte. Und das Schönste ist: Durch das Fenster hatte der Täter die beste Möglichkeit, die Opfer loszuwerden.»

«Welcher Täter, welche Opfer?», fragte Falk.

«Die Opferfrage muss Dragan klären. Die Antwort wird uns zum Täter führen.»

Ein Klopfen an der Tür ließ sie umschauen. Es war Luansi Benguela. «Wir sind so weit.»

55

Das Aquarium in der Langen Reihe hatte gerade aufgemacht. Lili war der erste und einzige Gast.

Der schwule Barmann fragte nach ihrem Getränkewunsch. Sie nahm einen Darjeeling. Etwas Warmes brauchte sie bei dem Wetter.

«Nicht viel los», sagte sie. «Ist das immer so?»

«Nein, nur heute, schätze ich. Keiner traut sich raus. Mal sehen.»

«Wer verkehrt hier so?»

Der Typ schmunzelte. «Männchen, Weibchen. Mit und ohne.» Er stellte ihr eine dampfende Tasse mit Beutel hin. «Du bist zum ersten Mal hier?»

Lili nickte. «Ja, ich wohne am anderen Ende.»

«Was verschlägt dich nach St. Georg?»

«Ein Date.»

«Dein erstes?»

«Nein, natürlich nicht. Ich bin älter, als du denkst.»

«Will ich hoffen. Wie alt bist du denn?»

«Süße sechzehn», sagte ein Mann, der hinter ihm auftauchte.

Sie drehte sich um. «Sebastian?»

Er klopfte sich den Regen von der Jacke. «Wie er leibt und lebt.»

56

Thorsten Waan saß im Befragungszimmer. Ihm gegenüber Michaelis und Naima. Levy stand mit Benguela hinter der verspiegelten Glasscheibe im Nebenraum.

«Ist das ein offizielles Gespräch?», fragte Waan. «Wenn ja, dann würde ich gern den Grund wissen, bevor ich mich zu Ihren Fragen äußere.»

«Wir ermitteln im Zuge mehrerer Tötungsdelikte», antwortete Michaelis. «Den zwei Wasserleichen von letzter Woche und einem Toten, den wir vorgestern in einem Keller in der Silbersackstraße aus dem Zement geschält haben.»

«Ich habe davon gehört. Was habe ich damit zu tun?»

«Das wollen wir in diesem Gespräch herausfinden. Ich nehme an, der Name Holger Mandrak dürfte Ihnen bekannt sein.»

«Ja, ist er.»

«Wie verhält es sich mit den Namen Jochen Landau und Klaus Termühlen?»

«Sind das die beiden Wasserleichen?»

«Ja.»

«Nur, was ich aus der Presse weiß.»

«Und das ist?»

«Beide um die dreißig, zu Tode geprügelt, Täter unbekannt.»

«Kommen wir auf Holger Mandrak zurück. Wann haben Sie ihn zum letzten Mal gesehen?»

Waan dachte nach. «Das ist lange her. Ich glaube, bei der Urteilsverkündung vor zwölf Jahren.»

«Seitdem nicht mehr?», hakte Naima nach.

«Nein.»

«Sind Sie sicher?»

Waan hielt inne und fixierte Naima. «Was soll das?»

«Ich habe Ihnen eine Frage gestellt.»

«Und ich habe sie beantwortet. Reicht Ihnen das nicht? Oder wollen Sie nur alte Wunden aufreißen?»

Michaelis versuchte ihn zu besänftigen. «Wir haben tiefes Verständnis für das, was Ihnen und Ihrer Tochter widerfahren ist. Doch wir müssen wissen, wann Sie Mandrak das letzte Mal getroffen haben.»

«Ich habe ihn niemals getroffen. Hätte ich es getan, dann könnten wir uns dieses Gespräch ersparen.»

Naima ließ nicht locker. «Wieso?»

Waan beugte sich über den Tisch, kam Naima auf Armeslänge nahe. «Was glauben Sie, was ich dann mit ihm gemacht hätte?»

«Sagen Sie es mir.»

Waan lehnte sich wieder zurück und schwieg.

«Sie haben ihn also seit der Urteilsverkündung vor zwölf Jahren nicht mehr gesehen», wiederholte Michaelis, «und getroffen wollen Sie ihn auch niemals haben. Ist das so richtig?»

«Ja.»

«Es gibt da aber eine Fernsehaufnahme, die Sie zeigt, wie Sie gegen den Freigang Mandraks vor einem Jahr protestiert haben.»

«Daran kann ich mich nicht erinnern.»

«Wir können sie Ihnen gern vorführen», sagte Naima, «um Ihr Gedächtnis aufzufrischen.»

Waan gab klein bei. «Kann sein. Das ist lange her. Vielleicht war ich bei dieser Protestaktion dabei, vielleicht auch nicht. Wissen Sie, was Sie vor einem Jahr gemacht haben?»

«Wenn es sich um den Vergewaltiger meiner Tochter handeln würde – ja.»

«Gut, dann war ich unter Umständen dabei. Und, was hat das jetzt zu bedeuten?»

«Dass Sie uns belogen haben.»

«Ich sagte, dass ich mich nicht erinnern kann. Was nicht bedeutet, dass ich ihn je getroffen habe.»

Levy meldete sich über das Interkom, das als Ohrstöpsel unter den Haaren Michaelis' verborgen war. «Frag ihn, was er vom Urteilsspruch gegen Mandrak gehalten hat.»

Michaelis richtete die Frage an Waan.

Er zögerte, wog die Antwort ab und versuchte seine Gefühle unter Kontrolle zu halten. «Der Richter hatte entschieden. Er war nach Paragraph 21 StGB vermindert schuldfähig.»

Levy meldete sich. «Er soll sagen, was er fühlte.»

«Wie ging es Ihnen dabei?», fragte Michaelis.

Waan wich der Frage aus. «Ich verstehe nicht, was diese Fragen zu bedeuten haben. Das ist lange her, und ich habe mich damit arrangiert. Mandrak hat seine Strafe bekommen.»

Michaelis merkte auf. «Die Todesstrafe?»

«Blödsinn. Er wurde einer Therapie zugeführt. Ich kann mir vorstellen, dass das kein Zuckerschlecken war.»

«Aber im Vergleich zu dem, was er Ihnen angetan hat», legte Naima nach, «war das ein Freispruch.»

«Der Kerl war krank. Die Gutachter und der Richter haben so entschieden.»

«Ich glaube Ihnen nicht.»

«Glauben Sie, was Sie wollen. Und jetzt möchte ich wissen, wieso ich hier bin. Stehe ich unter Verdacht?»

«Bisher nicht. Aber wie Sie als Kriminaloberkommissar sicherlich wissen, müssen wir jeder Spur nachgehen.»

«Um welche Spur handelt es sich?»

«Dass es eine Verbindung zwischen Ihnen und dem toten Holger Mandrak gibt.»

«Sie endete mit der Urteilsverkündung vor zwölf Jahren. Und da lebte er noch. So viel zu Ihrer Spur. Kann ich jetzt gehen?»

«Nein, wir sind noch nicht fertig.»

«Dann machen Sie ran. Ich habe Termine.»

«Welcher Art?»

«Ich unterrichte Kinder.»

«Worin?»

«In Selbstverteidigung.»

«Sie betreiben Kampfsport? Interessant. Karate, Judo, oder was kann ich mir darunter vorstellen?»

«Von allem etwas. Das war Teil unserer Ausbildung in der Polizeischule. Erinnern Sie sich?»

«Ja, nur dass ich es niemals geschafft habe, andere darin zu unterrichten. Haben Sie einen Gürtel?»

Waan nickte. «Unter anderem einen roten in Karate …»

Hinter der Scheibe verfolgten Benguela und Levy das Gespräch. «Was meinst du?», fragte Benguela. «Ist das unser Mann?»

«Ich glaube schon. Und du?»

«Ich weiß nicht. An seiner Stelle wäre ich schon längst gegangen. Er weiß, dass wir nichts gegen ihn in der Hand haben.»

«Eben, genau das ist der Punkt. Wieso sitzt der immer noch da?»

«Verstehe ich nicht.»

«Es gibt keine Zeugen, keine Beweise, keine sonstigen Hinweise, dass er etwas mit der Tat zu tun hat. Nichts Konkretes, und dennoch stellt er sich den Fragen. Auf der anderen Seite hat er die gleiche Ausbildung wie ihr. Er kennt die Vorgehensweise bei den Befragungen. Eigentlich müsste er viel gefasster sein.»

«Hör mal, er wird mit der Vergewaltigung seiner Tochter konfrontiert. Ich würde da ausrasten.»

«Richtig. Ausrasten, aufstehen und gehen. ‹Ihr könnt mich mal.› Genau das würde ich tun. Er aber nicht.»

57

Lili und Sebastian saßen zurückgezogen in einer Ecke der Bar. Eine Handvoll Gäste war inzwischen eingetroffen.

«Du hast ganz schön mit deinem Bild geflunkert», sagte Lili. «Wieso eigentlich? Das hast du doch gar nicht nötig. Machst dich älter, als du bist.»

Sebastian lächelte. «Und dennoch hat es funktioniert. Du bist hier.»

«Nicht wegen des Fotos.»

«Ach, komm, sei ehrlich. Du stehst auf ältere Typen.»

«Und du auf Jüngere.»

«Okay, Ausgleich. 1:1. Wissen deine Eltern, dass du dich mit mir triffst?»

«Nein.»

«Machen sie sich keine Sorgen?»

«Ich habe nur noch einen Vater, und der arbeitet lange.»

«Tut mir leid. Ist deine Mutter …»

«Gestorben, ja. Vor ein paar Jahren. Aber lassen wir das. Was interessiert dich an jungen Dingern wie mir? Du könntest doch leicht Frauen in deinem Alter kennenlernen.»

«Du überschätzt das. Sie langweilen mich. Für diese Frauen gibt es nur ein Ziel: Karriere. Als gäbe es nichts anderes.»

«Zum Beispiel?»

«Zeit für ein gutes Gespräch.»

«Aber die kommen doch auch irgendwann nach Hause. Dann kann man sich unterhalten. Bei einem Glas Wein, schön entspannt auf der Couch.»

Sebastian seufzte. «Wenn du wüsstest. Entweder hören sie einem nicht zu, oder sie schlafen auf der Stelle ein. Nein, ich hab's aufgegeben.»

«Vielleicht hast du die Richtige noch nicht getroffen.»

«Möglich. Dafür bist du jetzt da.»

Lili führte die Tasse Tee zum Mund. Dabei blickte sie ihm in die Augen. Was sollte sie darauf erwidern?, fragte sie sich.

Sebastian legte nach. «Mach ich dich verlegen?»

«Ein wenig schon. Ich fürchte, ich bin dir nicht gewachsen.»

«Ach, komm. Du brauchst keine Angst vor mir zu haben. Ich bin harmlos. Ehrlich.»

«Aber was willst du von mir? Ich meine, uns trennen Jahrzehnte. Du könntest mein Vater sein.»

«Jetzt mach mal halblang.» Er schmunzelte. «So alt bin ich nun wirklich nicht. Und außerdem bist du älter, als du aussiehst.»

«Was meinst du damit?»

«Mir ist noch nie jemand wie du untergekommen, der mit seinen sechzehn Jahren schon so entwickelt ist. Nicht nur körperlich, nein, du sprichst und denkst über Dinge, die ältere Frauen gerade mal aus Büchern kennen.»

«Du bist ein Charmeur.»

«Siehst du, genau das meine ich. Eine ältere Frau würde einen ganz anderen Ausdruck verwenden, und eine normale Sechzehnjährige auch. Du bist etwas ganz anderes. Etwas Besonderes. Ich glaube, ich habe ein Glückslos mit dir gezogen.»

«Wie lange machst du das schon – Frauen über das Internet kennenlernen?»

«Es ist das erste Mal.»

«Du lügst.»

«Nein, wirklich. Bisher habe ich Frauen nur über meine Arbeit getroffen.»

«Hast du eine Freundin?»

Sebastian zögerte. «Noch. Aber es ist vorbei. Morgen mach ich Schluss mit ihr.»

«Wieso?»

«Sie ist so … gewöhnlich. Versteh mich nicht falsch. Sie sieht toll aus, und alles andere stimmt irgendwie auch.»

«Das andere ist der Sex, oder?»

«Ja und nein. Das ist es nicht. Ich habe mich weiterentwickelt. Früher wäre sie meine Traumfrau gewesen, aber heute bereitet sie mir nur noch Kopfschmerzen.»

«Was suchst du dann?»

Der Kellner verhinderte die Antwort. «Darf's noch was sein?»

Sebastian blickte fragend zu Lili. Sie war sich unschlüssig, und er ergriff die Gelegenheit. «Ja, aber jetzt was Anständiges. Was magst du?»

Lili zögerte. Sebastian übernahm die Entscheidung. «Lass uns einen Wein trinken. Weiß oder rot? Oh, entschuldige, rot natürlich.»

Der Kellner ging zur Bar zurück.

«Woher weißt du, dass ich einen Rotwein gewählt hätte?», fragte Lili.

«Er ist reich an Geschmack. So wie du.»

Sie lächelte. Der Typ war wirklich nett. Vielleicht hatte sie sich geirrt, und er war der Falsche. Sie würde ein Glas Wein mit ihm trinken und dann nach Hause gehen.

«Was trägst du da um den Hals?», fragte Sebastian.

Lili griff an das silberne Herz an der Halskette. «Ein Foto meiner Mutter.»

«Darf ich es mal sehen?»

«Geht nicht. Da ist noch was anderes drin.»

«Was denn?»

«Kann ich nicht sagen.»

«Los, sag schon.»

Lili beugte sich zu ihm hinüber. «Kleine Scharfmacher. Wenn's in der Disco wieder mal länger dauert.»

«Speed?»

«So was in der Art.»

«Darf ich mal probieren? Hab ich noch nie genommen.»

«Du machst Witze.»

«Nein, ehrlich.»

«Das nehmen alle.»

«Siehst du, schon hast du mir was voraus.»

Der Kellner brachte den Wein. «Ein Glas für die Dame, eins für den Herrn. Lassen Sie es sich schmecken.»

«Danke.»

Sebastian hob sein Glas, Lili das ihre.

«Worauf wollen wir trinken?», fragte er.

«Sag du.»

«Auf uns. Ich glaube, wir werden viel Freude miteinander haben.»

Lili erwiderte nichts. Er war nett, mehr würde es für sie nicht geben. Sie stießen miteinander an.

«Ich muss mal kurz. Bin gleich wieder zurück», sagte Lili und verschwand auf die Toilette.

Sebastian nickte und lächelte. Als sie verschwunden war, blickte er sich in der Bar um. Der Kellner war mit dem Nachfüllen der Gläser beschäftigt, die wenigen Gäste unterhielten sich. Er griff in die Tasche und holte eine Dose hervor. Eine halbe Tablette sollte für sie reichen.

Als Lili wieder zurückkam, hatte sie eine Frage auf den Lippen, die sie die ganze Zeit schon stellen wollte.

«Heißt du wirklich Sebastian?»

«Wieso fragst du?»

«Nur so. Der Name passt irgendwie nicht zu dir.»

Sebastian lächelte. «Stimmt. Ich heiße Stephan.»

58

Sag mir alles, was du über diesen Stephan weißt.» Alexej Naumov saß mit Falk Gudman am Rechner. Auf dem Bildschirm vor ihnen wartete die Suchmaske von Spaceweb auf die Eingaben. «Fang am besten mit dem Alter an.»

«Laut Zeugen», begann Gudman, «soll er zwischen fünfundzwanzig und fünfunddreißig Jahren alt sein.»

Naumov tippte es ein.

«Er muss in Hamburg oder im näheren Umland wohnen.»

«Sagen wir, bis zu fünfzig Kilometer im Umkreis?»

«Schon ein bisschen weit. Aber okay. Er ist auf jeden Fall Deutscher. Größe um die eins achtzig, schlank, Nichtraucher. Höhere Schulbildung, Hetero.»

«Was hast du noch über ihn?»

«Gepflegt, erfolgreich, hat mit Versicherungen zu tun.»

«Das machen wir im zweiten Schritt. Erst mal sehen, wie viele Kandidaten wir haben.»

Die Antwort lautete: dreizehn.

«Kannst du ihn schon erkennen?», fragte Naumov.

Gudman nahm die Phantomzeichnung zu Hilfe. «Nummer zwei, vier, sieben und zwölf fallen weg. Alles Glatzköpfe. Unser Mann hat eine gepflegte Erscheinung wie ein Manager.»

«Dann kommen diese fünf auch nicht in Frage. Langhaarig, Marke Kiff- und Partybruder, und der eine ist dunkelhäutig. Bleiben somit vier übrig. Schauen wir uns ihre Profile an.»

Gudman ging die Selbstdarstellungen durch. Keiner der Verbliebenen schien auf die Beschreibung zu passen, die die Nachbarin und der Mann aus dem Altersheim abgegeben hatten. Stephan nannte sich auch keiner, weder im öffentlichen Profil noch im zugangsbeschränkten Bereich, wo sich der Nutzer mit seinem Real Name anmelden sollte.

«Nein, da ist er nicht dabei», seufzte Gudman.

«Das muss nichts heißen. Der Typ kann sich anders beschrieben haben, als er tatsächlich ist. Du sagtest, er hat mit Versicherungen zu tun.»

«Ja, oder Anlagen. Auf jeden Fall mit Geld.»

«Dann schauen wir doch mal, ob dazu in den Blogs was steht.»

Naumov startete eine Datenbankabfrage mit den Suchbegriffen Versicherung, Geld, Anlage und Ähnlichem. Das Ergebnis waren dieses Mal mehr als tausend Treffer.

«Jetzt vergleichen wir das noch mit unseren vier Kandidaten. Und … voilà, zwei bleiben übrig. Dirk und Sebastian. Ist es einer von denen?»

Gudman verneinte.

«Du suchst ihn doch im Zusammenhang mit der zerstückelten Frauenleiche?», fragte Naumov.

«Ja, und der vermissten Jennifer Warneke.»

«Sie waren …»

«Zwischen zwanzig und fünfundzwanzig, Single, erfolgreich, karriereorientiert, kürzlich zugezogen.»

«Gut. Dann machen wir jetzt eine Kreuzabfrage. Und zwar: Suche mir alle jungen Frauen nach deiner Beschreibung heraus, die sich als *neu in Hamburg, zugezogen, suche Kontakt* und so weiter beschrieben haben, und verbinde sie mit Dirk und Sebastian.»

«Das geht?»

«Natürlich. Nach diesem System funktioniert Marketing genauso wie das Politbarometer.»

Das Ergebnis lautete: Sebastian.

Ein ums andere Mal verglich Falk das Phantombild mit dem auf dem Bildschirm. «Das ist er aber nicht.»

«Schade», antwortete Naumov, «dann hat dein Stephan offenbar kein Profil auf Spaceweb.»

«Einen Versuch war's wert. Trotzdem danke.»

Gudman ging zurück an seinen Schreibtisch. Er haderte mit sich. Es wäre zu schön gewesen, wenn er auf diesem Weg den Unbekannten hätte enttarnen können. Was sollte er jetzt tun?

«Wie hießen nochmal die beiden Frauen, die du mit ihm in Verbindung bringst?», fragte Naumov.

Er nannte ihm die Namen Jette Friis und Jennifer Warneke.

Alexej startete eine erneute Suchanfrage – diesmal nach den beiden Frauen.

«Hier ist sie», sagte Alexej wenig später.

«Wer?»

«Jette Friis.»

Gudman ging zu ihm hinüber. Ja, das war sie. «Kriegst du raus, mit wem sie in Kontakt stand?»

Wieder legte Alexej los. Ergebnis: Sie hatte zweiundvierzig Freunde. Darunter war auch Sebastian.

«Also doch», sagte Falk. «Wann war der letzte Kontakt zwischen den beiden?»

2. Februar, nur kurze Zeit vor ihrem mutmaßlichen Todestag.

Sebastians Eintrag lautete: *Du kriegst den Job. Sicher. Danach feiern wir. Kuss.*

In Gudmans Kopf überschlugen sich die Informationen, die er zu Stephan und Jette Friis gesammelt hatte. Stephan hatte von Jettes Vorstellungsgespräch gewusst.

Kuss. Das klang nach Vertrautheit. Vielleicht sogar mehr.

Wieso hatten ihre Eltern nichts darüber ausgesagt? Wussten sie etwa nichts davon? Wahrscheinlich.

Wer könnte aber davon wissen?

Die Antwort kam schnell. Die Freundin in Kiel, zu der sie gereist war, um sich auf das Vorstellungsgespräch vorzubereiten. Die beiden hatten zusammen studiert, sie würden auch Geheimnisse miteinander geteilt haben.

Gudman suchte die Nummer heraus und rief sie an. Er stellte sich vor und fragte sie nach einem Sebastian und einem Stephan.

«Sebastian? Nein, tut mir leid. Aber Stephans kenne ich mehrere», antwortete sie. «Wie heißt er denn mit Nachnamen?»

«Das ist unbekannt. Ich möchte wissen, ob Jette einen Sebastian oder einen Stephan kannte, mit dem sie zu tun hatte.»

«Über einen Sebastian ist mir nichts bekannt, aber einen Stephan kannte sie, einen besonderen.»

«Wer ist das?»

«Stephan Voss, ihr Schwarm. Sie hat ihn vor einigen Monaten kennengelernt, als sie bei mir zu Besuch war. Er macht in Finanzanlagen und hat gute Kontakte. Die beiden haben sich, glaube ich, auch mal getroffen. Doch die Zuneigung war einseitig. Er hat sich nicht sonderlich für sie interessiert. Für ihn war sie eine potenzielle Kundin. Dann brach der Kontakt ab. Sie war darüber sehr traurig. Ich glaube, sie hatte sich in ihn verliebt.»

«Woher kennen Sie ihn?»

«Er hat mich in Finanz- und Anlagedingen beraten.»

«Sie haben nicht zufällig ein Foto von ihm?»

«Nein. Aber er hat eine Website. Da ist ein Foto von ihm drauf.»

Sie gab ihm die Internetadresse.

Naumov, der das Gespräch mitgehört hatte, rief sie auf. *Voss Finanz.* Ja, hier war ein Foto, und es hatte keinerlei Ähnlichkeit mit dem von Sebastians Profil auf Spaceweb.

«Was jetzt?», fragte Gudman. «Ist das unser Mann oder nicht?»

Naumov rief den nichtöffentlichen Bereich von Sebastian auf, wo der Nutzer seine privaten Daten hinterlegt hatte. Er hatte als Namen Sebastian Hartel angegeben. Wahrscheinlich getürkt. Seine E-Mail-Adresse lag bei einem großen deutschen Provider. Morgen könnte er sie überprüfen, für heute war es zu spät.

Aber was bei Polykarp funktioniert hatte, könnte auch hier klappen, dachte er. Vielleicht kannte ihn einer seiner Freunde. Er ging die Liste mit den Bildern und Namen durch. Sebastian hatte auffallend viele weibliche Freunde. Kein Wunder bei diesem Bild. Es zeigte einen attraktiven Mann Anfang vierzig, wie sie in der Werbung auftraten. Leicht angegraut, Designer-Brille, Dreitagebart, vertrauenerweckender Blick.

Nirgends tauchten die Namen Stephan oder Voss auf. Alle nannten ihn nur Sebastian.

Mit wem hatte er zuletzt Kontakt?, fragte sich Naumov. Er rief die Log-Datei auf.

Sternenstaub. Fünf Mal in den letzten Tagen.

Wer war das? Ihr Profil zeigte ein Mädchen mit langen roten Haaren, am Strand sitzend. Sechzehn Jahre alt.

«Auffallend jung im Vergleich zu den anderen Frauen», sagte Gudman. «Schau mal nach, wer sich dahinter versteckt.»

Naumov rief den nichtöffentlichen Bereich auf und las ihren Namen.

«Verdammt», rief er, stand auf und rannte zur Tür.

«Was ist los?», fragte Falk ahnungslos.

59

Kommen wir auf Ihre Tätigkeit bei der Weißen Lilie zu sprechen», sagte Michaelis. «Was machen Sie dort genau?»

«Ich administriere das Computersystem», antwortete Thorsten Waan. «Das tue ich in meiner Freizeit, ohne etwas zu verlangen. Die Tätigkeit ist meinem Vorgesetzten bekannt und somit genehmigt.»

«Sind Sie Mitglied in dem Verein?»

«Ja.»

«Was hat Sie dazu bewogen?»

«Denken Sie mal scharf nach.»

«Ich möchte Ihre persönlichen Beweggründe erfahren.»

«Wir lindern Leid. Reicht Ihnen das?»

«Nein.»

«Die Weiße Lilie hilft Opfern von Straftaten. Alles, was der Staat versäumt zu tun. Nach geltender Gesetzeslage kümmert er sich nur um die Bestrafung eines Täters, nicht um das weitere Schicksal der Opfer.

Als wäre es mit einer Strafe getan. Sie haben keine Vorstellung, welche Folgen Gewalt auf Menschen hat. Sie sehen es nur von der Ermittlungsseite her. Wenn Sie Ihren Bericht geschrieben und die Unterlagen dem Staatsanwalt übergeben haben, dann hört es mit Ihrem Interesse auf.

Der Staatsanwalt ist zufrieden, wenn er eine Verurteilung erreicht, und der Richter konzentriert sich auf den nächsten Fall. Der Täter geht in Haft oder zur Therapie in die Anstalt. Das war's. Mehr hat der deutsche Staat nicht zu bieten. Doch was geschieht mit den an Körper und Seele gebrochenen Opfern?

Wir nennen uns demokratisch und humanistisch. Echtes Mitgefühl und tatsächliche Hilfe sind uns jedoch fremd.

Lieber schielen wir nach der nächsten blutrünstigen Tat eines Verbrechers. Hier die Lebensbeichte eines Vergewaltigers, dort der nächste Schocker über einen Serientäter. Diese Welt ist krank. Sie hofiert die Täter und bestraft die Opfer mit Teilnahmslosigkeit.»

Levy schaltete sich über das Interkom zu. «Frag ihn, woher die Inhalte über die *Raubtiere* stammen.»

«Auf der Website der Weißen Lilie gibt es eine sehr interessante Funktion», sagte Michaelis. «Jeder kann sich dort erkundigen, ob in seiner Nachbarschaft ein sogenanntes Raubtier wohnt. Woher erhalten Sie diese Informationen, und was hat es damit auf sich?»

«Wir bezeichnen verurteilte Gewaltverbrecher als Raubtiere, da sie, wie in der freien Wildbahn auch, ihr Tun nicht einstellen werden. Es ist ihre Natur. Wie Sie einem Tiger das Jagen nicht austreiben können, wird ein Raubtier immer wieder Gewalt anwenden.»

«Wie kommen Sie darauf?», fragte Naima.

«Betrachten Sie sich die Rückfallquoten. Sie schwanken zwischen sechzig und achtzig Prozent. Und das seit Jahren. Keine Therapie, kein Knast und keine noch so großen Versprechen können daran etwas ändern. Sie schlagen, vergewaltigen und töten ein Leben lang. Das ist Fakt.»

«Was glauben Sie, was Sie mit der Veröffentlichung dieser Informationen erreichen, außer Angst und Denunziantentum?»

«Genau das Gegenteil davon. Wer um die Gefahr weiß, kann sich darauf einstellen. Sie wissen, wo sich Ihr Feind befindet. Ihr Kind und Ihre Frau leben dadurch sicherer.»

«Woher erhalten Sie die Informationen über diese Menschen?»

«Vieles ist öffentlich, der Rest wird recherchiert.»

«Wer recherchiert und wie?»

«Das Netzwerk der Mitglieder. Jeder trägt bei, was er kann.»

«Gehört dazu auch das Eindringen in fremde Computer?» Naima hatte ausgesprochen, was sie nicht sollte.

Waan merkte auf. «Wie kommen Sie darauf?»

«Wir haben den Eindruck», schritt Michaelis ein, «dass Sie Informationsquellen heranziehen, die Sie durch Computerspionage erlangt haben.»

«Unsinn.»

Alexej Naumov kam mit Falk Gudman in den Nebenraum, in dem Levy und Benguela die Befragung verfolgten. «Wir haben ein Problem», sagte Naumov und berichtete von Sternenstaub und Sebastian.

Levy dachte nach. Wie würde Thorsten Waan auf diese Nachricht reagieren? Er gab die Information an Michaelis weiter.

«Wer ist Sternenstaub?», fragte sie Waan.

Er wurde hellhörig. «Woher haben Sie diesen Namen?»

Michaelis erklärte es ihm, indem sie Levys Worte wiederholte.

«Ich muss telefonieren», sagte Waan und griff nach seinem Handy.

Michaelis gestattete es.

Waan ließ es lange läuten. Dann die Wahlwiederholung. Seine Tochter nahm das Gespräch nicht entgegen.

«Ich muss Lili suchen», sagte er und stand auf.

«Wir sind noch nicht fertig», widersprach Michaelis. Nun würde sie den Strick enger ziehen, bis Waan endlich den Mund aufmachte. «Sie bleiben.»

«Verstehen Sie denn nicht? Lili ist in Gefahr.»

«Sie ist mit einem Mann verabredet. Für eine erwachsene Frau sollte das kein Problem darstellen.»

«Sie haben keine Ahnung.» Er ging zur Tür. Ein Polizeibeamter verwehrte ihm das Weitergehen. «Lassen Sie mich raus.»

«Nicht, bis Sie uns erklären, wieso Ihre Tochter in Gefahr sein soll.»

«Dafür ist jetzt keine Zeit.»

«Lass ihn gehen», sagte Levy über das Interkom.

Michaelis schüttelte verneinend den Kopf.

«Herr Waan», sagte sie, «Sie können sofort gehen, wenn Sie uns alles sagen. Je schneller, desto besser.»

«Sie Miststück», brüllte er sie an. «Sie setzen das Leben meiner Tochter aufs Spiel.»

«Nicht ich habe sie in diese Lage gebracht. Wenn Sie jetzt auspacken, schicke ich sofort meine Leute los, um Ihre Tochter zu finden.»

Waan rang innerlich mit sich. Schließlich: «Okay, ich sage Ihnen, was Sie hören wollen. Danach werde ich Sie wegen Erpressung vor den Richter bringen.»

«Naima, Falk», befahl sie, «beeilt euch.»

Sie gingen zur Tür hinaus.

«Also», sagte Michaelis. «Ich höre.»

60

Die Straßen von St. Georg waren wie leer gefegt.

Die übriggebliebenen Nutten in den Hauseingängen stellten keine Fragen. Eine Betrunkene fiel nicht weiter auf im Viertel. Auch der Barmann im Aquarium war nicht sonderlich überrascht, als seine beiden Gäste plötzlich verschwunden waren. Der Zwanziger auf dem Tisch beglich die offene Rechnung zur Genüge.

Stephan stützte Lili auf dem kurzen Weg zu seiner Wohnung. Er redete ihr gut zu. «Wenn man den Alkohol nicht gewohnt ist, kann er einen schnell in die Knie zwingen. Ich bring dich so lange zu mir. Einverstanden?»

Lili sah die Umgebung nur noch verzerrt. Was war mit ihr geschehen? Ein Glas Wein konnte sie doch nicht derart aus der Bahn werfen. «Ich muss mich setzen», stöhnte sie.

«Gleich. Noch einen Moment Geduld», tröstete sie Stephan. «Wir sind da.»

Er zerrte den Schlüssel aus der Tasche und öffnete die Eingangstür. Hier war es dunkel. Er beließ es dabei. Ein Zeuge war das Letzte, was er jetzt gebrauchen konnte. Bislang war alles problemlos gelaufen, und so sollte es auch bleiben.

Den langen, dunklen Durchgang zu seinem Kellerraum durchquerte er ohne Licht. Er verschloss die Türen hinter sich und öffnete die Tür vor ihm. Jenny lag nackt auf der Couch, mit der Hand an ein Wasserrohr gefesselt. Sie blickte kurz auf, als sie die beiden hereinkommen hörte. Viel mehr konnte sie durch die geschwollenen Augenlider nicht erkennen.

«Wir haben Besuch», sagte Stephan und legte seine Begleiterin auf die Couch. «Los, rück ein Stück.»

Jenny gehorchte. Erst jetzt erkannte sie eine junge Frau. Sie wich erschrocken zurück. «Wer ist das?», fragte sie.

«Jemand, der mir hoffentlich mehr Freude bereitet als du.»

Er begann sie auszuziehen. Zuerst den Mantel, wattiert und knielang. Etwas Hartes war darin eingearbeitet. In einer Tasche an der Seite steckten zwei rund fünfzig Zentimeter lange Stöcke aus Holz. Er zog sie heraus und betrachtete sie. «Was hat sie denn damit vor? Die Kleine ist für jede Überraschung gut. Bin gespannt, was wir noch alles entdecken.» Er warf die Stöcke gedankenlos in die Ecke.

Pullover, Hose und Unterwäsche. Dann war sie nackt.
«Hey, was ist das?»

Lilis Rücken war übersät mit Narben. Kreuz und quer verliefen sie auf ihrer weißen Haut.

«Das wird sie erklären müssen.»

Er ohrfeigte sie mehrmals. «Hey, aufwachen, komm schon.»

Nur schemenhaft nahm Lili ihre Umgebung wahr. Alles drehte sich. «Wo bin ich?», sagte sie.

«In Sicherheit», antwortete Stephan. «Woher stammen die Narben auf deinem Rücken?»

Lili tastete nach der Tasche in ihrem Mantel, bis sie bemerkte, dass sie nackt war. «Wo hast du ihn hin?»

«Was?»

«Meinen Mantel.»

«Wir machen es uns jetzt mal gemütlich, wir drei. Ach ja, darf ich vorstellen? Jenny, deine Vorgängerin. Jenny, begrüß unseren Gast. Das ist Lili. Unschuldig, wie ich dachte. Doch wie es scheint, hat sie schon einiges auf dem Buckel.»

Stephan lachte über seinen Scherz.

Lili tastete nach ihrer Halskette. Sie war noch da.

«Warte», sagte Stephan und schlug ihr die Hand weg. Er riss ihr die Kette vom Hals und öffnete den Anhänger. «Wofür ist dieses Zeug gut?»

«Es bringt ihn dir zum Stehen, du impotenter Wichser», giftete sie.

«Soso. Und wenn ich das gar nicht brauche, du kleines Miststück?»

Lili mobilisierte ihre letzten Kräfte. «Das sagen sie alle. Und trotzdem sind sie Schlappschwänze, wenn es darauf ankommt. Du schaust mir auch ganz danach aus.»

Eine Ohrfeige warf sie zurück auf die Couch. «Halt deine verdammte Fresse», schrie Stephan. «Noch habe ich es jeder besorgt. Du wirst keine Ausnahme sein.»

Unschlüssig fixierte er die kleine Pille in seiner Hand. «Aber wenn du meinst, hiermit geht es besser, dann will ich mal nicht so sein.»

Er schluckte sie und spülte mit Wasser nach. «Dann komm her.» Er packte sie fest an den Armen. «Lektion Nummer eins. Die Inbesitznahme. Schließ die Augen und genieß es.»

61

Ich habe Holger Mandrak getötet», gestand Thorsten Waan.

Michaelis' Miene verriet ihre Erleichterung. «Wie haben Sie es angestellt?»

«Ich habe ihn vom ersten Tag seines Freigangs an beobachtet. Anfänglich verhielt er sich unverdächtig, ganz nach den Auflagen. Dann aber machte er sich auf Wohnungssuche.»

«Wie soll das funktioniert haben? Er stand doch unter Beobachtung.»

«Er meldete sich freiwillig für die Beschaffung der Mahlzeiten. Da hatte er gut eine Stunde Freiraum. Nicht weit von der Fleischerei in der Silbersackstraße entfernt fand er schließlich diesen Kellerraum.»

«Wieso haben Sie das nicht gemeldet?»

«Ich wollte wissen, was er vorhat. Wenn ich ihn verraten hätte, dann wäre er mit einem Verstoß gegen die Auflagen davongekommen, und ein Jahr später hätte die Sache erneut begonnen.»

«Okay, was passierte dann?»

«Er begann sich einzurichten. Nicht viel. Einen Tisch, Stühle, ein Bett und einen Computer.»

«Wie soll er an den gekommen sein?»

«Keine Ahnung. Eines Tages kam er mit dem Ding aus der Werkstatt. Ich nehme an, einer seiner Kollegen hat ihm den Rechner zur Verfügung gestellt.»

«Ging er damit online?»

«Ja.»

«Wie? Dafür braucht man eine feste Adresse und einen Telefonanschluss. Wir haben keinen im Keller gefunden.»

«Er nutzte eine kabellose Verbindung. Sie müssen nur das Signal eines schwach gesicherten WLAN-Netzwerks in der Nähe ausfindig machen. Die Anleitung dafür finden Sie im Netz, oder Sie geben einem, der sich damit auskennt, einen Zehner, und der Rest ist kein Problem.»

«Was passierte dann?»

«Mandrak suchte Kontakt zu neuen Opfern. Dieses Mal übers Internet. Ich habe mich vor dem Haus in seine Verbindung eingeklinkt und konnte alles mitlesen.»

«Wie lange ging das, und wann haben Sie sich entschlossen zuzuschlagen?»

«Nach zwei Wochen. Er brauchte immer länger auf seinen Touren, bis er eines Tages beschloss, nicht mehr in die Werkstatt zurückzukehren. Da wusste ich, dass etwas unmittelbar bevorstand.»

«Was?»

«Ich weiß es nicht. Ich konnte ihn ja nicht den ganzen Tag verfolgen. Auf jeden Fall drang ich in den Keller ein und ertappte ihn, wie er dabei war, ein Treffen zu arrangieren.»

«Mit wem?»

«Kann ich nicht sagen.»

«Aber Sie haben es doch geschafft, ihn abzuhören?»

«Ja.»

«Dann mussten Sie doch wissen, mit wem er sich treffen wollte?»

Thorsten Waan suchte nach einer Antwort. Michaelis bemerkte, dass an seiner Aussage etwas nicht stimmte.

«Er lügt», sagte Levy im Nebenraum.

Benguela stimmte ihm zu. «Und wie. Ich frage mich nur, wieso.»

Dieselbe Frage ging Levy durch den Kopf. Wieso log Thorsten Waan? Mit seinem Geständnis war er auf direktem Weg ins Gefängnis. Das wusste er. Warum log er jetzt?

Die Tür ging auf, und Dragan Milanovic kam herein. «Ist Naima bei euch?»

«Nein», antwortete Benguela. «Was gibt's?»

«Ich habe Neuigkeiten zu einer Spur, die sie sichergestellt hat.»

«Welcher Spur?»

«Der abgebrochene Zahn aus der Speicherstadt.»

«Er gehört zu Termühlen oder zu Landau», antwortete Levy. «Habe ich recht?»

Milanovic zeigte sich überrascht. «Landau. Richtig. Woher weißt du das?»

«Jetzt ergibt alles einen Sinn.» Er nahm über das Interkom Verbindung mit Michaelis auf. «Frag ihn, welche Kampfsportarten er außer Karate noch beherrscht beziehungsweise unterrichtet.»

Thorsten Waan war verunsichert. Was sollte die Frage? «Aikido, Judo …»

«Die mit Schlagstöcken zu tun haben.»

«Kendo …»

«Mit kurzen Stöcken», unterbrach Levy übers Interkom.

Michaelis drehte sich zu ihm um. Sie verstand nicht, was es damit auf sich hatte.

Levy verließ den Nebenraum und ging ins Befragungszimmer. «Ich meine eine Kampfsportart, die mit kurzen Stöcken ausgeführt wird», fragte er Thorsten Waan.

Michaelis stellte ihn vor und bestand auf einer Antwort.

Thorsten Waan versuchte den Hintergrund der Frage herauszufinden und zögerte.

«Also», wiederholte Levy, «welche Kampfsportart ist es? Sie können es jetzt sagen, oder wir rufen in der Sporthalle an.»

«Eskrima», antwortete Thorsten Waan schließlich. «Es ist eine philippinische Kampfkunst, die waffenlosen Kampf, Stockkampf und Klingenkampf verbindet.»

«Wem bringen Sie das bei?»

«Jedem, der danach fragt.»

«Auch Ihrer Tochter Lilith?»

62

Hilf mir», sagte Lili. Sie torkelte benommen durch den Raum. Vor ihr lag Stephan auf dem Boden. Er rührte sich nicht mehr.

«Was hast du vor?», fragte Jenny.

«Wo sind meine Stöcke? Ich sehe alles verschwommen.»

«Sie liegen hinten in der Ecke.»

«Hol sie mir bitte.»

Jenny rüttelte an den Handschellen, mit denen sie noch immer am Abflussrohr gefesselt war. «Er hat den Schlüssel in seiner Hosentasche. Ich komm nicht ran.»

Lili bückte sich und tastete Stephan ab. In einer Tasche fand sie sie. «Hier.»

Jenny schloss die Handschellen auf. Dann holte sie die Stöcke. «Was hast du vor?»

«Das wirst du gleich sehen», antwortete Lili und nahm Jenny die Stöcke ab. «Wo sind seine Arme und seine Beine?»

Jenny drehte sie in Position. «Direkt vor dir sind die Beine.»

Lili konzentrierte sich auf ihre verbliebene Kraft. Viel war davon nicht mehr übrig. Doch für die anstehende Behandlung sollte es reichen. Eine schnelle Abfolge von Schlägen prasselte auf den wehrlosen Stephan ein. Sie waren eingeübt und erfolgten mit Vehemenz, die man der kleinen Frau nicht zugetraut hätte. Unter den Schlägen kam Stephan zu Bewusstsein. Er stöhnte und versuchte auf die Beine zu kommen. Vergebens. Jeder Versuch wurde mit einem Stockschlag geahndet.

«Seine Arme», sagte Lili. «Zeig sie mir.»

Jenny führte sie ein Stück weiter. «Direkt vor dir.»

Wieder hagelte es eine Salve. Stephan schrie vor Schmerzen auf.

«Lass mich auch mal», sagte Jenny.

63

Halten Sie meine Tochter da raus», drohte Thorsten Waan Levy. «Sie hat mit der Sache nichts zu tun. Ich habe Mandrak getötet.»

«Wie groß sind Sie?», fragte Levy.

«Eins fünfundneunzig.»

«Wie schwer?»

«Neunzig Kilo.»

«Ich vermute, Sie sind in einer guten, wenn nicht sehr guten körperlichen Verfassung.»

«Ich trainiere täglich.»

«Sagt Ihnen die Bezeichnung Flunitrazepam etwas?»

«K.-o.-Tropfen, soviel ich weiß.»

«Richtig. Wie viel Gramm muss man einem erwachsenen Mann verabreichen, damit er bewegungsunfähig wird?»

Thorsten Waan grübelte. «Keine Ahnung. Vielleicht ein Gramm.»

«Mit einer Dosis von einem Gramm befördern Sie einen Menschen ins Nirwana.»

«Kann sein. Was hat das mit mir zu tun?»

«Sehr viel. Jemand, der die körperliche Konstitution eines Stieres besitzt und in zahlreichen Kampfsportarten geschult ist, benötigt sicherlich kein Flunitrazepam, um einen normal gewachsenen und untrainierten Mann wie Mandrak zu überwältigen. Darüber hinaus ist Ihnen noch nicht mal bekannt, wie viel von dieser Droge Sie einem Menschen verabreichen müssen, damit er handlungsunfähig wird. Wieso auch? Sie brauchten es ja nicht.»

«Was wollen Sie damit sagen?»

«Dass nicht Sie, sondern Ihre Tochter Lili Mandrak getötet hat.»

«Unsinn. Ich war es.»

«Ich sage Ihnen, wie die Sache mit Mandrak gelaufen ist. Nicht Sie, sondern Ihre Tochter hat Mandrak bei seinem Freigang beobachtet. Ob mit oder ohne Ihr Wissen, lassen wir mal außen vor. Es kam der Tag, als Lili Mandrak getroffen hat. Die beiden kannten sich ja noch gut, entschuldigen Sie die flapsige Ausdrucksweise.

Die neun Wochen in seiner Gefangenschaft hatten Lili

grundlegend verändert. Aus dem aufgeweckten Mädchen war eine gebrochene junge Frau geworden, die in den Tagen nach ihrer Befreiung auf Verständnis und Bewältigung ihres Traumas gehofft hatte. Doch leider war sie an die falschen Leute geraten.»

Thorsten Waans Hände ballten sich zu Fäusten. Er fixierte Levy wie ein Tiger vor dem Sprung. Ein falsches Wort, und er würde über ihn herfallen.

«Die Medien und Ihre scheinheiligen Berater haben Lilis Geschichte zu der ihren gemacht, und als sie nichts mehr wert war, gingen sie einfach weiter. So, als wäre nichts geschehen. Ich frage mich, wo in dieser Zeit ihr Vater war. Hatte er nicht begriffen, dass seine Tochter zum zweiten Mal vergewaltigt wurde?»

Das war das Wort. Thorsten Waan packte Levy und zog ihn quer über den Tisch. «Du verdammtes Schwein …»

Michaelis ging sofort dazwischen. Der Beamte an der Tür kam ihr zu Hilfe. Nur mit Mühe gelang es ihnen, Thorsten Waan zurück auf den Stuhl zu zwingen.

Levy setzte sich wieder. «Es tut mir leid, wenn ich Ihnen das sagen muss, aber Sie haben vollkommen versagt. Lili hat auf Sie gezählt, sie hätte Ihre Hilfe gebraucht. Stattdessen haben Sie sie wie eine Attraktion vorgeführt. Weswegen? Waren die Honorare wirklich so verführerisch?»

Thorsten Waan hielt die Hände vor das Gesicht. Dahinter begann er zu schluchzen. «Es ist alles über uns hereingebrochen. Wir wussten uns nicht zu helfen. Die Situation war unerträglich. Das Telefon klingelte ununterbrochen, sie belagerten unser Haus, steckten Briefe mit Verträgen und Geld unter der Tür durch. Was sollten wir machen? Lili musste geholfen werden. Sie war nach den neun Wochen zerbrochen. Der Psychologe riet zu einer Therapie, die lange dauern und kostspielig sein würde. Der Anwalt sagte uns, dass von Mandrak nichts zu holen sei. Dann kam dieser Medienmensch. Er zeigte uns einen Weg auf, wie wir das notwendige Geld für Lilis Therapie zusammenkriegen konnten. Der Druck nahm zu. Wir hatten keine Zeit zu überlegen. Sie sagten, jetzt oder nie.»

«Und Sie entschieden sich für das Jetzt», sagte Levy.

Thorsten Waan nickte. «Zu Anfang lief auch alles wie besprochen. Die Fragen waren fair, jeder hielt sich an die Vereinbarung, Lili zu schonen. Doch je länger die Sache dauerte, desto tiefer bohrten sie. Sie wollten alles, jedes noch so unbedeutende und unwürdige Detail, wissen.

Als es uns zu dumm wurde, wollten wir Lili da rausnehmen …»

«Doch da war es zu spät. Sie hatten das Geld genommen.»

«Und ausgegeben. Das meiste ging zuerst für die Beraterhonorare drauf. Dann kam der Therapieplatz, den wir für eine bestimmte Zeit im Voraus buchen und bezahlen mussten. Lili sollte ja die beste Behandlung bekommen, die es gab.»

«Das Geld reichte nicht.»

«Nein, das tat es nie. Ich bin dann zur Bank. Hab sie bekniet, mir einen Kredit zu geben. Dafür sollten sie auch in der Berichterstattung gut wegkommen. Darauf ließen sie sich schließlich ein. Doch eine Rechnung kam nach der anderen. Freunde sprangen ein, halfen, wo sie nur konnten. Aber es hat nie gereicht …»

Levy ließ ihn weinen. Diesen Berg von einem Mann, der gebrochen, den Kopf in den Händen vergraben, hemmungslos schluchzte.

«Wie erging es Lili in der Therapie?», fragte Levy, nachdem Thorsten Waan sich beruhigt hatte.

«In den ersten Wochen war sie überhaupt nicht ansprechbar, weder für uns noch für die Ärzte. Sie war wie ein Zombie – ein toter Geist in einem geschundenen Körper. Meine Frau ist daran verzweifelt. Sie hat mir Vorwürfe gemacht, wieso ich all das zugelassen habe …

Aber die Ärzte gaben uns Hoffnung. Nach Monaten begann sie zu sprechen. Wenig, aber immerhin. Sie ließ uns wieder an sich heran, und es fiel uns ein Stein vom Herzen. Dann kam der Rückschlag. Sie knallte ihren Kopf gegen die Wand, schluckte alles, was sie in die Hände bekam, und begann sich mit Glasscherben ins Fleisch zu schneiden …»

«Sie richtete ihre Aggressionen gegen sich selbst.»

«Ja, dabei habe ich sie angefleht, mich zu bestrafen. Ich war an allem schuld. Hätte ich damals besser auf sie aufgepasst, hätte ich sie nicht diesen Leuten ausgesetzt … dann wäre alles nicht passiert.»

«Lili hat aber die Schuld bei sich gesucht.»

«Das sagten die Ärzte auch, deswegen mussten sie sie fixieren, damit sie sich nicht selbst verletzt. Danach kamen die Medikamente. Sie haben aus meiner Tochter ein lebloses Stück Fleisch gemacht. Sie saß tagelang regungslos auf ihrem Bett und hat an die Wand gestarrt. Niemand und nichts ist zu ihr durchgedrungen. Ich bin fast verrückt geworden, habe die Ärzte angefleht, die Medikamente abzusetzen. Ich wollte meine Tochter zurück, so wie ich sie in Erinnerung hatte – aufgeweckt, lebhaft, herzlich.»

«Das war sie aber nicht mehr. Diese neun Wochen hatten sie getötet. Wie ging es mit ihr weiter?»

«Auf ein Hoch folgte ein Tief. Das ging über Monate, fast ein Jahr. Dann hatten wir kein Geld mehr, und wir mussten sie aus der Therapie nehmen. Sie weigerte sich, in eine andere Klinik zu gehen. Meine Frau wollte das auch nicht, sie sollte nach Hause zurückkehren. Schließlich fanden wir in

Hamburg einen Therapeuten, der sich bereit erklärte, die Behandlung fortzuführen. Natürlich nicht in dem Umfang wie in der Schweiz, aber immerhin.

Es dauerte, die Achterbahn der Erfolge und der Niederlagen setzte sich fort, bis eines Tages etwas mit ihr geschehen war.»

«Sie schien sich wieder gefangen zu haben.»

«Wie aus dem Nichts begann sie wieder, aufmerksam zu sein, Fragen zu stellen, unbeschwert zu sein. Sie schien wie neugeboren. Meine Frau und ich waren außer uns vor Freude.

Der Therapeut meinte, sie hätte eine neue Stufe in ihrer Entwicklung erreicht. Das Trauma sei zwar nicht vergessen, sicher auch nicht ganz überwunden, aber aus dem Mädchen von vor zwei Jahren sei eine junge Frau geworden. Wir sollten stolz auf sie sein. Sie ging wieder auf die Schule, fand Freunde und entwickelte sich prächtig.»

«Doch damit war es nicht getan, nehme ich an.»

Thorsten Waan schüttelte den Kopf. «Es ist alles so unbegreiflich. Nachdem wir durch alle Täler gegangen waren, dachten wir, wir könnten von neuem beginnen. Dann erkrankte meine Frau an Krebs. Die Anlage dafür hatte sie wahrscheinlich schon immer in sich getragen, aber die vergangenen Monate waren zu viel für sie gewesen. Sie konnte es nicht ertragen und besorgte sich Tabletten.»

«Wie reagierte Lili darauf?»

«Gefasst. Sie war so stark geworden. Beängstigend. Sie konzentrierte sich noch stärker auf die Schule, kam zu mir in die Sporthalle, begann mit dem Training. Dieser kleine Mensch. So schwach und doch so stark.»

«Was passierte, als Sie von Mandraks Freigang erfuhren?»

Thorsten Waan wechselte zurück in die alte Rolle des

Beschützers. «Das habe ich Ihnen doch schon gesagt. Ich habe Mandrak getötet. Nach dem, was er uns angetan hat, hatte er den Tod verdient.»

«Ich glaube Ihnen alles, nur das nicht. Aus meiner Sicht ist etwas ganz anderes passiert. Lilis Traumatisierung ist nie vollständig aufgelöst worden. Im Gegenteil, als Sie glaubten, sie sei über den Berg, begann die zweite Phase ihrer Erkrankung. Die vorangegangene Gefühlslähmung, die Abschottung und die Autoaggressionen führten in die Ausklammerung des Bedrohlichen, des ständig wiederkehrenden Traumas der Entführung, der Vergewaltigung und der Todesangst. Ihre kindliche Psyche konnte den Schock nicht verarbeiten. Wie auch? Nicht einmal Erwachsene schaffen das.

Folglich klammerte sie die Bedrohung aus und passte sich den Gegebenheiten an. Doch damit war es nicht genug, geschweige denn das Erlebte vergessen. Die Überanpassung resultierte in der Identifikation mit dem Täter und seinen Taten. Gemäß der kindlichen Logik: Wenn du das gemacht hast, dann darf ich das gefälligst auch. Die Saat dafür haben unter anderem auch Sie gelegt, indem Sie Lili damals glauben ließen, dass sie von der Öffentlichkeit verstanden und getragen würde. Diese Identifikation mit der scheinbaren Aufmerksamkeit und allgemeinen Wertschätzung ihres Schicksals war die Basis ihrer späteren Entwicklung. Lili ist zu einer kaltblütigen Mörderin geworden. Und Sie haben sie noch dazu ausgebildet.»

Thorsten Waan war nicht mehr zu halten. Er sprang auf und packte Levy am Hals.

64

Die kleine Flamme des Feuerzeugs hatte keine Chance gegen den Wind.

«Hast du die Taschenlampe dabei?», fragte Naima Hassiri.

«Nein, du etwa?», antwortete Falk Gudman.

«Wer geht?»

«Ladies first. Ich pass auf, dass er nicht abhaut.»

«Haha.»

Naima lief durch Regen und Wind zum Wagen zurück und holte die Taschenlampe aus dem Handschuhfach. Mit ihrem Licht konnten sie die Namensschilder vor der dunklen Haustür lesen.

«Hier ist es», sagte Gudman. «Stephan Voss.»

Er klingelte.

Nach dem fünften Versuch trat er auf den Gehsteig zurück und blickte hoch zur Fensterfront. «Im dritten Stock brennt Licht. Probier's mal dort.»

Naima drückte die dritte Reihe durch. Schließlich: «Ja?»

«Hier ist die Polizei. Bitte öffnen Sie.»

«Was wollen Sie?»

«Nichts von Ihnen. Wir wollen zu einem anderen Mieter. Stephan Voss. In welchem Stockwerk wohnt er?»

«Erdgeschoss, glaube ich.»

Ein Surren öffnete die Tür.

Die Flurbeleuchtung war spärlich. Naima half mit der Taschenlampe nach und las die Klingelschilder an den Türen. «Blaue Grotte», sagte sie. «Ist das nicht ein Puff?»

«Auch wenn es dich überrascht, darin kenne ich mich wirklich nicht aus», antwortete Gudman.

«Wer's glaubt.»

Am Ende des Flurs, gleich neben der Treppe, fanden sie, was sie suchten. Sie zogen ihre Waffen, gingen zur Seite und klingelten. Keine Reaktion. Noch ein Versuch.

Naima klopfte schließlich an die Tür. «Aufmachen. Hier ist die Polizei.»

Gudman legte das Ohr an die Tür. «Nichts. Scheint ausgeflogen zu sein.»

Sie steckten die Waffen zurück.

«Fragen wir die Nachbarn.»

Sie klingelten an der nächsten Tür. Eine Frau öffnete. «Kripo Hamburg. Wir suchen Stephan Voss», sagte Naima. «Wissen Sie, wo er sich gerade aufhält?»

«Der ist viel unterwegs», antwortete die Frau. «Macht in Versicherungen. Schauen Sie mal, ob sein Auto vor der Tür steht.»

«Welche Marke fährt er?»

«Einen silbernen Mercedes, grünmetallic mit Hamburger Kennzeichen.»

«Haben Sie es genauer?»

«Irgendetwas mit SV 35 oder 36. Achten Sie auf einen Anhänger, der am Rückspiegel hängt. Ein Gerippe mit grün funkelnden Augen.»

«Wie originell», sagte Gudman.

«War's das?», fragte die Frau.

Naima nickte, und sie schloss die Tür.

«Wer geht?»

«Du bist dran. Ich bleib hier und pass auf.»

Gudman grinste schief und ging hinaus, während Naima sich im Flur umschaute. Nach einer Minute kam er durchnässt zurück. «Der Wagen steht auf der anderen Straßenseite. Die Motorhaube ist kühl.»

«Dann muss er in der Nähe sein.»

«Oder er ist mit Bus oder U-Bahn gefahren.»

«Hast du schon mal ’nen Mercedes-Fahrer im Bus gesehen?»

«Stimmt auch wieder.»

Naima klingelte erneut. «Entschuldigen Sie die nochmalige Störung. Hat Herr Voss eine Stammkneipe oder Bekannte, bei denen er sich öfters aufhält?»

«Soviel ich weiß, nicht», antwortete die Frau. «Man sieht ihn kaum. Und wenn, dann unten im Keller.»

«Was macht er da?»

«Wäsche waschen oder Fahrrad … nein, er hat keins. Das wäre mir aufgefallen. Keine Ahnung, was er da unten treibt. Fragen Sie den Hausmeister.»

«Eine gute Idee. Wo finden wir ihn?»

«Der nächste Hauseingang, links, bei Hartmuth. War’s das jetzt, oder kommen Sie nochmal zurück? Dann lass ich die Tür nämlich offen.»

Sie verneinten und gingen zur Tür. Sturmklingeln holte Hausmeister Hartmuth an die Gegensprechanlage. Er war nicht begeistert, bei diesem Wetter die Wohnung verlassen zu müssen. Mit einem Schlüsselbund stapfte er voraus, Gudman und Naima ihm nach.

«Mitten in der Nacht», schimpfte er. «Vielleicht schläft er. Haben Sie auch lang genug geläutet?»

«Haben wir», sagte Naima, «und jetzt schließen Sie bitte auf.»

Hartmuth tat es widerwillig. Als er die gezogenen Waffen sah, trat er ängstlich zur Seite.

«Sie bleiben hier und halten die Augen offen», befahl Gudman.

Naima knipste das Licht an. «Stephan Voss. Hier ist die Polizei. Sind Sie zu Hause?»

Keine Antwort.

Gudman ging auf ihr Zeichen zuerst rein, dann folgte

Naima. Die kleine Wohnung war schnell überprüft und menschenleer.

«Kommen Sie bitte rein», rief Gudman Hartmuth herbei.

Er folgte der Anweisung nur zögerlich.

«Wissen Sie, wo sich Herr Voss zurzeit aufhält?», fragte Naima.

Der Tonfall Hartmuths hatte sich geändert. «Nein», antwortete er beflissen, «er reist viel.»

«Das sagte uns seine Nachbarin schon. Sie erwähnte aber auch, dass er sich öfters im Keller aufhält. Was macht er dort?»

65

Lili hat Mandrak in seinem Kellerraum aufgesucht», sagte Levy. «Natürlich hat er sie wiedererkannt, und ich wette, dass er hocherfreut gewesen ist, sie wiederzusehen. Er war ja noch nicht mit ihr fertig.»

«Sie sind krank», antwortete Thorsten Waan, der nun von zwei Polizeibeamten flankiert wurde.

«Um das zu erklären, muss man krank sein. Mit normalem Menschenverstand lässt sich das auch nicht erklären.»

Michaelis, die sich während Levys Auftreten still verhalten hatte, stimmte ihm wortlos zu. Ja, genau deswegen hatte sie ihn hinzugeholt.

«Es sollte für Lili keine große Schwierigkeit gewesen sein», führte Levy fort, «Mandrak das Flunitrazepam zu verabreichen. Sie nutzte seine Ahnungslosigkeit und Überraschung aus. Wahrscheinlich tranken sie ein Glas zusammen. Und dann musste sie nur noch abwarten. Sie hatte die

Stöcke wahrscheinlich unter der Jacke oder in einer Tasche versteckt. Sie fielen nicht weiter auf. Dann endlich war es so weit, Mandrak wurde bewusstlos. Er war ihr schutzlos ausgeliefert, genauso wie sie damals, nur jetzt mit umgekehrten Vorzeichen. Sie prügelte so lange auf ihn ein, bis er sich nicht mehr rühren konnte. Wir haben rund hundert Stockschläge auf seinem Körper gezählt. Der Vorgang muss Stunden gedauert haben. Was hat sie in der Zwischenzeit gemacht? Hat sie ihren Vater angerufen? Papa, ich habe das Schwein? Oder wie ist das gelaufen?»

Thorsten Waan schwieg.

«Wahrscheinlich hat sie genau das getan. Wenn einer wusste, wie mit so einem Raubtier umzugehen war, dann doch ihr Papa, der Kriminalkommissar.»

Michaelis zog Levy am Ärmel, bedeutete ihm, ihr in die Ecke zu folgen.

«Was ist?», fragte Levy. «Ich habe ihn gleich so weit.»

«Das machst du ganz prima. Doch was ist mit der Todesursache? Laut Dragan ist Mandrak an einem Genickbruch gestorben. Die kleine Lili hat das wohl kaum geschafft.»

Levy dachte nach. «Du hast recht. Aber ich auch.»

Er wandte sich ab und ging zu Thorsten Waan.

«Sie hat Sie angerufen, als Mandrak noch lebte. Stimmt's? Dann sind Sie los. Sie fanden ihn schwer verletzt am Boden liegen. Ihre Tochter hatte ganze Arbeit geleistet. Stopp, nicht ganz. Sie hat Ihnen den Todesstoß überlassen. Ein Geschenk, sozusagen, für all das erlittene Leid. *Er verdiente den Tod*. Das waren Ihre Worte. Und Sie haben das Geschenk angenommen. Sie haben ihn getötet, wie es nur ein Mann machen kann. Mit bloßen Händen.

Als der Vater die Arbeit getan hatte, meldete sich der Kriminalist zu Wort. Er schätzte die Situation ein. Was war zu tun? Am besten war es, wenn Mandrak verschwand. Man konnte sagen, er sei ins Ausland getürmt und die Therapie habe versagt. Doch wohin mit der Leiche?

Sie wussten, dass Sie ein großes Risiko eingingen, wenn Sie ihn vor die Tür brachten. Zeugen gibt es immer und überall. Also durfte er den Kellerraum nie wieder verlassen. Sie gingen los, besorgten Pickel und Zement.»

Thorsten Waan hatte ruhig Levys Beschreibung des Tathergangs angehört. In seinen Augen spiegelten sich die vielen Jahre Berufserfahrung als Polizist. Er wägte ab, was er nun antworten sollte. «Sie haben recht. Genau so ist es passiert. Mit einer Ausnahme: Lili war nie am Tatort gewesen. Ich allein habe Holger Mandrak aufgelauert, ihn betäubt, geschlagen und schließlich getötet.»

«Blödsinn», schimpfte Levy, «Sie brauchten kein Flunitrazepam, um Mandrak zu überwältigen. Sie hätten ihn mit einem Schlag töten können.»

Thorsten Waan lächelte, er fühlte sich sicher, dass niemand seine Version würde widerlegen können.

Das spürte auch Levy. Verdammt, hätte er nur das Crystal zur Hand. Damit würde er besser denken können. Er hatte alles gegeben, was er aus den Ermittlungen schlussfolgern konnte. Dennoch musste da noch etwas sein, das er übersehen hatte.

«Es ist Zeit für eine Pause», sagte Michaelis. «Wir treffen uns in einer Viertelstunde wieder.»

Sie standen auf. Die beiden Beamten nahmen Thorsten Waan am Arm, bereit, ihn abzuführen.

«Sternenstaub», rief Levy ihm nach.

Thorsten Waan blieb stehen.

«Vorhin wollten Sie Ihre Tochter unbedingt sprechen. Was ist daraus geworden? Ich hoffe, sie ist zu Hause, in Sicherheit. Oder doch nicht? Sind Sie gerade im Begriff, einen weiteren schweren Fehler zu begehen?»

Thorsten Waan taxierte die Situation. Wo war Lili? Er hatte sie den ganzen Tag nicht gesehen. Und dann diese SMS, die sie ihm geschickt hatte. Sie wollte jemanden treffen. Nur kurz. Wer war dieser Jemand? Konnte sie ihm trauen?

«Ich muss noch einmal telefonieren», sagte er. «Mit meiner Tochter. Sie können mithören und das Gespräch sofort unterbrechen, wenn Sie es für notwendig erachten. Ich möchte nur sicher sein, dass es ihr gutgeht.»

«Sie stehen unter Mordverdacht», wehrte Michaelis ab. «Es besteht Verdunkelungsgefahr.»

«Ich glaube nicht», antwortete Levy. «Es wird sich gleich alles aufklären.»

Michaelis rang mit sich. Schließlich: «Okay, ein Anruf. Wenn Sie Mist bauen, sind Sie geliefert.»

Thorsten Waan nickte und gab ihr die Nummer. Michaelis wählte und schaltete die Freisprechfunktion an.

66

Das Passwort.»

Lili kniete auf Stephans Brust und schlug ihm ins Gesicht. «Los, du Schwein, aufwachen. Wie lautet das Passwort für das verdammte Laufwerk.»

Stephan Voss antwortete nicht, obwohl er noch bei Bewusstsein war. Er lag blutüberströmt am Boden und blickte in das grelle Weiß der Deckenlampe.

Jenny saß zitternd auf dem Sofa. Sie begriff nicht, was hier vor sich ging. Sie hatte gehofft, von der jungen Frau gerettet zu werden. Doch wie sich nun zeigte, war sie noch lange nicht in Sicherheit. Dieses verrückte Mädchen hatte

Stephan mit ihren Stöcken windelweich geprügelt und verweigerte ihr nun die Flucht. «Was willst du mit dem blöden Passwort?», fragte sie. «Komm, lass uns verschwinden und die Polizei rufen.»

«Alles zu seiner Zeit. Ich garantiere dir noch eine Überraschung.» Sie stand auf und suchte nach einem verwertbaren Gegenstand. Da stand eine Ledertasche.

«Das ist meine», protestierte Jenny.

Lili suchte und fand einen Kugelschreiber. Der konnte helfen. Stopp, da gab es noch einen Füllfederhalter, ein edles Teil mit breiter, vergoldeter Feder. Sie nahm ihn und ging zu Stephan.

«Eigentlich hast du diese Sonderbehandlung nicht verdient. Also, noch einmal: Wie lautet das Passwort?»

Stephan reagierte nicht. Sein leerer Blick verlor sich an der Decke, aus seinem Mund quoll Blut. Er lebte noch.

«Wie du willst. Dann das volle Programm.»

Lili holte aus und stieß ihm die Feder mit Wucht in die Leiste. Er bäumte sich auf und schrie gellend.

«Bist du verrückt?!», rief Jenny verzweifelt. «Willst du ihn umbringen?»

«Er wird noch darum bitten. Glaub mir», antwortete Lili kühl. Zu Stephan gewandt: «Sehr schmerzhaft, dieser Stich, ich weiß. Mal sehen, wie lange du durchhältst.»

Sie ergriff den Schaft und drehte ihn im Kreis. Wieder fuhr Stephan hoch, wieder ein markdurchdringender Schrei.

«Das Passwort.»

Er spuckte Blut, hustete Silben.

«Wie? Ich habe dich nicht verstanden.»

Sie drückte den Füllfederhalter tiefer.

Jenny hielt sich die Ohren zu und heulte.

«Schau dir das ganz genau an», sagte Lili zu ihr. «Das

ist es, was dich erwartet hätte, wenn ich nicht gekommen wäre.»

Jenny schleppte sich zur Tür und rüttelte an der Klinke. Die Tür ließ sich nicht öffnen. Der Schlüssel war abgezogen, lag irgendwo im Raum. Auf Knien rutschend, machte sie sich wimmernd auf die Suche.

Lili sah sich unterdessen nach einem weiteren Folterinstrument um. Sie riss einen schmalen Streifen aus der Tischdecke und band ihn Stephan um das Geschlechtsteil. Dann zog sie die Schlinge mit aller Kraft zu.

«Das Passwort.»

Stephan krümmte sich zur Seite und erbrach sich. «Dein Würstchen ist dir doch so wichtig. Wenn du es behalten willst, dann empfehle ich dir, dein Maul aufzumachen.»

Zwischen Erbrechen und den Krämpfen gab er nach. «Make-my-day12.»

«Ein Eastwood-Fan. Wie originell.»

Sie setzte sich ans Notebook und gab es ein. Das Laufwerk gab eine Vielzahl Dateien und Ordner frei. Alle trugen sie Frauennamen. Lena, Susanne, Chrissie ... Jette. Sie öffnete ihn und war zufrieden.

«Komm her», befahl sie Jenny. «Hier sind deine Vorgängerinnen.»

Jenny reagierte nicht, sie suchte den Schlüssel.

Lili stand auf und schob sie zum Notebook. «Schau dir das an. Dein Freund war ein eifriger Fotograf und Archivar. Darin sind sie alle gleich. Einer wie der andere. Sie geilen sich noch Jahre an den Bildern auf. Siehst du, was er mit dir vorhatte?»

Jenny sah es und drehte nun beim Anblick zerstückelter Frauenkörper ganz durch. Sie fiel auf die Knie und heulte sich die Seele aus dem Leib.

«Vergiss das niemals. Aber ich wette, wir haben noch

nicht alles. Diese Schweine brüsten sich gern mit ihren Trophäen. Sie tauschen wie kleine Jungs ihre Kartensammlungen untereinander aus.»

Ein paar Klicks weiter wurde sie fündig. Der Ordner enthielt Kontaktdaten von LordofLust, Schlitzo, DerMetzger …

«Eine einzige Seuche, diese Kerle. Aber nicht mehr lange.»

Sie nahm den bereitliegenden USB-Stick und kopierte die Daten hinüber.

Ein Handy klingelte. Lili erkannte am Klingelton das ihre und holte es aus der Manteltasche.

Sie kannte die Nummer des Anrufers nicht. «Ja?»

«Ich bin's», hörte sie ihren Vater sagen.

«Hallo, Paps. Alles okay?»

«Wo bist du?»

«Unterwegs. Aber ich bin gleich zu Hause. Heute bringe ich 'ne Pizza mit. Einverstanden?»

«Geht es dir gut? Bist du in Sicherheit?»

Jetzt begriff Lili, dass etwas nicht stimmte. «Ja, mach dir keine Sorgen. Wie geht es dir?»

«Es ist vorbei. Komm heim.»

Ein Klick beendete das Gespräch.

Sie nahm den USB-Stick zur Hand und überlegte, was nun zu tun sei. Die Zeit drängte, sie hörte, wie sich jemand von außen an der Tür zu schaffen machte. Gleich würden sie hereinkommen.

«Jenny», sagte sie und half ihr vom Boden auf. «Nimm das. Gib es nicht aus der Hand. Du weißt, was es für uns Frauen bedeutet. Geh damit zur Weißen Lilie. Sie steht im Telefonbuch. Versprich es mir.»

Jenny nickte, obwohl sie nicht verstand, was hier geschah.

67

Thorsten Waan saß rauchend vor einer Tasse Kaffee. Er hatte aufgegeben. Irgendwie schien er zufrieden zu sein. Lili war in Sicherheit, und der Spuk hatte ein Ende.

Das Tonband war abgeschaltet. Levy und Michaelis saßen mit ihm allein im Befragungsraum. Sie wollten die letzten Unklarheiten in diesem Fall unter sechs Augen besprechen.

«Sind Landau und Termühlen die einzigen Opfer, die auf Mandrak folgten?», wollte Levy wissen.

Thorsten Waan grinste. «Nächste Frage, bitte.»

«Wie kam Lili ihnen auf die Spur?»

«Sie war in der Opferbetreuung bei der Weißen Lilie tätig. Dadurch wusste sie, wie die Software funktionierte. Man musste nur die vorhandenen Informationen mit den anderen verbinden, um Auffälligkeiten festzustellen. Alles Weitere war ein Klacks. Ich habe leider zu spät erkannt, dass sie die Informationen missbrauchte und auf eigene Faust operierte.»

«Wodurch?»

«Bei der täglichen Prüfung neuer Profile auf Spaceweb. Sie nannte sich Sternenstaub, und das Bild, das sie in ihrem Profil verwendete, stammte aus einem gemeinsamen Urlaub. Ich habe es selbst geschossen.»

«Wie nahm sie Kontakt zu Landau und Termühlen auf?»

«Über den Messenger. Ein kleines Programm, mit dem man sich privat via Internet unterhalten kann.»

«Wieso sind Sie nicht eingeschritten?»

«Das bin ich. Aber da war es schon passiert.»

«Sie hat Landau und Termühlen in ihrem Versteck aufgesucht. Richtig?»

Thorsten Waan nickte. «Ja, die Idioten glaubten, mit ihr leichtes Spiel zu haben. Sie haben sie direkt dorthin bestellt. Noch bevor sie sich versahen, waren sie tot.»

«Lili hat die Drogen gewechselt. Sie ist von Flunitrazepam abgekommen. Warum?»

«GHB bekommen Sie an jeder Ecke. Die Wirkung ist die gleiche. In einem Glas Orangensaft aufgelöst, wird es nicht bemerkt.»

«Wir haben an der Stelle, an der sich Landaus und Termühlens Spuren befinden, noch eine weitere Blutspur gefunden. Von wem stammt sie?»

«Ich weiß es nicht. Das war die Arbeit dieser beiden Verbrecher. Machen Sie einen Abgleich mit der Vermisstendatei, und ich wette, Sie werden fündig.»

«Was meinen Sie: Was ist mit der Leiche geschehen?»

«Sie waren doch vor Ort. Das Fleet schluckt alles.»

Levy schaute zu Michaelis. *Hast du noch eine Frage?*, signalisierte er ihr. Sie verneinte.

«Sie werden verstehen», sagte Thorsten Waan, «dass ich vor Gericht bestreiten werde, dass Lili in irgendeiner Art und Weise in die Todesfälle verstrickt ist. Ich, und nur ich, habe Landau und Termühlen aufgespürt, getötet und ins Fleet geworfen. Ich hatte das Motiv, die Gelegenheit und die dazu notwendigen Hilfsmittel.»

«Warum?», wollte Michaelis wissen. «Sie ist eine Mörderin.»

«Sie trägt keine Schuld. Sie ist das Opfer.»

68

Hausmeister Hartmuth fieselte am dicken Bund nach dem passenden Schlüssel. Es fiel ihm nicht leicht, da er noch nie diese Tür mit dem entsprechenden Schlüssel geöffnet hatte. Im dünnen Licht der Taschenlampe und der beiden Pistolen war er sichtlich überfordert.

«Wird's bald», ermahnte ihn Falk Gudman.

«Mach ihn nicht nervöser, als er ohnehin schon ist», wies Naima Hassiri ihren Kollegen zurecht. «Aber langsam werde ich auch ungeduldig. Also, was ist jetzt? Haben Sie den Schlüssel oder nicht?»

«Einen Moment», antwortete Hartmuth, «der müsste es sein. Den hatte ich noch nie in Gebrauch.»

«Hoffen wir's.»

Tatsächlich, der Schlüssel passte und öffnete die Tür.

«Treten Sie zurück», befahl Gudman.

Er brachte die Waffe in Anschlag, und Naima stieß die Tür auf. «Polizei», riefen sie gemeinsam hinein. «Stephan Voss. Kommen Sie heraus.»

Anstatt Stephans Antwort hörten sie die erschöpften Stimmen zweier Frauen. Gudman wagte einen schnellen Blick hinein. Er erkannte zwei nackte und blutüberströmte Frauen, mit Handschellen an ein Wasserrohr gekettet.

«Geht es Ihnen gut?», rief er hinein.

«Ja, helfen Sie uns, bitte», rief die eine ihm entgegen.

«Wo ist Stephan Voss?», fragte Naima.

«Der Mann ist hier. Bitte, kommen Sie endlich und befreien Sie uns.»

Gudman ging voran. Er fand ihn reglos am Boden liegen. Aus Nase und Ohren lief Blut. Der Hinterkopf war völlig zertrümmert. Lebenszeichen waren nicht mehr feststellbar.

Naima überprüfte den übrigen Kellerraum mit gezückter Waffe. «Ist noch jemand hier?», fragte sie die beiden.

«Nein, der andere ist getürmt», antwortete ein Mädchen mit roten, langen Haaren. Ihre Hautfarbe war auffallend weiß.

«Wo ist er hin?», fragte Naima. «Hier gibt es keinen anderen Ausgang.»

Die andere, eine junge Frau mit zahlreichen Verletzungen, schaute sie verheult an. «Er hat das Schwein dort drüben getötet. Und dann ist er weg. Gott sei Dank sind Sie gekommen.»

69

Eine gespenstische Ruhe hatte sich über die Stadt gelegt. Der Sturm holte Atem, um zu vollenden, worauf er in den vergangenen Tagen hingearbeitet hatte.

In den frühen Morgenstunden glitt Levys Taxi ungehindert über den glitzernden Asphalt und setzte ihn vor der Wohnung ab. Auf der Straße war niemand zu sehen. Noch schliefen sie. In einer Stunde wäre es damit vorbei, wenn die Sturmflut Hamburg erreichte. Er würde sie mit einem Glas am Fenster erwarten und dann zu Bett gehen. Nur noch schlafen. Nichts anderes wünschte er sich mehr.

Der Aufzug stand bereit. Er drückte den Knopf und ging hinein. Bevor sich die Türen schlossen, hörte er Schritte die Treppe herunterkommen und erblickte Turnschuhe, die zum Ausgang strebten. Adidas, weiß.

Die erste Reaktion führte seine Hand zum Türöffner. Doch er hielt inne. Nicht heute. Wenn er ausgeschlafen hatte, würde er sich darum kümmern. Die Fahrt in den elften Stock verlief wie erhofft ohne Zwischenfall. Noch vor ein paar Tagen glaubte er in diesem Käfig zu verbrennen. Katie hatte recht behalten: Das Crystal machte ihn wahnsinnig. Sosehr er es für einen perfekt funktionierenden Verstand schätzte, so hinterhältig war es auch. Er würde künftig die Finger davon lassen.

Als er seine Wohnung betrat, war alles so, wie er es hinterlassen hatte. Das Bett war ungemacht, auf dem Boden lag eine leere Flasche Sauza, und der Computer dämmerte im Ruhezustand vor sich hin.

Er nahm eine Flasche aus dem Kühlschrank. Sie enthielt gerade noch genügend Tequila, um Levy für die letzte Entscheidung dieses frühen Tages Kraft zu geben. Der Name von Thorsten Waans Tochter Lilith geisterte die ganze Zeit in seinem Kopf herum. In welchem Zusammenhang hatte er ihn schon mal gehört?

Levy tippte ihn in das Eingabefeld der Suchmaschine ein.

Viele Treffer füllten den Bildschirm. Er wählte *Lilith – die Mythologie* und las:

Als Gott den Menschen schuf, sah er, dass der Mensch nicht allein bleiben sollte. Daher gab er ihm eine Frau, die ihm gleich war. Er formte sie wie Adam aus der Erde und nannte sie Lilith.

Bald jedoch begannen Adam und Lilith zu streiten. Sie wollte es nicht länger dulden, im Beischlaf unter ihm zu liegen. Sie sagte: «Wir sind beide gleich, wir sind aus derselben Erde geschaffen.» Adam aber wollte ihr übergeordnet sein, bestand auf ihren Gehorsam, und so kam es, dass Lilith sich in die Lüfte schwang und entschwand.

Gott schickte daraufhin Engel aus, sie zurückzuholen. Falls Lilith nicht gehorchte, sollten täglich hundert ihrer Söhne sterben. Doch Lilith lehnte ab, und von da an galt sie als Kinderfresserin, Verführerin und das Verderben des Mannes. Dann erschuf Gott Eva. Mit ihr war Adam zufrieden. Sie gehorchte. Vorerst.

Levy schmunzelte. Eine interessante Geschichte. Er fragte sich: Wissen Eltern, welche Namen sie ihren Kindern geben, oder fügt sich im Schicksal alles zusammen?

Das Glas war leer, und Levy fuhr den Computer in den Standby-Modus. Er schob die Tatstatur nach vorn, so wie er es immer tat, wenn er den Tag beendete. Ein Zettel kam zum Vorschein. Er nahm ihn und faltete ihn auf.

Ich weiß nicht, wie ich da reingeraten bin. Frank hat mich gegen dich benutzt. Er will dich töten. Ich verschwinde bis auf weiteres. Das solltest du auch tun. Bis bald. Katie.

Levy stutzte. Was hatte das zu bedeuten, und wie kam die Nachricht in seine Wohnung? Katie hatte keinen Schlüssel. Er nahm das Handy und wählte ihre Nummer. Es klingelte. Nicht aus dem Hörer, sondern in seiner Wohnung. Wo kam das her? Er folgte der Melodie ins Badezimmer und schaltete das Licht an.

Alles war rot. Überall. Auf den Kacheln stand mit Blut geschrieben: *Niemals ohne mich.*

In der Wanne lag Katie. Ihre Kehle war aufgeschlitzt, ihre toten Augen starrten an die Decke.

70

Wegen stark verminderter Schuldfähigkeit wird der Angeklagte in eine geschlossene psychiatrische Anstalt überführt, wo er sich einer Therapie unterziehen wird. Die anschließende Sicherungsverwahrung wird auf unbestimmte Zeit festgestellt.»

Richter Windhoeks Urteil bewegte sich innerhalb der Beweislage, die geltende Rechtsprechung ließ keine andere Entscheidung zu. Was aufseiten der Staatsanwaltschaft und der Verteidigung wohlwollend zur Kenntnis genommen wurde, entfachte im Zuschauerraum empörtes Unverständnis. Pfiffe und Buhrufe mischten sich mit den lauten Vorwürfen der Angehörigen.

Frank de Meer nahm das Urteil mit Zufriedenheit auf. Er war der drohenden Einweisung in eine Justizvollzugsanstalt entkommen. Dort, wo er nun hinkam, fühlte er sich zu Hause. Der Umgang mit Psychiatern und Pflegepersonal würde ihm weit mehr Spielraum geben, als er im Gefängnis erwarten durfte. Er kannte ihre Methoden und Rückschlüsse genau. Insgeheim freute er sich bereits jetzt auf die erste Sitzung. Wer würde ihm entgegentreten? Wie stark müsste diese Person sein, um sich seinem Einfluss entziehen zu können, und wie lange würde er dafür benötigen?

Frank erhob sich von der Anklagebank. Er blickte in die protestierende Menge der Zuschauer. Bis zuletzt hatte er auf das Erscheinen seines Bruders Ruben gehofft. Er war nicht gekommen. Wahrscheinlich stand er noch immer unter dem Eindruck seiner letzten blutigen Nachricht.

Niemals ohne mich.

Die kleine Hure hatte ausgedient. Sie war ohnehin nur eine Zwischenlösung gewesen. Vielleicht hätte er sie am Leben gelassen, wenn sie sich nicht in letzter Minute gegen ihn gestellt hätte.

Frank suchte den Blick zu seinem getreuen Helfer, der sich von seinen ausgelatschten Adidas-Schuhen einfach nicht trennen wollte. Er bedeutete ihm, dass er sich wieder melden würde. Bis dahin wusste er, was zu tun war.

Die Forensische Psychiatrie im Hamburger Stadtteil

Ochsenzoll lag inmitten einer Wohngegend. Dort sollte er sich einquartieren und weitere Anweisungen abwarten.

Auch wenn sein Plan gescheitert war, Ruben zu sich zu holen, so würde er nicht aufgeben. Es gab noch viele Gelegenheiten, und er hatte Zeit. Niemand würde sie auf Dauer trennen können.

Sie waren Brüder, und sie gehörten zusammen.

Danksagung

Wann immer ein Buch zu Ende geschrieben ist, mischt sich in die Erschöpfung und die Erleichterung auch die Dankbarkeit an die vielen Helfer, die das Projekt erst ermöglicht haben. Aber auch die Furcht, jemanden bei der Danksagung vergessen zu haben, verfolgt den Autor über eine lange Zeit. Sollte dies der Fall sein, so bitte ich um Entschuldigung. Mein Dank ist Ihnen gewiss.

Zu den tragenden Säulen dieser Geschichte zählen u. a. Dr. Thomas Tatschner und Robert E. Daumann. Weiterhin Hans Strecker, Ludwig Franz, Bernd Schabel, Dr. Martin Flesch und mein Bruder Georg F. Rausch, auf dessen Unterstützung ich seit Beginn zählen darf.

Bei der Recherche vor Ort danke ich Andreas Feßer für die gute Unterweisung und Führung.

Hvala, Blanka, der kritischen Stimme und der geduldigen Partnerin, wann immer ich die knappe Zeit am Schreibtisch verbringen musste.

Schließlich schulde ich allen Lesern Dank, die Gefallen an Levy gefunden haben und mich mit ihren Nachrichten motivieren. Schreiben Sie mir auch weiterhin unter www.roman-rausch.Info.

B 120/3

Roman Rausch bei rororo

«Ein neuer Tatort oder gar ein Schimanski? Kilian braucht den Vergleich nicht zu scheuen.»
Bayerischer Rundfunk

Die Kilian-Krimis:

Tiepolos Fehler
Kommissar Kilian ermittelt
rororo 23486
«Für Krimifreunde ein Genuss. Und für Würzburg ein echter Glücksfall.» Bayernkurier

Wolfs Brut
Ein Fall für Kommissar Kilian
rororo 23651

Die Zeit ist nahe
Kommissar Kilians dritter Fall
rororo 23837
Mord in Würzburg, Aufruhr im Vatikan.

Der Gesang der Hölle
Kommissar Kilians vierter Fall
rororo 23890

Der Bastard
Kommissar Kilian bekommt Konkurrenz
Mit Blanka Stipetic
Kilian stößt während des Afrika-Festivals in ein Wespennest aus Heuchelei, Intrigen und Verrat.

Die Levy-Thriller:

Und ewig seid ihr mein
rororo 24106
Profiler Levy jagt einen Serienkiller.

Code Freebird
rororo 24395
Ein Bombenanschlag erschüttert Hamburg.

rororo 24495

Weitere Informationen in der Rowohlt Revue *oder unter* www.rororo.de

Petra Hammesfahr
Der Schatten

Der Schatten mit den Mörderaugen kam in der Nacht und nahm Stella alles, was ihr lieb war. Was wie ein böser Traum schien, ist am Morgen entsetzliche Wirklichkeit: Ihre Schwiegermutter liegt erschlagen im Bad, ihr Baby ist verschwunden. Niemand will der jungen Mutter glauben, sie gerät unter Mordverdacht ... rororo 24051

Tatort Deutschland

Drei Thriller der Extraklasse

Jan Seghers
Die Braut im Schnee

Eine junge Zahnärztin ist ermordet worden. Der Täter hat die Leiche auf widerwärtige Weise zur Schau gestellt. Der Frankfurter Kommissar Marthaler ahnt, dass sich der Mörder mit einem Opfer nicht zufriedengeben wird. Und er soll recht behalten ...
rororo 24281

Andree Hesse
Der Judaslohn

Die Zeit heilt alle Wunden, sagt man. Oder doch nur fast alle? Hat der Mord an dem englischen Soldaten auf dem Truppenübungsplatz mit der düsteren Vergangenheit dieses Ortes zu tun? Hauptkommissar Hennings steht vor einem Rätsel – obwohl er selbst in Eichendorf aufgewachsen ist ...
rororo 24019